GLUTROT

Von Gerhard Johannes Dreßen

Buchbeschreibung:

Ein Porsche 911 aus den 1970er Jahren brennt bei einem Unfall in der Eifel aus. Obwohl der Wagen schrottreif ist, bietet ein ausländischer Händler ungewöhnlich viel Geld für das Wrack ...

Die Motorjournalistin Sally Morgan kommt einem internationalen Verbrecherring auf die Spur, der mit Oldtimer-Fälschungen Millionen macht. Während der Recherche in ganz Europa geraten sie und ihre Freunde ins tödliche Räderwerk der Mafia.

Über den Autor:

Gerhard Johannes Dreßen ist Journalist und Kommunikationsberater. Er studierte Germanistik und Theologie an der RWTH Aachen. Als Redakteur arbeitete er bei der Rheinischen Post und über zwei Jahrzehnte als Public-Relations-Spezialist für einen internationalen Konzern. Mit „Glutrot" legt er seinen Debütroman vor, der in der Oldtimer-Szene spielt. Pure 'fuel fiction' ...

Seine Begeisterung für automobile Kleinode pflegt er regelmäßig bei einem Bierchen mit den Freunden in seiner Lieblingswerkstatt im rheinischen Anstel.

In eigener Sache

Musik war und ist ein wichtiger Teil meines Lebens. Mein Studium habe ich als DJ finanziert, heute lege ich ehrenamtlich in einem Seniorenheim Musik für Menschen mit Demenz auf. Denn Musik weckt bei jedem Gefühle!

Auch in diesem Roman nutze ich Songtitel und Liedtexte, um Stimmungen zu erzeugen. Geschrieben wurden sie von Künstlern, die ich verehre, schätze und mag. Danke für diese Werke, die zum Soundtrack meines Lebens gehören!

Im Anhang des Buches wartet eine Liste der Titel mit Angaben zu den Musikern, die sie geschaffen haben. Reinschauen lohnt sich, anhören noch mehr ;-)

GLUTROT

Von Gerhard Johannes Dreßen

TWENTYSIX – der Self-Publishing-Verlag
Eine Kooperation zwischen der Verlagsgruppe Random House und BoD – Books on Demand

Herstellung und Verlag:
BoD – Books on Demand, Norderstedt

Covergestaltung: Casandra Krammer -
www.casandrakrammer.de
Covermotiv: © www.shutterstock.com und
www.depositphotos.com

Gerhard Johannes Dreßen

info@gerhard-johannes-dressen.com
www.gerhard-johannes-dressen.com

2. Auflage, 2020

© 21.05.2019 Gerhard Johannes Dreßen – alle Rechte vorbehalten.

TWENTYSIX – der Self-Publishing-Verlag

Eine Kooperation zwischen der Verlagsgruppe Random House und BoD – Books on Demand

Herstellung und Verlag:

BoD – Books on Demand, Norderstedt

info@gerhard-johannes-dressen.com

www.gerhard-johannes-dressen.com

ISBN 978-3-7407-6501-9

VORWORT

Was verbinden Sie mit dem Wort „Oldtimer"? Oft höre ich Assoziationen wie Romantik, Wertigkeit, Glanz oder ein Stück zurückgewonnene Jugendzeit. Doch es verbirgt sich viel mehr dahinter; darunter (leider) auch weniger liebevolle Attribute wie „Manipulation" und „Fälschung". So wird aus Romanze plötzlich Krimi – wie dieser hier.

Gerhard Johannes Dreßen schaut mit seinem Debütroman hinter die Automobil-Romantik und vermischt dabei gekonnt Realität und Fiktion: Denn Fälschungen gibt es nicht nur in der Kunst. Kriminelle Energie scheint immer da zu sein, wo große Gewinne locken.

Besonders mit dem Beginn der Bankenkrise 2007 hat sich der Oldtimermarkt verändert: Es kam zur weltweiten Flucht in Sachwerte – und aus motorisiertem Kulturgut wurde ein Investitionsgut. Begriffe wie „Garagengold" und „rollende Rendite" drückten besonders hochwertigen Klassikern ihren Stempel auf. Es wurde sogar ein eigener Begriff erfunden: DOX – deutscher Oldtimer Index. Sensationsergebnisse internationaler Auktionen beflügelten das Interesse einer potenten Klientel.

In der Konsequenz schossen die Preise in die Höhe – und die ohnehin beliebten Sportwagen von Porsche wurden noch begehrter. Weil aber die „technischen Kunstwerke" seinerzeit in (für heutige Verhältnisse) geringer Stückzahl produziert wurden, konnte der Bedarf am Markt nicht gestillt werden. Mit anderen Worten: Käufer(innen) wollten mehr Porsche, als Porsche da waren. Was liegt näher, als für Nachschub zu sorgen – und damit den gierigen Hunger nach vermeintlichem Gewinn zu stillen?

Hier setzt Gerhard Johannes Dreßen mit „Glutrot" an und katapultiert seine Protagonistin, die Motorjournalistin Sally Morgan, mitten hinein ins Fälschergeschehen. Er verpackt gute Recherche spannend und charmant – und sorgt für kurzweiligen Lesestoff. Wo kriminelle Energie am Werk ist, hilft nur Aufklärung und Sensibilisierung. Und wenn dies auf derart unterhaltsame Weise geschieht, umso besser ...

Norbert Schroeder
Leiter Classic Cars
TÜV Süd

Für meine Eltern Karoline und Hilarius,
die zeit ihres Lebens weder ein Automobil
noch einen Führerschein ihr Eigen nannten.

Feiner Nebel lag wie Rauch auf dem Wasser. Schon bald würde die Sonne, die bereits über die Baumwipfel lugte, ihn vertrieben haben. Sally Morgan sah durch das Lamellenfenster den Wildgänsen auf dem See zu. Mit wuchtigem Flügelschlag stemmten sie sich der Schwerkraft entgegen, um das Nass hinter sich zu lassen. Dabei verwandelten sie die Wasseroberfläche in eine fein zisellierte Wellenwelt.

Sallys kurze blonde Haare, ihre Stubsnase, flankiert von hellblauen Augen, spiegelten sich im Glas der schmalen Scheiben. Auf ihrem weißen Schlafshirt prangte in schwarzen Lettern „Ich bin ein Prototyp!" Yes! Zufrieden drehte sie sich nach rechts und links, die Hände in der schlanken Taille. Deine 38 Jahre sieht man dir nicht an. Eins mit sich und der Welt kümmerte sie sich um den ersten Kaffee des Tages.

Dem allmorgendlichen Ritual folgend drehte sie den Wasserhahn auf. Mit einem Quietschen gab er ein Rinnsal frei, das sich am Boden des verbeulten Wasserkessels, der sie seit vielen Jahren begleitete, sammelte. Genau gesagt, seit jenen Tagen, als sie mit 25 Jahren das Erbe ihrer Eltern angetreten hatte. Ein rollendes Erbe auf vier Rädern, zu dem der alte Kessel dazugehörte wie der Herd mit zwei Gasflammen und der stets zu kleine Kühlschrank. Anfangs war der VW-Bulli mit rotem Body und weißem Dach ausschließlich ihr Begleiter in der Freizeit gewesen. Doch mit der Zeit nutzte sie den mittlerweile historischen Bus immer mehr für Dienstreisen. Er war ihr zweites Zuhause geworden, das sie sich gemütlich eingerichtet hatte. Möbel aus Birkenholzfurnier boten reichlich Platz für Kühlschrank, Gasflasche, Waschbecken, Herd und all die Dinge, die ein Camper so braucht. Auf die leuchtend roten Polster hatte sie bunte Kissen drapiert, deren Stoffmuster sich in den Gardinen wiederholte.

Aus dem schmalen Küchenschrank fingerte Sally zwischen Tassen und Kaffeebeuteln die Mühle mit Kurbel heraus und füllte ein paar Bohnen ein. Sie bereitete alles vor für den schnellen Koffein-Schuss danach. Frisch aufgebrühter Kaffee nach zwei oder drei Kilometern Auspowern im See. Einen besseren Start in den Tag konnte sie sich nicht vorstellen. Es stimmte tatsächlich: Morgens um sechs ist die Welt noch in Ordnung – zumindest für Sally an ihrem Lieblingsort, von dem nur wenige Menschen wissen.

Sie schlüpft aus Shirt und blauer Shorts. Mit wenigen beherzten Schritten über Moos und Grasbüschel verschwindet sie in die Fluten. Der See hatte die wohlige Energie eines langen Sommers gespeichert. Umfängt sie wärmer als die Luft, die eine kühle Vorahnung vom nahenden Herbst in sich trägt. Mit athletischen Armzügen zerteilt Sally das Wasser. Ihr Ziel: die nur wenige hundert Quadratmeter große Insel mitten im See. Nicht riesig. Und doch weitläufig genug, um sich vor der Welt zu verbergen, sie hinter sich zu lassen, wann immer die Journalistin eine Auszeit braucht. *I'm a Rock, I'm an Island ...*

Pause. Stopp. Reset.

Auf dem Weg zurück ans Ufer nimmt sie sonores Motorgrollen wahr. Porsche 911 S, 6-Zylinder, luftgekühlter Boxer. Und klar, offene Luftfilter. Haben viele für eine bessere Beatmung des Motors. Ein schneller Kraftprotz aus den Siebzigern. Noch bevor der satte Sound vollends die Oberfläche ihres Bewusstseins erreicht, weiß sie, was da auf vier Rädern näherkommt. Berufskrankheit einer erfahrenen Motorjournalistin mit Benzin im Blut.

Da nutzt jemand die Stille des frühen Sonntagmorgens – und die Verschlafenheit der Voreifel –, um ordentlich anzugasen. Surfen auf der nahen Landstraße – *And we'll have Fun Fun Fun now that Daddy took the T-Bird away ...* – Kumpel, komm' ohne Blessuren wieder runter von deinem Flow im Kurvenparadies ...

Noch in Gedanken versunken erreicht sie das Ufer und bahnt sich durch ein paar Schilfbüschel den Weg aus dem Wasser. Der Boxer heult auf, ohne die zähmende Wirkung der Reifen auf dem Asphalt. Jetzt ist Sally hellwach. Sekundenbruchteile nichts, dann der Einschlag. Erneut Stille. Keine Ahnung wie lange. Die Explosion, eine grelle Stichflamme in geschätzt 200

Metern Entfernung. *Thunderbolt and lightning, very very frightening...*

Mom? Dad!

Sally Morgan funktioniert. Wie in Trance spurtet sie zu ihrem Bulli, schlüpft in Shorts und Barfußschuhe, wirft ihr Shirt über und schnappt sich Feuerlöscher und Verbandskasten. Sie rennt los. Keine Zeit zu verlieren. Nichts kann sie aufhalten. Kein Brombeerstrauch, der sich mit seinen Dornen in ihren Waden verhakt, kein Ast, der blutige Striemen auf ihre Schulter tätowiert.

Dad? Mom!...

Vor ihr taucht das in Flammen stehende Wrack auf. Als sie die letzten Büsche hinter sich lässt, spürt sie die Hitze. Mitten auf dem Schotterplatz, der Truckern und mobilen Prostituierten gleichermaßen als Nachtquartier dient, liegt der Porsche auf dem Dach. Ein roter Marienkäfer, der verzweifelt seine Beine gen Himmel streckt und nicht mehr auf die Füße kommt. Der hier wird nie mehr über den Asphalt fliegen, schießt es ihr durch den Kopf. Der hier glüht, verglüht. Die Schwerkraft scheint zu versagen: Flüssiger Kunststoff tröpfelt vom Armaturenbrett Richtung Dachhimmel, um dort von lechzenden Flammen umarmt zu werden. Panik erfasst sie, schnürt ihr die Kehle zu.

Feuer! Sally, nicht durchdrehen! Ruhig bleiben. Wo ist der Fahrer, die Fahrerin? Irgendwer hat den Porsche ja durch die Kurven getrieben. Die Augen weit aufgerissen auf die Flammen fixiert, tastet sie sich widerstrebend vor, umrundet das Inferno – und findet den Piloten. Bäuchlings liegt er wenige Meter vom Wagen entfernt auf dem Schotter, das Gesicht in seinen Armen verborgen. Blut rinnt aus einer Platzwunde am Hinterkopf. Nicht lebensgefährlich – hoffentlich. Innere Verletzungen? Keine Ahnung.

Er atmet! Sanft hebt und senkt sich der Brustkorb. Sehr gut, egal, wie auch immer du es geschafft hast, der heißen Hölle im Metallkäfig zu entkommen. Du musst einen Schutzengel haben – wie zu viele andere vor dir nicht. Sally greift dem Bewusstlosen unter die Arme und schleift ihn einige Meter weg vom brennenden Porsche.

„Alles ok?" – Blöde Frage! Aber etwas Intelligenteres will ihr gerade nicht einfallen. Keine Reaktion. Bis auf ein leises Stöhnen. Behutsam dreht sie den Fremden auf die Seite und mustert ihn dabei. Markantes Kinn, beachtliche Nase, kräftige Augenbrauen, dichter, dunkler Haarschopf – passt vortrefflich zum athletischen Körper. Könnte es sein, dass dein Schutzengel Hantelbank heißt? Eine schlaffe Couchpotato hätte es nicht geschafft, da noch rauszukommen, geschweige denn den heftigen Aufprall zu überleben.

Sally fingert ihr Smartphone aus der Hosentasche, wählt die 110: „Schwerer Unfall auf der B477, Höhe Nerbelsee. Sie kennen den Schotterparkplatz dort? Ein Wagen hat sich überschlagen und brennt aus. Nach allem, was ich sehe, nur ein Insasse. Hat es wie durch ein Wunder ins Freie geschafft. Atmet, ist aber bewusstlos. Wir brauchen Rettungswagen und Notarzt. Und vergessen Sie die Feuerwehr nicht!"

Sally hockt sich neben den Unbekannten auf den Boden, streicht ihm eine Locke aus der Stirn. Der Verletzte reagiert auf die Berührung, bewegt sich, stöhnt kaum hörbar. Die widerspenstige Haarpracht schnellt zurück. Beim zweiten Versuch öffnet er die Augen: „Wo bin ich?" Dann fallen ihm wieder die Lider zu. Sally streicht ihm über den Kopf und versucht ihn zu beruhigen: „Scht... Alles ist gut. Sie sind in Sicherheit."

Der lädierte Körper entspannt sich. Dann öffnet der Mann wieder die Augen: „Was ist passiert?" Seine Lebensgeister kehren langsam zurück.

„Sie haben sich mit Ihrem Porsche überschlagen und dabei jede Menge Glück gehabt."

Ein erstes Lächeln huscht über sein geschwollenes Gesicht: „Wie man's nimmt ..."

„Auch wenn ich mein Medizinstudium vor Jahren abgebrochen habe, so behaupte ich mal, dass bei Ihnen ein Schutzengel auf dem Beifahrersitz saß. Die

Platzwunde am Kopf und Prellungen werden in ein paar Wochen vergessen sein. Hoffen wir, dass Sie keine inneren Verletzungen haben. Um das festzustellen, müssen Sie umgehend ins Krankenhaus. RTW, Notarzt und Feuerwehr sind auf dem Weg."

Ein zaghaftes Lächeln legt sich auf die Züge des Unbekannten: „Schnelle Diagnose mit gar nicht mal so übler Prognose, Frau Doktor. Möge die Hoffnung mit uns sein. Ich jedenfalls fühle mich wie von einem ICE gestreift. – Wer sind Sie eigentlich?"

„Sally Morgan. Ich habe am See meine Zelte aufgeschlagen. Ihre unfreiwillige Flugeinlage hat mich um das ausgiebige morgendliche Schönheitsbad im See gebracht."

„Peter von Ostendorf. Tut mir wirklich leid. Ich lebe in Köln. Offensichtlich stehe ich tief in Ihrer Schuld..."

Was wird das hier?! Nein, Sal, du flirtest nicht mit einem lädierten Unfallopfer, das erst vor wenigen Minuten dem Feuerteufel von der Schippe gesprungen ist – und unter Umständen nicht im Vollbesitz seiner geistigen Kräfte ist.

Zum Glück blieb Sally Morgan nicht die Zeit, dem Gedanken weiter nachzuhängen, denn quasi im Gleichschritt näherten sich Rettungswagen und Notarzt mit Festbeleuchtung und Martinshorn aus der Ferne. Sekunden später bogen sie auf den Schotterplatz ein. Der Löschzug der Freiwilligen Feuerwehr aus dem Nachbarort tat ein Übriges, um für ordentlich Betrieb zu sorgen.

Notarzt und Rettungssanitäter versorgten die Kopfwunde und die Prellungen. Peter von Ostendorf erhielt per Tropf Flüssigkeit, Schmerz- und Schlafmittel, um den Weg ins Krankenhaus nicht zur Tortur werden zu lassen. So plötzlich wie er in ihr Leben getreten war, so schnell war er jetzt im Rettungswagen entschwunden.

„Entschuldigung, sind Sie die Frau, die uns über den Unfall informiert hat?" Mit dieser Frage eröffnete Polizeiobermeister Hans Müller die amtliche Aufnahme des Unfalls. Für den rundlichen Beamten passten Uniform und sommerliche Temperaturen nicht zusammen. ‚Tauwetter für Dicke' dachte Sally unwillkürlich. Als er die Mütze absetzte, klebte sein kurzes graumeliertes Haar am Schädel.

„Ja, Sally Morgan. Ich hatte Sie angerufen. Mit meinem alten Bulli bin ich heute in der Frühe zum See rausgefahren. Wollte ein wenig am Wasser entspannen und die vielleicht letzten Sonnenstrahlen des Jahres genießen. Der Herbst steht vor der Tür. Leider."

„Was haben Sie gesehen?" Müller nestelte an seiner Krawatte und schaffte es, den Knoten ein wenig zu lockern.

„Nichts."

„Nichts?!"

„Es war mehr ein Hörspiel."

„Verstehe. Die Straße ist ja ein gutes Stück weg vom See."

„So ist es. Ich hörte den Porsche mit mächtig Tempo über die kurvige Landstraße näherkommen. Der Sound des Sechszylinders ist unverwechselbar. Dann war Stille. Und der Sportwagen schlug ein. Es folgte eine Explosion, eine gewaltige Stichflamme. Ich bin sofort hingerannt. Alles brannte lichterloh."

„Ich kenne nicht viele, die einen Porsche-Sechszylinder aus der Ferne erkennen."

„Ist mein Job. Ich bin Motorjournalistin und habe ein Faible für sportliche Oldtimer."

„Na, da kenne ich schlimmere Laster. Darf ich Sie bitten, am Montag auf unsere Wache nach Zülpich zu kommen, damit wir den Papierkram erledigen? Haben Sie eine Visitenkarte für mich?"

„Dann müssen Sie kurz mit mir zu meinem Bus gehen. Dort gibt's einen vorzüglichen Kaffee."

„Hört sich vielversprechend an! Ich folge Ihnen unauffällig."

Sally Morgan sammelte ihren unbenutzten Feuerlöscher und den Verbandskasten ein. Mit dem Beamten im Schlepptau marschierte sie zurück zu ihrem Camper.

Während es sich der Polizeiobermeister auf dem Klappstuhl unter dem Vordach des Busses bequem machte, setzte Sally Morgan Wasser auf. Mit der Kaffeemühle in der Hand nahm sie neben ihm Platz.

„Sie mahlen Kaffee mit der Hand? Gute Güte, das habe ich zum letzten Mal vor Jahrzehnten bei meiner Großmutter erlebt."

„Und ich habe es von meiner Mutter übernommen. Cappuccino, Latte, Espresso – sie trank diese Spezialitäten immer während unserer Urlaube in Italien. Sie fand, nur dort passten sie hin. Zu Deutschland aber gehöre der Filterkaffee."

„Wie gesagt, seit Ewigkeiten keinen mehr getrunken."

„Dann wird es Zeit. Lassen Sie sich überraschen. Hinterher werden sie süchtig sein nach dem Zeug. – Hier meine Visitenkarte."

Sally wog 16 Gramm Kaffeemehl ab, füllte die Menge für einen Becher in den AeroPress-Kolben, goss exakt 88 Grad Celsius heißes Wasser darauf, rührte das Gebräu vorsichtig um und wartete 25 Sekunden. Jetzt Sieb und Verschlussring drauf. Rumgedreht und langsam den Kolben runtergedrückt. Mit einem letzten leisen „pffffff" plumpsen die restlichen Tropfen in den Becher, den sie mit heißem Wasser weiter auffüllte.

„Milch, Zucker?"

„Nein danke. Ich trinke ihn schwarz wie die Nacht."

„So muss es sein. Sie sind ein Genießer! Probieren Sie!"

Hans Müller beugte sich vor und nahm vorsichtig den dampfenden Becher in die Hand. Er schlürfte bedächtig den ersten Schluck und zog die Augenbrauen hoch: „Die Bohnen haben Sie aber nicht im Supermarkt auf dem Grabbeltisch ergattert, oder?"

„So was Feines finden Sie da nicht. Die Bohnen werden in den Anden auf 1.600 Metern Höhe biologisch angebaut – und dann in einer kleinen Rösterei in Eckernförde oben an der Ostseeküste mit viel Liebe und Geduld veredelt. Diese Qualität, in der so viel Sorgfalt steckt, und die Nachhaltigkeit sind mir lieb und teuer."

„So wie Ihr T2 hier. Ein wirkliches Prachtstück mit einer feinen speckigen Lackierung, die herrlich glänzt und Tiefe hat."

„Besser gesagt: ein Erbstück."

Müller beugte sich mit fragendem Blick vor: „Von Ihren Eltern?"

„Ja."

„Sie leben nicht mehr?"

„Ein schlimmer Verkehrsunfall auf einer der schönsten Straßen der Welt. Ist schon einige Jahre her. Keine Ewigkeit, aber fast. Im letzten Jahrtausend. 1998, kurz nach meinem 18. Geburtstag."

Der Polizist fingerte ein weißes Stofftaschentuch aus der Hosentasche und tupfte sich die Schweißperlen von der Stirn, die der heiße Kaffee aus den Poren getrieben hatte: „Mhm, genau wie heute. Nur hat eben dieses Mal der Fahrer mehr Glück gehabt. Wenn er gut versichert ist – und das ist in der Regel jemand, der sich so einen Wagen gönnt – dann wird er zumindest keinen finanziellen Schaden haben."

„Sicher, wenn Sie den Wert des Oldtimers ausschließlich in Geld bemessen. Aber diese Autos sind Emotionen pur."

Polizeiobermeister Müller räusperte sich: „Auch ich habe mein erstes Auto geliebt, ein VW Käfer 1300, eine echte Saufziege. Einfacher grauer Lack, aber nahezu unkaputtbar. Mit ihm haben meine Freundin und ich halb Europa bereist. Die magere Ausstattung und das viele nackte Blech im Innenraum haben uns nicht gestört. Der wahre Knaller aber waren diese beiden Schlaufen an der B-Säule ..."

„Ja, davon haben auch meine Eltern geschwärmt – und sich dabei tief in die Augen geschaut."

Die Ohren des um die Taille etwas kräftigen Beamten wechselten ihre Farbe Richtung rot. Umgehend suchte er den Themenwechsel: „Was kostet denn so ein alter Porsche?"

Sally schmunzelte: „Nun, dieser ‚alte Porsche' ist schon etwas Besonderes. Ein ‚911 S'. Gehörte zu den ersten Sechszylindern aus Zuffenhausen. 2,7 Liter Hubraum, gepflegte 175 Pferdestärken. Leicht und schnell und in der ersten Hälfte der 1970er Jahre aerodynamisch voll auf der Höhe, inklusive Front- und auffälligem Heckspoiler, von Fachleuten wie Porsche-Fans liebevoll ‚Entenbürzel' genannt."

„Frau Morgan. Schon wieder erstaunen Sie mich mit Ihrem Fachwissen. Nun, auch wenn ich schon 55 bin, so bin ich doch kein alter Chauvi ..."

„...aber Frauen und Autos, zumal wenn es sich um Sportwagen handelt, das geht dann doch irgendwie nicht zusammen, oder?"

„Das wollte ich so nicht gesagt haben ..."

Sally beendete das Thema: „Sie fragten nach dem Preis. Wenn so ein Porsche in Schuss und alles original ist, dann sollten Sie Ihren Bausparvertrag auflösen und noch einmal zwei Jahresgehälter zurücklegen für die Anschaffung."

Müller runzelte die Stirn. Er holte tief Luft, so dass sich die Knöpfe seines Hemdes bedenklich in den Knopflöchern spannten, und rechnete. Dann hellte sich sein Blick auf: „Sie meinen mehr als 150.000 Euro?"

„Dann wäre es ein echtes Schnäppchen. Es können auch mehr als 200.000 Euro aufgerufen werden. Und manch einer würde für so ein Sahnestück ohne Gewissensbisse seine Schwiegermutter verkaufen." Oder über Leichen gehen. Dachte sie, aber sagte es nicht.

Dem Polizisten war die Kinnlade immer tiefer gesunken: „Echt?!"

Der kleine verkappte Chauvinist hatte Sally angestachelt. Er sollte ihr künftig ein wenig ehrfurchtsvoller begegnen: „Sie machen sich null Vorstellung davon, was da draußen abgeht. Big Business. Da spielt es keine Rolle, ob der Schöpfer des Werkes Marc Chagall oder Ferdinand Porsche heißt."

Müller nippte nachdenklich an seinem Kaffee: „Sie wollen sagen, Kunstwerke und Oldtimer bewegen Millionen?"

„So ist es. Da werden Unsummen um den Erdball verschoben – und von so manch einer dieser Transaktionen hat das Finanzamt nicht den leisesten Schimmer."

„Ich verstehe. Geldwäsche, aus schwarzem Geld wird weißes. Und obendrauf gibt's eine wertstabile Investition, die das Leben ein wenig unterhaltsamer und luxuriöser macht. Nicht schlecht."

„So ist es. Wenn Sie keine weiteren Fragen haben, würde ich unser Gespräch gerne am Montag auf der Wache fortsetzen. Ich begleite Sie aber gern noch einmal zum Unfallort, um mir das Autowrack genauer anzusehen."

Der Polizist erhob sich von seinem Campingstuhl und ließ Sally den Vortritt. Sie liefen gemächlich den Weg zurück, den die Motorjournalistin vor kaum zwei Stunden im Sprint mit Verbandskasten und Feuerlöscher unter dem Arm absolviert hatte. Sie wollte mit eigenen Augen noch einmal in Augenschein nehmen, was die Flammen von dem Sportwagen übrig gelassen hatten.

Das Feuer hatte ganze Arbeit geleistet. Vom schwarzen Armaturenbrett war kaum noch etwas zu erkennen. Es war zerflossen. Wie die Uhr auf dem berühmten Gemälde von Salvador Dali, kam es Sally in den Sinn. Leder und Innereien der Sportsitze hatten die Flammen vom Metallkern abgenagt. Vom Porsche war nur das metallene Skelett übrig geblieben.

„Heilig's Blechle!", flüsterte Hans Müller. Es klang fast ein wenig nach Anerkennung für das, was das Feuer angerichtet hatte.

„Kann man wohl sagen", stimmte Sally zu. „Sowas nennt man Totalschaden."

„Oh mein Gott!" – Mit heftigen Kopfschmerzen wachte Sally am Montagmorgen auf. Ihr Schädel hämmerte den Ramazzotti-Blues.

Ursprünglich hatte sie geplant, das komplette Wochenende bis montags in der Frühe am See zu verbringen. Nach dem schrecklichen Unfall aber hatte sie nur fortgewollt, ihre Siebensachen im Bulli verstaut und dann das Weite gesucht. Erst einmal weg von diesem Ort! Sie hatte den Zündschlüssel umgedreht und war völlig ziellos losgefahren. Zum Glück verweigerte der schwachbrüstige Boxermotor Beschleunigungsorgien. Ohne Gefühl für Raum und Zeit folgte Sally dem asphaltierten Band der Landstraße. Flirrend heiß stand die Luft darüber. Abgeerntete Getreidefelder flogen vorbei, auf denen golden die Stoppeln in der Sonne leuchteten. *When we walk in Fields of Gold.* Dann begleiteten sie mannshohe grüne Wände entlang der Straße. Mais soweit das Auge reichte.

Schon nach wenigen Kilometern hatte das sonore Brabbeln des Motors Sally beruhigt. Wie schon vor über 30 Jahren. Mit ihren Eltern lebte sie damals in San Francisco und erkundete die Heimat ihres Vaters Alan mit ihrer deutschen Mutter Liz im neuen VW Bulli. Stets saß sie auf der vorderen Sitzbank zwischen den beiden. Das Kassettenradio spielte Blues von Steve Ray Vaughn und Rory Gallagher. Wenn sie die Müdigkeit übermannte, war da immer eine Schulter oder ein Schoß, um ihren Kopf liebevoll zu betten.

Once there was a way
To get back homeward
Once there was a way
To get back home
Sleep, pretty darling
Do not cry!
And I will sing a lullaby

Golden slumbers fill your eyes
Smiles awake you when you rise
Sleep, pretty darling
Do not cry!
And I will sing a lullaby

(Golden Slumbers, Lennon / McCartney)

Als die Journalistin ihren Wagen vor ihrer Wohnung in Monheim abstellte, war der Nachmittag weit fortgeschritten. Sie zog den Zündschlüssel aus dem Schloss und hatte das Gefühl, dass der Bulli den Weg aus der Eifel nach Hause in das Städtchen am Rhein alleine gefunden hatte. Sie holte Butter, Milch, Obst und Gemüse aus dem Auto-Kühlschrank und packte alles in einen Korb. Dann schnappte sie sich ihren Trolley, schloss den Wagen ab und stieg schwer bepackt die zwei Etagen zu ihrer Altstadtwohnung in der Goethestraße hinauf. Auf jeden Schritt reagierten die ausgetretenen Stufen der Holztreppe mit einem ächzenden Knarzen. Altbau eben. Aber für die hohen

Decken in der Wohnung und den herrlichen Dielen-
boden nahm sie die ihren Aufstieg begleitende Geräuschkulisse gerne in Kauf. Sie steckte den Schlüssel
ins Schloss und drehte zweimal um. Sofort sprang die
alte Holztüre mit den bunten Butzenscheiben auf.

Routiniert sortierte sie ihre Einkäufe weg, entledigte sich ihrer Kleidung, steckte die Schmutzwäsche
in die Waschmaschine und sprang unter die Dusche.
Sie genoss den prickelnd-harten Wasserstrahl und
schrubbte sich Schweiß und Staub des Tages von der
Haut. Allmählich kehrten ihre Lebensgeister zurück.
Nein, sie wollte den Abend nicht alleine vor dem Fernseher verbringen. Sie brauchte jetzt Menschen um
sich. Kurzentschlossen schlüpfte sie in ihre Jeans, zog
ein luftiges Shirt über und machte sich auf den Weg zu
ihrem Lieblingsitaliener.

Enge gepflasterte Gassen aus Zeiten, als Fuhrwerke
durch das alte Fischerdorf am Rhein rumpelten, führten zum gemütlichen Restaurant „Piccola Italia" in der
heimeligen Monheimer Altstadt. Von der gekälkten
Fachwerkfassade blätterte die Farbe an jenen Stellen,
wo die löchrige Regenrinne das Wasser nicht mehr
halten konnte. Die von Weinreben überwucherte
Dachterrasse gewährte einen weiten Blick über die
Rheinauen. Am Horizont stemmten sich tief im Wasser liegende Lastkähne und Ausflugsschiffe gegen den
Strom.

Das „Piccola Italia" gehörte Luigi Paveroni. Der stämmige Italiener lugte aus haselnussbraunen Augen, die seine prächtige Nase flankierten, ins Leben. Wer dem 1,69 Meter großen Mann mit dem unablässig wippenden Schnauzbart begegnete, konnte sich seiner Herzlichkeit schwerlich entziehen – und hatte zudem augenblicklich eine schlüssige Erklärung für den Namen des Lokals. Sally hatte vor Jahren zu den ersten Gästen des kleinen Sizilianers mit den verschmitzten Augen gehört. Bei Pasta, Pizza und Risotto – und manchem Fläschchen Rotwein – hatten sie innerhalb weniger Monate ihre gemeinsame Liebe zu den kulinarischen Leckereien des Lebens vertieft. Ein durchaus tragfähiges Fundament für eine enge Freundschaft – wie sich im Laufe der Zeit herausstellte.

Sally verweilte für einen Moment unter der ausladenden Linde auf dem kleinen Platz vor dem Lokal. Sie genoss die zarte Brise, die im tiefgrünen Blattwerk raschelte und sich in ihren Haaren verfing. Für einen Augenblick war sie in Gedanken an ihrem See. Die Ruhe, das Wasser – und dann das Feuer. Sie riss sich los und trat durch die gläserne Eingangstür ein, die schon transparentere Tage gesehen hatte. Im Laufe der Jahre war sie mit Aufklebern und wechselnden Plakaten zugepflastert worden.

Als Luigi Sally sah, eilte er freudestrahlend auf sie zu und umarmte sie.

„Wie geht es dir, Liebes? Du siehst abgespannt aus. Wolltest du nicht übers Wochenende raus zum See?"

„Mir geht es gut. Hast du ein Glas Rotwein für mich?"

Luigi zog seine buschigen Augenbrauen hoch und wiegte die schwarzen Locken hin und her: „Bella, wir beide kennen uns so lange. Du weißt doch, dass du mir nichts vormachen kannst. Erzähl schon."

Sie setzten sich an Sallys Lieblingstisch, der ein wenig abseits in einer Nische stand und vier Personen Platz bot. Das helle Holz war roh und unbehandelt. Hin und wieder rückte das Personal der Platte mit Wasser und einer Wurzelbürste zu Leibe. Mehr nicht. So wollte es der Wirt. So kannte er es aus seiner sizilianischen Heimat.

„Ich war tatsächlich zum Campen am See. Nur war es diesmal nicht wirklich erholsam."

„Was ist passiert?"

„Ein sich überschlagender Porsche kam dazwischen, der zu allem Überfluss auch noch vor meinen Augen ausbrannte."

„Mama Mia! Gab es Verletzte?"

„Ja. Den Fahrer habe ich bewusstlos neben seinem Auto gefunden. Keine Ahnung, wie der aus dem Wrack rausgekommen ist. Der RTW hat ihn ins Krankenhaus gebracht. Hoffe nur, er hat keine inneren Verletzungen davongetragen."

„Willst du ihn besuchen, um zu wissen, wie's ihm geht?"

„Ich hab nur seinen Namen. Peter von Ostendorf. Er sagte, er lebe in Köln."

„Hey, Sally, du bist Journalistin! Und nach allem was ich weiß, eine erfolgreiche. Was zu einem guten Teil an deiner untrüglichen Spürnase liegt."

„Ja, du hast recht. Ich will wissen, wie's ihm geht. Er scheint echt ein netter Kerl zu sein. Es sollte kein Problem sein, an seine Kontaktdaten heranzukommen."

„Also such die Trüffel, Bella!"

„Darum kümmere ich mich morgen früh. Ich habe den ganzen Tag nichts gegessen – außer einer Tasse Kaffee in Gesellschaft eines Polizisten."

„Dann gibt's jetzt erst mal was auf die Gabel. Wie wäre es mit Caponata aus meiner sizilianischen Heimat vorweg? Und als Hauptgang Farsu Magru, einen feinen Rollbraten, den meine Mama – Gott hab sie selig – gerne für die ganze Familie zubereitet hat?"

„Klingt verlockend!"

Luigi verschwand Richtung Küche. Sally ließ den Blick über die großformatigen Bilder an den Wänden wandern, die Männer und Frauen bei der Olivenernte, der Weinlese oder in der Küche zeigten. Sizilianische Erinnerungen in Schwarzweiß. Nach wenigen Augenblicken kehrte Luigi mit zwei Gläsern Nero d' Avola zurück:

„Rück mal ein Stückchen rein und erzähl'. Hast du eine Idee, wie der Unfall passiert ist?"

„Der könnte 1000 Gründe haben: ein Tier auf der Straße, eine Sonnenreflexion, die blendet, ein technisches Problem – oder eben ein Fahrfehler."

„Wie ich dich kenne, wirst du die Ursache herausfinden wollen. Ein Grund mehr, den Fahrer im Krankenhaus zu besuchen."

Luigi Paveroni lächelte und tänzelte Richtung Küche. Kurze Zeit später tauchte er mit der farbenfrohen Vorspeise und einem weiteren Glas Rotwein bei Sally auf.

„Lass es dir schmecken! Ich für meinen Teil kann von Caponata nicht die Finger lassen!"

Sie genoss die süßsaure Vorspeise, die Paprika, die Auberginen, Kapern und Zwiebeln. Zwischendurch nippte sie immer wieder am Rotwein. Ob es an Luigi, am exzellenten Essen, oder am vorzüglichen Tropfen im Glas lag – sie merkte, wie sich Geist und Körper entspannten. Der Rollbraten ‚a la Mama' tat ein Übriges. Wären da nicht die beiden Abschluss-Ramazzotti gewesen ...

Der Sonntagabend bei Luigi hielt für den Morgen danach einen ordentlichen Kater bereit. Als Erste-Hilfe-Maßnahme führte sie dem leidenden Organismus eine Aspirin zu. Und weil ohne eine erste Morgentasse Kaffee bei ihr nichts lief, folgte das eingeübte Ritual mit wohltemperiertem Wasser, frisch gemahlenem Pulver und dem AeroPress-Zauberding. Sie fand, das war die bessere Kreation des US-Amerikaners Alan Adler, der für die NASA arbeitete und zuvor schon eine besonders aerodynamische Frisbee-Scheibe erfunden hatte.

Der Kaffee aus den Anden entfaltete zuverlässig seine Wirkung und drehte an der Dynamik-Schraube der Journalistin. Sie setzte sich an den alten Küchentisch, um Peter von Ostendorfs Kontaktdaten online zu finden. Sie öffnete ihr MacBook und ging über eine sichere VPN-Verbindung ins Internet. Eine zur Selbstverständlichkeit gewordene Prozedur, die ihr mehr Schutz vor Schnüfflern im Netz verschaffte. Hoffte sie zumindest. Denn sie wusste, dass es absolute Sicherheit in der digitalen Welt nicht gab.

Sie musste nicht lange suchen, um ihren Porsche-Fahrer zu finden – zumindest seine Geschäftsnummer. Oder besser gesagt: die Nummer seiner Firma.

Ok, dir gehört eine Werbeagentur in Köln. PvO Communications. Beste Lage, direkt am Rhein. Muss bei dir im Job anständig laufen. Klar, du fährst einen 911er. Weil du Stil hast, ist es einer aus den 70ern, der zum Träumen einlädt, weil er eine Geschichte hat. Genau wie du und ich.

Sally zögerte. Und wählte dann doch die Zentralnummer der Agentur.

„PvO Communications. Mein Name ist Susanne Friedhoff. Womit kann ich Ihnen helfen?"

„Mein Name ist Sally Morgan. Ich bin Journalistin und habe Ihren Chef Peter von Ostendorf nach dem gestrigen Unfall bewusstlos neben seinem brennenden Porsche gefunden. Können Sie mir eine Telefonnummer geben, unter der ich ihn erreichen kann? Ich würde ihn gerne fragen, wie es ihm geht."

„Es tut mir wirklich leid. Aber Sie können sich vorstellen, dass ich die Ihnen nicht mal eben so geben darf."

„Verstehe."

„Eine schreckliche Geschichte. Sie sind Journalistin? Ich kann das, was Sie sagen, nicht überprüfen. Zudem haben wir mit manchem Medienvertreter wenig Vertrauen erweckende Erfahrungen ..."

„Da bin ich ganz bei Ihnen. Darf ich einen Vorschlag machen? Ich gebe Ihnen meine Mobilfunknummer und Sie versprechen mir, dass Sie sie an Peter von Ostendorf weitergeben. Ich könnte mir vorstellen, dass er sich freut."

„Gut, so machen wir das. Und vielen Dank für Ihr Verständnis."

Sally sputete sich, um es pünktlich zum verabredeten Termin mit Polizeiobermeister Müller auf der

Wache in Zülpich zu schaffen. Sie steckte zwei Scheiben Weißbrot in den Toaster und schaltete ihn ein. Eine kalte Dusche vertrieb die letzten Reste des Katers. Beim Zähneputzen betrachtete sie ihr Spiegelbild und fand, der Schminkpinsel könne heute in der Schublade bleiben. Der lange Sommer hatte genug Farbe in ihr Gesicht gezaubert und ihr blondes Haar noch stärker aufgehellt. Sie entschied sich für ein taubenblaues Top, weiße Jeans und blaue Sneaker. Sie kleckste Erdbeermarmelade auf die beiden Toastscheiben und verschlang sie mit einem letzten Schluck Kaffee. Dann steckte sie ihren Laptop in ihre Umhängetasche, warf ihre abgewetzte alte Lederjacke über die Schulter und saß eine Minute später in ihrem VW-Bus.

Noch bevor sie den Motor startete, klingelte das Handy. Eine unbekannte Nummer erschien auf dem Display. Konnte das schon Peter von Ostendorf sein? Bei dem Gedanken schlug ihr Herz schneller. Sie nahm den Anruf entgegen: „Sally Morgan."

„Guten Morgen, Frau Morgan. Peter von Ostendorf hier. Zunächst einmal will ich mich dafür entschuldigen, dass mein Büro Ihnen nicht meine Kontaktdaten gegeben hat."

„Ihre Mitarbeiterin hat völlig korrekt gehandelt. Zumal man bei Journalisten ja nie weiß, was am Ende dabei herauskommt."

„Bisher nichts Schlechtes. Vielleicht hat mir eine solche gestern sogar das Leben gerettet."

„Ich wollte schauen, wie es Ihnen geht."

„Wenn Sie das wirklich wollen, dann sollten Sie sich sputen. Ich bin nur noch bis morgen früh Gast in diesem fürsorglichen Etablissement."

„In welches Krankenhaus hat man Sie denn verfrachtet?"

„Im Marienhospital in Euskirchen hatten sie für mich ein Plätzchen frei. Ich habe zum Glück keine inneren Verletzungen davongetragen. Nur zwei Rippen sind angebrochen und schmerzen. Sie sind herzlich eingeladen, sich selbst ein Bild zu machen – vor allen Dingen von den vielen farbenfrohen Blessuren, die meinen Körper schmücken."

„Da sage ich nicht nein. Ich bin auf dem Weg zur Polizeiwache in Zülpich, um meine Aussagen zum Unfall zu Protokoll zu geben. Danach schaue ich bei Ihnen vorbei, wenn Sie mir versprechen, in der Zwischenzeit nicht das Weite zu suchen."

„Ich warte auf Sie. Versprochen!"

Sally legte auf, holte tief Luft und atmete langsam aus. Dann ließ sie den Motor an. Da wie jedes Jahr halb Deutschland die Republik zwecks Sommerfrische verlassen hatte, erwartete sie ausnahmsweise auf dem Kölner Autobahnring kein Stau. Unüberhörbar schnurrte der Boxermotor im Heck. Pünktlich um kurz vor zehn Uhr parkte sie ihren Bus vor der Zülpicher Polizeiwache.

Schon im Eingangsbereich umfing sie die kühle Luft, die alten dickwandigen Behördengebäuden eigen ist. Dazu stieg ihr der Duft eines scharfen Putzmittels in die Nase. Von den Wänden starrten sie wenig freundlich blickende Menschen von Fahndungsfotos an. Dazwischen gaben großformatige Plakate den Bürgern Tipps, wie sie Haus und Hof vor Einbrechern schützen können. Die Aushänge hatten unter den vielen Fingern gelitten, die im Laufe der Jahre über sie geglitten waren. Die Uhren schienen stehengeblieben zu sein in diesem dunklen Gemäuer.

Am Empfang fragte sie nach Polizeiobermeister Hans Müller. Kurze Zeit später holte der rundliche Staatsdiener sie persönlich im Foyer ab und führte sie in sein Büro im ersten Stock: „Sie sind ja pünktlich wie die Feuerwehr. Wissen Sie, wie es dem Unfallopfer geht?"

„Sie meinen Peter von Ostendorf, nehme ich an?"

„Ja, genau den."

„Ich habe vor einer Stunde mit ihm telefoniert und werde ihn gleich in Euskirchen im Krankenhaus besuchen. Ihm scheint es gut zu gehen. Er sagte mir, dass er bereits morgen entlassen wird."

„Schön zu hören. Er sollte zeitnah bei uns vorbeischauen, damit er möglichst schnell den Bericht in Händen hält, den er für die Versicherung braucht. Ich gehe mal davon aus, dass er sein teures Schätzchen Vollkasko versichert hat."

„Das hoffe ich für ihn."

„Das Schadensereignis von gestern ist für uns von der Polizei zunächst einmal ein Unfall, wie üblich verursacht durch überhöhte Geschwindigkeit, einen Fahrfehler oder beides in unglückseliger Kombination. Es gibt viele, denen der nahe Nürburgring den Kopf verdreht. Die sich für Vettel oder Lauda halten – je nach Jahreszahl im Personalausweis. Und die dann ihr fahrerisches Können heillos überschätzen. Davon haben wir hier in der Region Jahr für Jahr Hunderte – und nicht wenige lassen dabei ihr Leben."

„Ich weiß. Wenn über der Eifel die Sonne scheint, sprechen die Einheimischen von Nierenspender-Wetter. Makaber klingt das schon, aber es steckt ja nun mal ein Stück Wahrheit darin."

Hans Müller zog die Tastatur seines grauen PCs zu sich heran, um klarzumachen, dass damit der Small Talk beendet war. Mit zwei Fingern hackte er Sallys Aussagen in den Rechner. In dieser Amtsstube im ersten Stock war die Zeit stehen geblieben, dachte Sally. Zwar nicht in den frühen Sechzigern, aber doch Mitte der Neunzigerjahre. Sie diktierte ihre Texte schon seit Jahren mit einer modernen Spracherkennungssoftware direkt in ihren Laptop. Offensichtlich aber hatte Vater Staat für seine Diener, die Tag für Tag einen harten und mies bezahlten Job erledigten, kein Geld übrig.

Zum Schluss hatte auch Sally noch eine Frage: „Wo haben Sie eigentlich das Autowrack hinbringen lassen?"

„Es steht sicher auf dem Gelände der Franz Glaser GmbH. Das ist unsere örtliche Autowerkstatt, mit der wir in solchen Fällen zusammenarbeiten."

„Irgendwelche besonderen Vorkommnisse beim Transport?"

„Eigentlich nicht. Nur zeigten die Mitarbeiter mächtig Interesse an dem ausgebrannten Porsche."

„Verständlich. So ein Teil haben die nicht jeden Tag auf dem Werkstatthof. Und schon mal gar nicht skelettiert. Haben Sie die Adresse der Werkstatt für mich?"

Müller zog eine Visitenkarte des Abschleppdienstes aus der Schreibtischschublade und überreichte sie der Journalistin. Sally unterschrieb das Protokoll und war froh, als sie wieder auf der Straße stand. Ohne Zeit zu verlieren, stieg sie in ihren VW-Bus und verließ die Stadt durch das mittelalterliche Tor.

Als Sally die Schranke zum Besucherparkplatz des Marienhospitals in Euskirchen passierte, trommelte der Regen auf das Dach ihres Bullis. Sie parkte den Wagen, zog die Lederjacke über den Kopf und nutzte das dichte Blattwerk der Bäume so gut es ging als Schutz vor den Sturzbächen, die da niedergingen. Es half nichts. Als sie die Überdachung des Haupteingangs erreichte, hatten ihre Sneaker den Kampf gegen die Pfützen längst verloren und ihr nasse Füße beschert. Ihre Frisur hatte schwer gelitten. Sie suchte die Toilette auf und brauchte Berge von Papiertaschentüchern, um sich halbwegs trockenzulegen. Sie fuhr sich mit beiden Händen durch die Kurzhaarfrisur und gratulierte sich zu der Entscheidung, am Morgen auf Make-up verzichtet zu haben. Sie fand Gefallen an ihrem Wet-Look, trat hinaus auf den Flur und fragte an der Information nach Station und Zimmernummer von Peter von Ostendorf.

Schnellen Schrittes ließ sie den Aufzug links liegen und nahm die alte Marmortreppe in den dritten Stock. Manch ein Freund hielt es für eine Marotte von ihr, den alltäglichen Bequemlichkeiten konsequent aus dem Weg zu gehen und stattdessen bewusst die körperliche Anstrengung zu suchen. Sie bewegte sich einfach gerne.

Die weichen Kautschuksohlen ihrer Sneaker hinterließen auf dem auf Hochglanz gewienerten Linoleumboden bei jedem Schritt ein schmatzendes Geräusch.

Ohne jemanden auf der Station fragen zu müssen, fand sie den Weg zu Zimmer 326.

Kunstdrucke zierten die Raufaserwände rechts und links der weiß lackierten Zimmertür. Ihr Herz klopfte. Sie musste sich eingestehen, sie freute sich darauf, Peter von Ostendorf schon nach so kurzer Zeit wiederzusehen. Also machte sie es wie ihr Herz und klopfte an die Tür. Drinnen erklang ein kräftiges „Herein!"

Peter von Ostendorf hatte sie erwartet und sich für das Treffen in einen tiefblauen seidenen Morgenmantel gehüllt. Nur die weiße Halsmanschette wollte nicht so recht ins Bild des Gentlemans passen, der zum morgendlichen Kännchen Tee bat.

„Ich muss schon sagen, blau steht Ihnen gut. Da hat jemand Geschmack und Sie bestens versorgt."

Peter von Ostendorf schmunzelte: „Und ich muss sagen, dass ich ein wenig überrascht bin, wie Sie sich von meinem Äußeren blenden lassen und nicht nach meinen Blessuren fragen. Meine Sekretärin war so freundlich, mir gestern Abend meinen Notfall-Reisekoffer, der stets gepackt im Büro auf mich wartet, ins Krankenhaus zu bringen."

„Schön, dann lassen Sie mal sehen!"

„Das hätten Sie wohl gerne! Die beiden gebrochenen Rippen und die Platzwunde am Kopf bleiben ordentlich in Mull verpackt." Er krempelte den Ärmel hoch: „Alles, was ich Ihnen zeigen kann, sind diese Schürfwunden. Ich habe Schwein gehabt!"

Sally ließ den Blick durchs Zimmer wandern. Eine sterile Orgie in Weiß. In Krankenhäusern hatte sie sich nie wohlgefühlt. Sie musste aus diesem Zimmer raus. So fragte sie frei heraus:

„Was halten Sie davon, wenn wir das Revier wechseln? Wir gehen zusammen hinunter in die Cafeteria und verwöhnen uns mit einem Latte Macchiato aus dem Automaten."

Peter von Ostendorf war nicht der Typ, der sich länger als notwendig in ein Krankenzimmer einsperren ließ. Erfreut willigte er ein: „Auf gehts, Dr. Morgan. Humpeln Sie mit mir zum Aufzug."

In der Cafeteria erwartete sie der Charme einer Krankenhausmensa. Salate neben Kuchen hinter Glas; Kartoffeln, Braten und Gemüse in den üblichen Blechnäpfen im Wasserbad. Da durfte ein elektrischer Koffein-Spender nicht fehlen, wie sie selbst in Frühstücksräumen feiner Hotels die freundliche Bedienung am Tisch ablösten. Sally schaute geduldig zu, wie die Maschine ihr Bestes gab. Sie bezahlte die beiden Heißgetränke an der Kasse und gesellte sich zu Peter von Ostendorf an den Tisch: „Mal offen gefragt, weil mich das seit gestern beschäftigt: War das gestern nur ein dummer Fahrfehler?"

„Ich schätze, Sie wissen, wie man mit einem Sportwagen durchs Kurvenparadies surft ..."

„Ja."

„Ich wollte Ihnen nicht zu nahetreten ..."

„Sind sie nicht. Sie haben mich ja durchaus zutreffend eingeschätzt. War es ein Fahrfehler?"

„Ich hätte kein Problem, es zuzugeben. Aber es war keiner. Da war nichts auf der Straße, dem ich hätte ausweichen müssen. Kein Sonnenreflex, keine Ölspur. Nichts. Nur diese perfekte Kurve vor mir."

Sallys Neugier wuchs: „Was war es dann?"

„Ich weiß es nicht, aber es war eigenartig ..."

„Was war eigenartig?!"

„Ich bremste den Porsche schulmäßig vor der Kurve runter und fuhr sie von außen an. So wie man das macht. Im Scheitelpunkt der Kurve wollte ich Gas geben, um sauber herauszubeschleunigen. Doch der Motor lieferte null Leistung. Wie verhext. Ich konnte den Wagen nicht mehr abfangen, er rauschte über einen Felsblock, hob ab ... Danach kann ich mich an nichts mehr erinnern."

Sally hatte aufmerksam zugehört und in ihrem Kopf die Puzzlesteinchen zusammengefügt: „Ich aber. Ich hab's gehört. Der Motor heulte auf ohne Kontakt zur Straße, während er durch die Luft flog. Wenig später schlug er auf dem Schotterparkplatz ein und ging in Flammen auf."

„Ich sag's mal so: Den Verlust des Wagens werde ich verschmerzen, auch, weil mir kein finanzieller Schaden entstehen wird, denn das Auto ist gut versichert. Aber ich muss für mich die Frage klären, warum im entscheidenden Moment im Scheitelpunkt der Kurve keine Motorleistung anlag. Nur wenn ich weiß, was da passiert ist, kann ich mich künftig ohne komisches Gefühl im Bauch in einen Porsche setzen."

Diesen Wunsch nach Klarheit und Kontrolle konnte Sally nur zu gut verstehen. Mit ein wenig mehr Kontrolle wäre es nicht zu dem Unfall gekommen, der ihre Eltern das Leben kostete. Kontrolle des Truckers über seinen Tanklastzug auf dem Pacific Coast Highway an einem Regentag in Big Sur ...

„Ich verspreche Ihnen, wir werden die Ursache für den Leistungseinbruch herausfinden. Wenn es jemand weiß, dann mein Freund Niklas Schneider. Bei allen Fragen rund um Oldtimer ist er – und ich übertreibe nicht – die Nummer 1. Und ich meine nicht in Deutschland, sondern auf diesem Planeten. Er hat die Bibel zum Thema Oldtimer geschrieben. Selbst Konkurrenten erkennen das neidlos an und lesen das Buch nicht nur heimlich unter der Bettdecke zwecks Fortbildung und beruflicher Neujustierung ...“

„Frau Dr. Morgan, jetzt tragen Sie aber ganz schön dick auf.“

„Seine Gutachten haben vor jedem Gericht und bei jeder Versicherung Gewicht. Denn er hat drei Eigenschaften, auf die es bei einem vereidigten Sachverständigen ankommt – vor allen Dingen im hin und wieder windigen Oldtimer-Geschäft: Sachverstand, Erfahrung und Unbestechlichkeit.“

„Schätze, er wird nicht nur Freunde haben.“

„Stimmt. Aber die, die dazugehören, können sich allesamt aufeinander verlassen.“

„Dann fragen Sie Ihren Freund. Ich muss wissen, warum ich gestern von der Straße abgeflogen bin.“

Es war gesagt, was zu sagen war. Nach einem kurzen Moment der Stille räusperte sich Peter von Ostendorf: „Gut möglich, dass Sie mir gestern das Leben gerettet haben. Sie waren mein Schutzengel und ich stehe in Ihrer Schuld. Wollen wir uns nicht duzen?"

„Gerne", antwortete Sally ein wenig zu schnell und spürte, wie sich ihre Wangen erwärmten. Vielleicht wäre ein wenig kaschierendes Make-up am Morgen doch nicht so übel gewesen ... Zu spät. „Machst du das mit all deinen Schutzengeln so?"

Nun war es an Peter von Ostendorf, ein wenig die Farbe zu wechseln: „Nur, wenn sie sich bewährt haben."

Sally ließ es sich nicht anmerken, dass sie es bedauerte, schon morgen früh für eine Recherche für eine Woche nach England fliegen zu müssen. Sie wechselte die Tonart ins Geschäftsmäßige: „London is calling. Recherche für eine neue Reportage für ein Hamburger Magazin. Das wird einige Tage dauern, und ich kann nicht genau sagen, wann ich wieder von der Insel zurück sein werde."

„Wie kann ich Dich erreichen?"

Sally notierte auf ihrer Visitenkarte ihre private Handynummer und E-Mail-Adresse und gab sie ihm: „Diese Kontaktdaten von mir haben nur wenige Leute. Behalte sie für dich."

„Ich fühle mich geehrt, Frau Doktor Morgan."

Sally lächelte und reichte ihm die Hand: „Bitte halte mich auf dem Laufenden. Mich interessiert, was die Versicherung sagt."

„Ich habe eben schon mit denen telefoniert. Sie sagten mir zu, zügig einen Gutachter zum Auto zu schicken, der sich den Schaden anschaut."

„Hört sich so an, als ob die den Fall recht geschmeidig abarbeiten."

„Die Hoffnung habe ich, da ich bei denen mein gesamtes Unternehmen versichert habe. Doch die Erfahrung lehrt, dass man den Tag nicht vor dem Abend loben soll."

„So ist es, Peter."

Beschwingt verließ Sally das Marienhospital. Passenderweise hatte der Regen aufgehört und die Sonne entlockte den Bäumen auf dem Weg zum Parkplatz ihr schönstes Grün. Selbst das Rot ihres Bullis schien heller zu leuchten als vor einer Stunde. Sie startete den Motor. Im Radio spielten sie Robbie Williams Megahit „Angels". Alles passte in diesem Moment.

Sally hatte prächtige Laune. Tatendurstig rief sie in ihrer kleinen Autowerkstatt in Rommerskirchen an. Nach dem dritten Klingeln hob jemand ab: „Auto Wolf. Max Wolf am Apparat."

„Hi Max. Ich muss morgen für einige Tage nach London und würde mir gerne vorher die Hände noch etwas schmutzig machen. Mein Bus braucht einen Ölwechsel. Habt ihr eine Hebebühne für mich frei?"

„Für dich immer, Sal! Wann bist du hier?"

„In einer halben Stunde."

„Ich stelle schon mal ein Kölsch für uns kalt."

„Max, du kannst Gedanken lesen! Bis gleich."

Max war ein alter Freund ihres Vaters. Die beiden hatten sich Anfang der siebziger Jahre als junge Männer in den Staaten kennen- und schätzen gelernt. Max hatte kurz zuvor in Deutschland seine Kfz-Mechanikerlehre beendet und wollte etwas Neues beginnen. Dabei half ihm das Losglück, das ihm eine Green Card, die Arbeits- und Aufenthaltsgenehmigung für die USA, bescherte. Der „Summer of Love" in San Francisco war vorbei. Doch er war die Initialzündung für viele Musiker und junge Bands gewesen. Händeringend suchten die Aufnahmestudios von Berkeley bis Los Angeles Techniker. So schraubte Max Wolf statt an Autos an Mischpulten herum. Noch heute schwärmt er von dieser Zeit und von den Rock-Größen, die er traf. Er lötete ihre gebrochenen Gitarrenstecker zusammen – oder kochte frischen Kaffee. Er war ‚Mädchen für alles'. Aber er gehörte dazu. Ein

Schwarzweiß-Foto auf dem Regal im Werkstattbüro diente als Beweis für die turbulenten Zeiten. Es zeigte Keith Richards und Max. Auf die Rückseite schrieb der Stones-Gitarrist: „Great Job, Max!" Und setzte seine Signatur darunter.

Sex and drugs and Rock 'n' Roll. So etwas in der Art jedenfalls. Bis er eines Abends in Haight-Ashbury neben Sals Vater Alan an einer Bar saß. Sie verfolgten auf dem Fernseher an der Wand ein American-Football-Spiel und kamen darüber ins Gespräch. Alan erzählte von seiner Zeit als Motorenchef bei McLaren und seinem aktuellen Sportwagen-Projekt. Schon am nächsten Abend saßen sie wieder zusammen: „Max, wir tunen Mustangs und Corvettes. Wenn wir mit denen fertig sind, haben die mindestens 500PS."

Mehr brauchte es nicht. Max kochte ab da nie mehr Kaffee für irgendwelche Promis. Dafür lernte er von Alan alles über amerikanische Sportwagen – und wie sie besser und schneller werden. Die Freundschaft hielt, egal, auf welcher Seite des Atlantiks sie sich befanden. Bis zu Alans Tod. Seither füllte Max die Lücke in Sallys Leben so gut es geht aus. Ihr väterlicher Freund, dem sie mehr als jedem anderen Menschen auf der Welt vertraut.

Sally bog in die gepflasterte Einfahrt der Werkstatt ein. Rechts und links standen Gebrauchtwagen. Am liebsten verkaufte Max sie an treue Kunden. Mehr als ein paar hundert Euro verdiente er selten daran. Seine Kunden wussten, dass er sie nie übers Ohr hauen würde. Und er fand, dass gepflegte Gebrauchte „in der Familie" bleiben sollten. Er betrachtete den Handel als vortreffliche Maßnahme zur Kundenbindung. Der Erfolg gab ihm recht.

„Tag Sal, schön dich zu sehen!" Max stand am offenen Bürofenster. Seine Lesebrille hatte er hoch in die Stirn geschoben und sah aus, als habe er vier Augen. „Fahr gleich links auf die Hebebühne. Ich hab sie für dich freigemacht."

„Danke dir!"

Langsam fuhr sie ihren T2 in Parkposition. Max war in die Werkstatt geeilt, um sie einzuweisen. Denn nichts war unnötiger als ein blöder Rempler an eine der beiden Säulen der Anlage. Sie stieg aus und umarmte den graubärtigen Mann im Blaumann. Der nahm sie in seine kräftigen Arme, in denen sie sich nach dem Tod ihrer Eltern ausgeweint hatte.

Max schob die vier Tragearme der Hebebühne unter die Karosserie und legte mit seiner rechten Pranke den schwarzen Schalter um. Angestrengt brummte der Elektromotor und beförderte den Bus auf Augenhöhe.

„Zieh dir deinen Blaumann an."

„Aye aye, Sir!" Sally hatte ihren eigenen Spint im Umkleideraum. Wortlos hatte Max ihr damals nach dem Unfall der Eltern den Schlüssel in die Hand gedrückt. Der Hochschrank hatte ihrem Vater gehört. Damit trat sie in seine Fußstapfen. Sie zog sich um.

Draußen wartete Max mit dem Schlüssel zu seinem Werkzeug-Container: „Fühl dich darin wie zuhause." Der rollende Werkzeugschrank war Max' Heiligtum. Sally war die einzige, mit der er seine Schraubenschlüssel teilte. Eine Art Liebesbeweis des alten Freundes an Sally, der beim Schrauben immer eines seiner verwaschenen Hazet-Poloshirts trug. Er musste einen ganzen Schrank davon haben.

Max verschwand wieder in seinem Büro. Sally war alleine. Die Mitarbeiter hatten bereits Feierabend. Sie schaltete das von Öl und Staub gezeichnete Radio auf der Werkbank neben ihr ein. Henry Valentino trällerte *„Im Wagen vor mir fährt ein schönes Mädchen ..."* Sie rückte die Auffangwanne für das Altöl unter die Ablassschraube. Dann griff sie zum Schraubenschlüssel. Mit einem Ruck löste sie die Schraube und drehte sie vorsichtig mit der Hand heraus. Warmes Öl rann über ihre Finger. Für einen Moment schloss sie die Augen. Wie oft hatte sie früher mit ihrem Vater am Bus herumgeschraubt ...

Ping, Ping. Max schlug zwei geöffnete Kölsch-Flaschen gegeneinander und hielt Sally eine hin: „Prost Sal. Lass es dir schmecken. Rasende Reporterin, was gibt es Neues zu berichten?"
„Einiges."

„Erzähl."

„Bin seit gestern hauptamtlicher Schutzengel eines verunglückten Porschefahrers."

„Wie kommt man denn zu dem Job?"

„Ist nicht so schwer. Du musst nur mit etwas Glück zur rechten Zeit an der richtigen Stelle sein."

„Das war wann und wo?"

„Gestern Morgen draußen bei mir am See. Ein Porsche flog aus der Kurve und blieb wie ein Maikäfer auf dem Dach liegen. Er fing Feuer. Der Fahrer lag bewusstlos neben seinem Auto. Ich brachte ihn aus der Gefahrenzone. Nun bin ich sein Schutzengel."

„Gratuliere."

„Danke. Dem Fahrer geht's soweit ganz passabel. Ich habe ihn heute Mittag im Krankenhaus besucht. Wollte wissen, wie's ihm geht."

„Ok. Ich nehme an, dem Auto geht es nicht so prächtig."

„Nicht wirklich. Der Wagen ist vollkommen ausgebrannt. Ein wertloser Haufen Schrott, der nicht mehr zu retten ist."

Die letzten Tropfen Altöl wischte Sally mit einem Lappen ab, fädelte eine neue Kupferdichtung über das Gewinde der Ablassschraube und drehte diese mit vorsichtiger Hand in die Öffnung der Ölwanne. Alles dicht. Max betätigte den Schalter der Hebebühne, sodass der VW-Bus gemächlich zu Boden sank. Sally öffnete die Motorhaube, dann den Einfüllstutzen fürs Motoröl und füllte die vorgeschriebene Menge ein.

„Wenn du da nicht ein wenig zu voreilig mit deinem Urteil bist."

„Max, die Kiste ist ausgeglüht! Fini. Da geht nichts mehr."

„Sal, alte Schrauberregel: Ein Porsche wird nicht verschrottet. Es gibt in der Szene viele kreative Jungs, die selbst Schrott zum Glänzen bringen."

„Jetzt komm' mir nicht mit deinem Werkstatt-Latein ..."

„Was glaubst du, warum über zwei Drittel aller jemals gebauten Porsche immer noch rumfahren?"

„Sind eben Autos von hoher Qualität."

„Da sind wir uns einig. Aber dann erklär mir mal, wie es ein und dasselbe Auto zweimal geben kann. Wohlgemerkt: mit Papieren und gleicher Fahrgestellnummer."

„Das gibt's nicht!"

„Das gibt's. Sogar bei uns in Deutschland. Mit Brief und Siegel der deutschen Zulassungsbehörden."

„Das glaub ich nicht."

„Glaub's mir. Zwei Besitzer, zwei Wagen, die gleiche Fahrgestellnummer. Beide haben ihr Auto rechtmäßig erworben. Eines davon war so herausragend gefälscht, dass niemand mehr feststellen konnte, welcher Wagen der echte war. Am Ende einigten sich alle Beteiligten darauf, an ein und dieselbe Fahrgestellnummer bei dem einen Wagen ein kleines ‚a' und bei dem anderen ein ‚b' zu hängen. Einer von beiden war aber nie bei Porsche in Zuffenhausen vom Band gelaufen – zumindest nicht am Stück mit eigener Identität."

„Unglaublich!"

„Aber wahr. Du siehst, nichts ist unmöglich, wenn so ein Unfall-Porsche in die Hände von Leuten gerät, die ebenso künstlerisch begabt wie kriminell sind."

„Echt spannend. Das würde ich mir gerne mal genauer anschauen."

„Vergiss es, Sal. In der Szene wird in Hinterzimmern viel geredet und die meisten wissen, dass nicht immer alles mit rechten Dingen zugeht. Doch offen darüber sprechen wird keiner."

„Warum nicht?"

Max fasste sie bei der Schulter. Er drehte sie zu sich herum und schaute ihr ernst in die Augen: „Weil es schädlich fürs Geschäft wäre. Und womöglich lebensgefährlich. Wenn ich dir einen väterlichen Rat geben darf: Lass bitte die Finger von solchen Geschichten."

Sally schlenderte in Gedanken versunken in den Umkleideraum, wusch sich die Hände, löste die Träger vom Blaumann und ließ ihn an sich hinuntergleiten. Folgte sie Max, dann gab es einen Schattenmarkt für wertvolle historische Fahrzeuge, eine Art ,Darknet' für Porsche und Co. In dieser Parallelwelt wurde auf Teufel komm raus frisiert und gefälscht. Einen Tacho zurückzudrehen gehörte da zu den lässlichen Sünden. Sie war nicht naiv. Natürlich wusste sie, dass der High-End-Oldtimer-Markt ähnlich wie der Kunstmarkt funktionierte. Und in beiden ging es um eine Menge Geld. Sie war aber davon ausgegangen, dass Fälschungen eher die Ausnahme waren –

und meist aufflogen. So war es zumindest bei Kunstwerken. Denn die gab es in der Regel nur einmal als Original. Wie Claude Monets Seerosen, die in London in der Tate Modern Art Gallery hingen. Kunstdrucke des Motivs gab es in vielen Wohnzimmern zu bewundern, vom Original für jeden Laien schon wegen des Formatunterschieds leicht zu unterscheiden. Bei Oldtimern war das anders. Da gab es eben nicht das eine Original, sondern hunderte oder gar tausende. Jedes erhielt zum Beispiel durch im Rahmen eingeschlagene Kennziffern eine eigene Identität. Damit waren sie einmalig und eindeutig zu identifizieren. Zumindest in der Theorie ...

Sie zog sich an und betrat wieder die Werkstatt. Der Geruch von Öl, Gummi und Metall stieg ihr in die Nase und startete von einem Moment auf den anderen ihr Kopfkino:

,Sal, kannst du die Radmuttern rausdrehen? Ich hab sie für dich schon gelockert.' – ,Ja, Dad.' – ,Und dann brauche ich gleich den Bremsenreiniger. Du weißt, die Flasche mit dem roten Etikett ...'

Seit ihrer Kindheit liebte Sally diese Welt aus Werkzeugen und Ersatzteilen. Sie hatte diesen „Spielplatz für große Jungs" frühzeitig für sich erobert – zur Freude ihres Vaters. Anfangs hatte sie Schrauben und Muttern nach Größe in Kistchen und Kästchen einsortiert. Sie war wissbegierig und schaute sich vieles ab. Mit zehn Jahren zerlegte sie den stotternden Motor des Rasenmähers, reinigte die Innereien und baute alles fein säuberlich zusammen. Mit Erfolg: Das Ding schnurrte wieder wie am ersten Tag.

Sie schob die Tür zum Büro auf. Max saß vor dem Computer und brütete über einer Rechnung. Sie trat von hinten an seinen Stuhl und legte beide Arme um seinen Hals: „Was bin ich dir schuldig?"

„Nichts. Das weißt du doch. Oder vielleicht doch: Meine nächste Pizza bei deinem Lieblingsitaliener geht auf deinen Deckel! Einverstanden?"

„Wenn ich dich so mal wieder auf die andere Rheinseite locken kann, gerne. Ich melde mich bei dir, wenn ich aus England zurück bin." Sie gab ihm einen Kuss auf die Wange und ließ ihn mit seinem Papierkram alleine zurück.

Sie entschied sich, für die Heimfahrt nicht die um diese Uhrzeit überfüllte Autobahn zu nehmen. Stattdessen steuerte sie ihren VW-Bus über die Landstraße zur Fähre in Köln-Langel. Schwäne und Enten stritten sich am Ufer um Brotkrumen, die Kinder und Rentner ihnen zuwarfen. Ausflügler, die mit dem Fahrrad unterwegs waren, belagerten die Frittenbude und ließen sich Currywurst mit Pommes schmecken. Jedes Mal genoss sie die Überfahrt, die nur wenige Minuten dauerte. Der kurze Ausflug aufs Wasser war für sie wie ein kleiner Urlaub zwischendurch. Sie verließ das Auto und lehnte sich an die Reling. Sonnenstrahlen fielen durch die Trauerweiden, deren Äste und Zweige fast das Wasser berührten. Mückenschwärme nutzten die pittoreske Szenerie für ihren frühabendlichen Tanz. Tiefliegende Lastkräne kreuzten in sicherem Abstand den Weg der Fähre. Routiniert schipperte der Kapitän zum gegenüberliegenden Ufer. *Summertime, and the living is easy ...*

In Zeitlupe öffnete sich die Schranke und gab den Weg frei. Sally kehrte zurück zu ihrem Bus und startete den Motor. Im Schritttempo rollte sie über den stählernen Anleger auf den gepflasterten Weg, der die Böschung hinaufführte. Ohne Eile rollte sie am Rhein entlang heimwärts. Sie beschloss, es sich nach dem gestrigen Abend zuhause auf der Couch mit einem Buch gemütlich zu machen. Die kommenden Tage in London würden anstrengend werden. Und morgen früh musste sie um 4.30 Uhr aus den Federn, um pünktlich am Flughafen zu sein.

Sehr geehrter Herr von Ostendorf,

Wir freuen uns, Ihnen schon nach wenigen Tagen die Ergebnisse unseres hausinternen Gutachters überreichen zu dürfen. Den Wiederbeschaffungswert des Fahrzeugs setzen wir mit 90.000 Euro an. Den Restwert taxieren wir auf 40.000 Euro.

Gerne überweisen wir Ihnen den Differenzbetrag in Höhe von 50.000 Euro, sobald Sie dem Gutachten, das Sie im Anhang finden, zugestimmt haben. Wir freuen uns auf Ihre zeitnahe Antwort ...

Die Recherchetage in der britischen Hauptstadt waren anstrengend gewesen. Sally hatte alles daran gesetzt, ihre Termine in die ersten drei Tage zu packen. Der Freitag sollte ihr gehören, bevor sie am Samstag zurück nach Deutschland fliegen würde. Sie wollte die Themse entlang schlendern, in Notting Hill shoppen, und nach Jahren mal wieder die Tate Modern besuchen. Den Abend wollte sie mit Niklas Schneider mit einem Dinner in „Jamie's Italian" ausklingen lassen. So der Plan, den beide schon vor Wochen geschmiedet hatten.

Dann hatte sie beim morgendlichen E-Mail-Check den Hilferuf von Peter von Ostendorf gefunden. Sie hatte das beigefügte Gutachten überflogen. Ohne die fachlichen Bewertungsdetails zu verstehen, war ihr schnell klar, dass mit den Zahlen etwas nicht stimmte. Wenn sie nicht ganz danebenlag, dann dürfte der Wiederbeschaffungswert für einen 911 S aus den frühen 1970er Jahren jenseits von 150.000 Euro liegen. Und dann der angesetzte Restwert des Fahrzeugs. Unmöglich, dass ein ausgeglühter Haufen Schrott diesen Wert haben sollte. Es sah so aus, als habe Peter von Ostendorf den Unfall nahezu unversehrt überstanden, längst aber nicht die sich anbahnende Auseinandersetzung mit der Versicherung.

Sie rief ihren Gutachter-Freund an, erreichte nur die Mailbox und hinterließ eine Nachricht. Niklas würde sie umgehend zurückrufen, sobald er dazu Gelegenheit hätte. Sie antwortete Peter von Ostendorf mit einer kurzen Mail und versprach, sich sofort bei ihm zu melden, nachdem sie mit Niklas gesprochen habe. Dies werde aber wohl erst am späteren Abend sein.

Sie verließ ihr kleines Hotelzimmer. Die Enge der mit roter Textiltapete bespannten Wände ertrug sie nur im Schlaf, die goldenen Ornamente darauf nur mit geschlossenen Augen. Mit traumwandlerischer Sicherheit fand sie den Weg durchs Labyrinth der verwinkelten Gänge in den Frühstücksraum. Im „Lord's Hotel" war sie Stammgast. Hier stieg sie ab, wann immer sie in London war. Das hatte diverse Vorteile – neben der direkten U-Bahn-Anbindung an den Flughafen Heathrow. So gab das Personal sich alle Mühe, im Rahmen der Möglichkeiten ihren Wünschen nachzukommen. Dazu gehörte ein trinkbarer Kaffee ebenso wie ein perfekt gekochtes Ei. Rührei mit Speck und

Würstchen zum Frühstück waren nicht ihr Ding. All diese Annehmlichkeiten ließen sie das kleine Zimmer mit gewöhnungsbedürftiger Ausstattung verschmerzen.

Beim Frühstück hatte Sally ihren Stammplatz am Fenster. Mehr noch als den frisch gepressten Orangensaft genoss sie das geschäftige Treiben draußen auf dem Piccadilly Circus. Ihr Handy klingelte. Es war Niklas Schneider.

„Hi Sal, Niklas hier. Hast wohl Sehnsucht nach mir und kannst nicht bis zum Abendessen warten. Was gibt's?"

„Wo treibst du dich rum in dieser schönen Stadt?"

„Ich bin vor dem Londoner Wetter in den Untergrund geflohen."

„Du sitzt in der ‚Underground'?"

„Fast. Und ich sitze nicht, ich knie."

„Du bist im Keller einer Kirche?!"

„Sal, gib dir keine Mühe. Da kommst du nie drauf. Aber ich sag's dir nur, wenn du mir versprichst, dass ich es nicht morgen in irgendeiner Zeitung lese."

Niklas wusste genau, wie er die Motorjournalistin vor Neugierde an den Rand des Platzens bringen konnte.

„Versprochen. Jetzt sag' schon!"

„Ich bin tief unter der Erde in den heiligen Hallen von Sotheby's."

„Machst du jetzt statt in Motoröl in Ölgemälde?" frotzelte Sally.

„Keine Sorge, ich bleibe dem Motoröl treu. Ich will dich nicht länger auf die Folter spannen. Vor mir auf dem Boden liegt – quasi als automobiles Puzzle – ein seit Jahrzehnten verschollener Auto-Union-Rennwagen aus den dreißiger Jahren. Das letzte Mal, dass mich ein vierrädriges Gefährt so in seinen Bann gezogen hat, ist Jahrzehnte her. Es war mein blaues Tretauto, das Weihnachten unter dem Küchentisch stand – und heute vor meinem Schreibtisch im Büro."

„Meinst du, ich kann mal kurz vorbeikommen und mir das gute Stück ansehen?"

„Keine Chance, Sal. Ich habe dir schon viele Türen geöffnet, die anderen verschlossen bleiben. Aber das hier ist ‚top secret'. Fort Knox. Mich wundert, dass die mich hier nicht mit verbundenen Augen reingeführt haben ..."

„Wo kommt der Wagen her?"

„Das Blech-Puzzle wurde über verschlungene Pfade, die ich nicht kenne und auch nicht in Erfahrung bringen will, aus diversen Ländern des ehemaligen Ostblocks zusammengetragen. Viel mehr weiß ich nicht. Nicht einmal den oder die Besitzer kenne ich. Aber ich sage dir, das Ding ist echt – und damit selbst unter Freunden mehr als drei Millionen Euro wert. Vielleicht ein so genannter Scheunenfund. Auf jeden Fall aber ein Lottogewinn für die Eigner."

„Wow. Und was passiert jetzt damit?"

„Ich nehme an, das Schmuckstück wird den Weg vieler seltener Dinge gehen, die Menschen, die es sich leisten können, besitzen wollen."

„Verstehe. Der Renner kommt unter den Hammer. Und irgendein reicher Araber, Chinese oder russischer Oligarch wird ihn per Telefon ersteigern. Und ihn dann auf ewig wegschließen vor der Öffentlichkeit. Wie eine seltene Münze oder Briefmarke."

„So wird es wohl kommen. Doch bevor wir beide jetzt in Trübsal versinken: Weshalb hast du eigentlich angerufen? Wo wir uns doch heute Abend sehen."

„Schau mal in deine Mails, Niklas, wenn dein Puls wieder auf Normalniveau gesunken ist. Im Posteingang findest du das Anschreiben einer Versicherung inklusive Gutachten. Alles dreht sich um einen verglühten Porsche, dessen Wiederbeschaffungswert für mich zu niedrig ausfällt. Der übrig gebliebene Schrott hingegen soll angeblich 40.000 Euro wert sein. Der Wagen gehört Peter von Ostendorf. Hab ihn letzten Sonntag von seinem brennenden Auto weggezerrt und bin seitdem sein Schutzengel."

„So so, Sal."

„Mein gesunder Menschenverstand sagt mir, dass da irgendetwas nicht koscher ist. Aber mach dir selbst ein Bild und schau dir die Mail an. Heute Abend reden wir dann in aller Ruhe darüber. Wird sicher nicht langweilig werden."

„Mit dir doch nie. Um 19 Uhr bei ‚Jamie's Italian'?"

„So haben wir es besprochen. Bis heute Abend, Niklas. Ich freue mich drauf."

Sie stellte sich vor, wie ihr Freund in den Katakomben des weltberühmten Auktionshauses unter kalt-gleißenden Neonröhren seine ganz persönliche Oldtimer-Messe zelebrierte. Rechts und links Regale, bis zur Decke gefüllt mit Bildern, Skulpturen und Antiquitäten. Wie er die Hände, die in weißen Baumwollhandschuhen steckten, über polierte Aluminiumteile gleiten ließ, und jede Menge Fotos und Notizen aufnahm. Ein akribischer Archäologe, dessen höchstes Glück nicht Schädel und Knochen, sondern Kolben und Schrauben waren.

Sally trank ihren Kaffee aus, schulterte ihre Umhängetasche. Bereit für den Großstadtdschungel trat sie hinaus auf den Piccadilly Circus. Sie schlenderte Richtung St. James's Park, schaute an Downing Street 10 vorbei und war bald am Themseufer, um einen Blick aufs London Eye zu werfen. Sie suchte sich eine Parkbank in den Victoria Tower Gardens, schloss die Augen und genoss die wärmende Sonne.

Auf einmal war da dieser unbändige Wunsch nach Klarheit, nach Echtheit. Zu viel hatte sie sich in den vergangenen Tagen mit Fälschungen und Dubletten beschäftigt. Zeit für ein Museum. Die Tate Modern war nur wenige Gehminuten entfernt. So beschloss Sally, der Themse weiter zu folgen und im Museum ihren Hunger nach Echtem und Schönem zu stillen.

Als sie die heiligen Kunsthallen betrat, umfing sie eine angenehme Kühle. Sie lustwandelte entlang der Bildergalerien, betrachtete Gemälde und las mit Interesse die kleinen Infotäfelchen daneben. Bild für Bild tastete sie sich mit ihren Augen vorwärts, von Wand zu Wand, von Raum zu Raum.

Dann hing es plötzlich vor ihr, dieses schier uferlose Monument des Impressionismus. Water Lilies – Seerosen. Einzigartig. Gewaltig und immer wieder überwältigend. Wie hatte Claude Monet es nur geschafft, diesem wandfüllenden Motiv eine derartige Leichtigkeit zu geben. Wie immer, wenn Sally vor dem Bild stand, kam sie zu demselben Schluss: Das Geheimnis lag in den zarten Pastelltönen, mit denen Monet die Wasserlandschaft auf Leinwand gebannt hatte.

Sie wusste nicht, wie lange sie in das Bild versunken war. Als sie auf die Uhr schaute, sah sie, dass es Zeit war, zum Hotel zurückzukehren und schnell eine Dusche zu nehmen. Sie wollte pünktlich wie mit Niklas verabredet im ‚Jamie's Italian' sein.

Bis zum Restaurant in Covent Garden war es nicht einmal ein Kilometer. Sally beschloss, den Weg zu Fuß zu gehen. Sie schlüpfte in ihr cremefarbenes geblümtes Seidenkleid und fand, weiße Chucks seien passend für den kleinen Marsch. Helle Farben brachten am besten ihren braungebrannten Körper zur Geltung. Sie drehte sich vor dem Spiegel im Kreis und beobachtete, wie die leichte Seide sich bauschte und mit ihr im Kreis schwebte. Sie gefiel sich.

Sally setzte Strohhut und Sonnenbrille auf, griff ihre Tasche und stürzte sich ins Feierabendgewühl. Sie genoss es mitzuschwimmen im Strom der Menschen, die aus ihren Büros nach Hause eilten, auf dem Weg in irgendeinen Pub waren oder, oder, oder ... Hin und wieder verweilte sie vor Schaufenstern, betrachtete sich selbst – und genoss die anerkennenden Blicke.

Sie freute sich auf den Abend mit Niklas Schneider – und auf das Essen, das es im „Jamie's Italian" gab. Der britische Koch Jamie Oliver gehörte zu ihren Favoriten. Sie liebte seine pfiffige, frische Küche, die recht einfach nachzukochen war. Und sie schätzte Mr. Oliver für sein gesellschaftliches Engagement. Er hatte es geschafft, das britische Schulessen zu verbessern. Kein leichtes Unterfangen. Und er begeisterte Millionen Menschen mit seinen Büchern, TV-Auftritten und im Internet dafür, ihr Essen selbst zuzubereiten. Mit Erfolg. Auch Sally verzichtete, wann immer es sich einrichten ließ, auf Fast Food und kochte abends, wenn sie von der Arbeit kam. Für sie war es keine lästige Pflicht, sondern Vergnügen, manchmal auch Meditation.

Niklas zog sie stets mit ihrer Vorliebe für den kochenden Engländer auf. Aber er gönnte ihr das kulinarische Vergnügen in Covent Garden, zumal er selbst der dort zelebrierten italienischen Küche zugetan war. Und wie Sally liebte er das Einfache, das Ehrliche, das gut Gemachte – egal ob mit Schraubenschlüssel, Gitarre oder Kochlöffel. Als er ihr einmal zu verstehen gegeben hatte, dass Mr. Oliver eine perfekt geölte Marketing-Maschine betrieb, hatte sie nur geantwortet: „Das ist für mich vollkommen ok, solange der Typ dahinter authentisch und engagiert ist." Und das schien er zu sein. Offensichtlich war er nicht abgehoben, sondern lebte mit Frau und Kindern auf einem Landgut vor den Toren der britischen Hauptstadt.

Sie trat ins Restaurant ein und steuerte auf den kleinen Tisch mit Blick auf den Innenhof zu. Auch wenn die Luft draußen lauwarm war, wollte sie doch drinnen sitzen. Sie liebte die klare und aufs Wesentliche reduzierte Ausstattung, die mit weißen und schwarzen Fliesen gestalteten Wände, die rustikalen Tische und Stühle aus Holz und Metall. Und sie schätzte das Personal, das von der Servicekraft bis zum Koch Freude an der Arbeit ausstrahlte. Sie bestellte eine Flasche Mineralwasser. Den Wein würden sie später passend zum Essen wählen.

Niklas Schneider kam fünf Minuten zu spät. Wie ein Leuchtturm stand er im Eingang und drehte seinen Kopf von rechts nach links. Seine Arbeitskleidung hatte er im Hotelzimmer gelassen und stattdessen sein Lieblingsshirt angezogen. Es zeigte als weißer Scherenschnitt auf schwarzem Grund all jene Apple-Produkte, die er sein Eigen nannte – vom iPhone bis zum großen iMac. Das T-Shirt hatte er von einer Dienstreise aus San Francisco mitgebracht. Damals war er rausgefahren nach Cupertino, hatte seinen Leihwagen vor dem Headquarter des Technologiekonzerns abgestellt und den einzigen Store des Unternehmens auf der ganzen Welt mit Umkleidekabine geentert. Nach 15 Minuten verließ er ihn mit einer Tragetasche in jeder Hand. Er drückte einem Mitarbeiter sein iPhone in die Hand, um diesen denkwürdigen Moment für die Ewigkeit festzuhalten. Noch heute ziehen ihn seine Kumpels mit dem Foto auf. Als Apple-Jünger steht er über den Dingen: „Andere machen einmal im Leben ihre Hadsch nach Mekka und umrunden dort einen schwarzen Stein. Ich wollte einmal in meinem Leben auf den Spuren von Steve Jobs wandeln und bin um seinen Firmensitz aus Marmor und Glas gelaufen." Sally fand, dass die beiden Brüder im Geiste waren, denn beide liebten sie ästhetisch gestaltete Dinge.

Niklas Blick hellte sich auf, als er Sally am kleinen Zweiertisch entdeckte. Er begrüßte sie mit einem Wangenkuss und gesellte sich zu ihr: „Wartest du schon lange?"

„Ich bin erst vor wenigen Minuten gekommen. Kein Problem. Du weißt, wie gerne ich hier bin."

Sie orderten eine Vorspeisenplatte für zwei. Beim Hauptgang entschied Sally sich für ‚Chicken Al Mattone'. Niklas wollte das ‚Pork Milanese' ausprobieren. Ihr Begleiter zum Essen sollte eine feine Flasche Weißwein aus dem Piemont sein.

Niklas fingerte sein Tablet aus dem Rucksack. Er war zu Erkenntnissen gelangt, die er mit seiner Freundin besprechen wollte: „Sal, ich habe mir die Sachen von der Versicherung näher angeschaut, vor allen Dingen das Gutachten."

„Und, verstehst du, dass ich bei dem Zahlenwerk so meine Zweifel habe?"

„Durchaus. Das Gutachten ist meiner Meinung nach mit der heißen Nadel gestrickt. Und der, der da gestrickt hat, hat allem Anschein nach nicht übermäßig viel Ahnung von Oldtimern."

„Gut möglich. Woran machst du das fest?"

Niklas nahm einen Schluck Mineralwasser und schob Sally sein Tablet rüber: „Schau mal genau hin, der Gutachter spricht nur von einem Porsche 911. Ich gehe mal davon aus, dass er nicht einmal weiß, dass es zu Beginn der 1970er Jahre verschiedene Modelle des gleichen Typs gab. Der gute Mann hat offenbar einen ordinären 911 E vor Augen. Du hast mir gesagt, es handelt sich um einen 911 S. Zugegeben, die Unterschiede sind auf den ersten Blick klein. Der ‚S' hat 25 PS mehr und ist mit 220 Stundenkilometern ganze 15 schneller. Wichtiger aber ist, dass er weitaus seltener als das Basismodell ist."

„Ich weiß, Nick, die Jungs bei Porsche haben sich schon immer einen Spaß daraus gemacht, Sondermodelle in Kleinserie auf den Markt zu werfen. Wobei das mit dem Markt nur zum Teil stimmt. Die Wagen sind für viel Geld an eine handverlesene Kundschaft verkauft, lange bevor sie vom Band laufen."

„Und die verschwinden dann auf Nimmerwiedersehen in irgendwelchen Sammlungen steinreicher Leute. Dabei gehören sie auf die Straße, um Spaß damit zu haben!"

„Nick, jetzt nicht ins Schwärmen geraten. Was ist mit dem Wiederbeschaffungswert?"

„Der im Gutachten angegebene Wert passt – aber nur für einen simplen 911. Reden wir aber über einen 911 S, so liegt der Wiederbeschaffungswert ordentliche 60.000 Euro darüber. Also bei etwa 150.000 Euro. Wie gesagt, den Unterschied erkennt auf den ersten Blick nur ein Fachmann an ein paar Kleinigkeiten. Das ist wie bei Briefmarken: Auf den ersten Blick sehen zwei vollkommen gleich aus und die Unterschiede musst du mit der Lupe suchen."

„Wie schätzt du die Sache mit dem Restwert ein? Einige 10.000 Euro werden da für einen Haufen Schrott aufgerufen?"

Da die Kellnerin die Vorspeise auftrug, blieben Niklas Schneider ein paar Sekunden mehr, um seine Antwort zu überdenken: „So, wie du mir die Überreste beschrieben hast, sehe ich nicht, dass dieser Porsche irgendwelche verwertbaren Teile hat. Wenn dem so ist, würde ich den Restwert mit null bewerten. Da gibt es keine Diskussion."

„Aber Max sagte mir, es sei eine alte Schrauber-regel, dass Porsches nicht so schnell ausgemustert würden ..."

„Da hat der alte Max nicht ganz unrecht. Er hat dir sicher von den vielen kreativen Werkstatt-Künstlern erzählt, die kaum mehr als Original-Papiere brauchen, um einen Porsche wieder von den Toten auferstehen zu lassen."

„Hat er, Nick."

„Sal, du weißt, ich spekuliere nicht gerne. Ich brauche Fakten, um mir ein fundiertes Urteil zu erlauben. Und die Sache fängt an, mich zu interessieren. Ich mache dir folgenden Vorschlag: Ich bin morgen Mittag wieder in meinem Büro in Düsseldorf. Nachmittags hätte ich Zeit, nach Zülpich rauszufahren und mir den Wagen auf dem Abstellplatz einmal genauer anzuschauen. Du warst bei der Polizei, kannst du mir die Adresse des Abschleppdienstes geben?"

„Schicke ich dir heute Abend per Mail."

„Meinst du, dein Peter von Ostendorf ist damit einverstanden, wenn ich mich da einmische? Ich will alle Infos für ein unabhängiges Gegengutachten zusammentragen und mal mit der Versicherung sprechen. Ich habe da meine beruflichen Kontakte."

„Moment, mein lieber Nick. Damit du da nicht etwas falsch verstehst: Peter – ich meinte, Herr von Ostendorf – ist nicht *mein* Peter."

„Na, das hätten wir dann geklärt." Niklas musste schmunzeln. „Ich schicke dir gleich ein Beauftragungsformular, das ich bis morgen Mittag gerne von Herrn von Ostendorf per Mail unterschrieben zurück hätte. So habe ich was in der Hand, damit Werkstatt oder Versicherung mich nicht vom Hof jagen."

„Ich werde heute Abend mit ihm telefonieren, um von unserem Gespräch zu berichten."

„Falls ich nichts anderes höre, bin ich morgen Nachmittag auf dem Weg zum Abschleppdienst in der Eifel und rede danach mit der Versicherung. Und jetzt lass uns das Essen genießen."

Sally schenkte beiden etwas Wein nach und prostete Niklas zu. Die Kellnerin, die die Hauptspeise servierte, half ihr, ihre Verlegenheit zu überspielen: „Ja, Nick, Peter und ich duzen uns, seit ich ihn im Krankenhaus besucht habe. Ich bin ja jetzt sein Schutzengel. Und den darf man duzen."

„Sal, da empfinde ich genau wie du."

„Du solltest dich nicht über mich lustig machen."

„Mache ich doch gar nicht."

„Es gibt ein weiteres kleines Problem. Ich habe Peter von Ostendorf versprochen, dich darauf anzusprechen."

„Um was geht es?"

„Im Krankenhaus hatte ich Peter gefragt, ob ein Fahrfehler der Grund für den Unfall gewesen sei. Daraufhin schilderte er mir, dass beim Herausbeschleunigen aus der Kurve keine Motorleistung angelegen habe."

„Verstehe. Ein Scheißgefühl, wenn du Gas geben willst und es kommt kein Schub. Kann aber passieren. Vor allen Dingen, wenn der Motor über offene Luftfilter beatmet wird."

„Die Dinger haben damals viele gefahren. Nach der Devise: mehr Luft – mehr Leistung."

„Hört sich fast so an wie ‚mehr Hubraum statt Wohnraum'."

„Auch nicht schlecht!"

„Ok, Sal, dann jetzt ein kleiner Exkurs in Sachen Motorentechnik: So herrlich sich offene Luftfilter anhören, sie können im entscheidenden Moment Probleme machen."

„Und dieser Moment kommt selten gelegen? Zum Beispiel im Scheitelpunkt einer Kurve?"

„Sal, woher hast du als Frau nur dieses Fachwissen." Nick konnte es nicht lassen, sie hin und wieder damit aufzuziehen, dass sie in dieser Männerwelt, in der sich alles um schnelle Autos drehte, immer noch eine Exotin war. Und zwar eine versierte, wie er stets anerkennend anmerkte. „Was passiert? Du bremst die Kurve von außen an, lenkst spät ein, um den Scheitelpunkt innen anzufahren. Denn du willst die gesamte Fahrbahnbreite nutzen, um den Wagen aus der Kurve heraus zu beschleunigen. Genau in diesem Moment aber schlagen die Flammen aus dem Ansaugkanal zurück – das Gas entweicht in die falsche Richtung, denn eigentlich sollte es in diesem Moment angesaugt werden."

„Verstanden. Der Motor verschluckt sich und rülpst? Er hat eine kleine Magenverstimmung?"

„Wenn du so willst. Er spuckt Feuer wie ein Drache durch die offenen Luftfilter. Und hat in diesem Moment kein zündfähiges Benzin-Luftgemisch in den Brennräumen der Zylinder. Und damit keine Leistung."

Vom feuerspuckenden Drachen angeregt, bestellte Sally zum Nachtisch Crème brûlée und einen Espresso. Sie ließ die Speisekarte sinken: „Nick, für heute haben wir genug über Autos gesprochen. Lass uns über etwas anderes reden. Etwas mit mehr Leichtigkeit des Seins."

„Wie wäre es mit Fußball? Gegen wen haben deine Gladbacher letztes Wochenende gespielt? Gab's da nicht eine ordentliche Klatsche ...?"

Die schönste Nebensache der Welt ließ sie für einige Zeit die Welt um sie herum vergessen. Nick brachte Sally bis zu ihrem Hotel am Piccadilly Circus. Sie vereinbarten, sich am kommenden Mittwochabend bei Luigi mit Peter von Ostendorf zu treffen. Nick hoffte, nach einer eingehenden Besichtigung des Porsche Licht ins Dunkel der eigenartigen Zahlenwelt der Versicherung bringen zu können.

Niklas Schneider hatte am Morgen den ersten Flieger Richtung Düsseldorf genommen. Kurz nach 9:00 Uhr saß er an seinem Schreibtisch in der „Classic Remise". Dieses Mekka für Oldtimer in einem alten Straßenbahndepot der nordrhein-westfälischen Landeshauptstadt war sein zweites Zuhause. Immer, wenn er eine Pause brauchte, schlenderte er zwischen den alten Fahrzeugen umher, die die Händler zum Kauf anboten. Es gab klimatisierte Stellplätze für kostbare Autos. Spezialisten hegten und pflegten die Fahrzeuge und brachten sie auf Wunsch der wohlbetuchten Kundschaft zur Ausfahrt bis vor die heimische Haustüre. Hier kannte jeder jeden. Und viele Händler suchten den Rat des versierten Gutachters, wenn es darum ging, einen Oldtimer korrekt zu bewerten.

Gegen Mittag rief er Max Wolf an. Sally hatte die beiden Männer vor ein paar Jahren miteinander bekanntgemacht. Niklas war mit ihr auf die andere Rheinseite gefahren, weil der VW-Bus eine Inspektion brauchte. Und während Sally ihren Bulli auf Vordermann brachte, hatte Niklas die Zeit genutzt, um durch die Werkstatt zu stöbern und die Nase in viele Oldtimer zu stecken, die gewartet oder restauriert wurden. Bei den modernen computergestützten Messgeräten verschwendete er keine Zeit. Ihn zog es zu den alten Bosch-Motortestern aus den sechziger und siebziger Jahren des vergangenen Jahrhunderts. Vieles funktionierte damals mechanisch. Und das höchste der Gefühle elektronischer Darstellkunst war ein grüner

Punkt, der auf einem kleinen Bildschirm eine Fieberkurve schrieb. Gute alte Zeit. Das Leben war damals analog – wie die Technik der Autos.

Am anderen Ende der Leitung ging jemand ans Telefon: „Max Wolf hier!"

„Hi Max, hier ist Niklas. Wann machst du heute deinen Laden zu?"

„Wie immer samstags, um 14:00 Uhr."

„Ich wette, du hast schon von Sallys Rettungstat und dem ausgebrannten Porsche gehört. Wir haben uns gestern Abend in London getroffen. Da sie der persönliche Schutzengel des Fahrers ist, den sie gerettet hat, hab ich ihr versprochen, mir heute das Auto einmal anzuschauen. Der Gutachter der Versicherung hat seine Bewertung für mein Gefühl mit der heißen Nadel gestrickt. Und dann sagt die Versicherung, dass der Haufen Schrott mehrere 10.000 Euro wert sein soll."

„Mach keinen Quatsch, ist das wahr? Sal ist schon jetzt ganz heiß auf das Thema."

„Du kommst mit?"

„Na klar. Ich will wissen, wo meine Kleine ihre Finger drin hat."

„Du willst verhindern, dass sie sich die verbrennt. Max, das wirst du nicht ein Leben lang tun können."

Über die Bemerkung ging der alte Schrauber geflissentlich hinweg: „Wann bist du hier?"

„14:00 Uhr. Und damit wir ein bisschen Spaß haben, komme ich mit dem E-Type-Cabrio. Die Raubkatze freut sich sicher über ein wenig Auslauf."

„Freu mich drauf. Dann mach mal hinne!"

Max hatte es geschafft, die Tore der Werkstatt pünktlich zu schließen. Das kam selten genug bei ihm vor. Den ölgetränkten Blaumann und sein Hazet-Poloshirt hatte er gegen eine helle Jeans und ein kurzärmeliges Holzfällerhemd getauscht. Nur sein Kopfschmuck war wie immer der alte. Auf dem grauen Haarschopf thronte die schwarze Baseballkappe mit dem silbernen Logo der Schweizer Concept-Car-Schmiede Rinspeed. Er mochte die verrückten Auto-Ideen der eidgenössischen Firma aus Zumikon.

Niklas wählte für die Fahrt Richtung Süden die gemütliche Gangart. Bei geöffnetem Verdeck genossen sie den Fahrtwind und die wärmenden Strahlen der Sonne. Das mit dem alten Radio gekoppelte Handy lieferte den passenden Soundtrack: das Live-Album „Songs from the Road" der finnischen Bluesgitarristin Erja Lyytinen. Niklas hatte sie vor Jahren bei einem Job in Helsinki abends in einer Bar gehört. Seither hatte ihn die Musikerin und ihr schnörkelloser Blues nicht mehr losgelassen.

Der Jaguar zog gemächlich seine Bahnen über die kurvigen Landstraßen. Der Sechszylinder unter der Haube brabbelte dazu entspannt vor sich hin. Beide fanden, dass der Weg nach Zülpich eindeutig zu kurz war.

Niklas hatte seinen Besuch beim Abschleppdienst angekündigt. Firmenchef Franz Glaser hatte sich gewundert, dass ein zweiter Gutachter das Auto unter die Lupe nehmen wollte. Aber er hatte versichert, dass er bis 18:00 Uhr vor Ort erreichbar sei. Wie hatte er gemeint: „Dann kommen Sie mal vorbei."

Mit einem schwarzen E-Type-Cabriolet hatte Franz Glaser nicht gerechnet. Normalerweise fuhren Gutachter im VW Golf oder Skoda Oktavia vor. Er wirkte beeindruckt und ein wenig verwirrt zugleich: „Einen schicken Dienstwagen haben Sie da!"

Niklas lachte: „Das ist nur der Zweitwagen. Der darf raus aus der Garage, wenn die Sonne scheint, so wie heute. Mein Freund und Werkstattmeister Max Wolf und ich wollten die Arbeit mit ein wenig Spaß verbinden."

„Dann kommen Sie mal mit. Wir haben den Porsche – oder das, was davon übrig geblieben ist – hinter der Werkstatt auf dem Hof unter einer Plane geparkt."

Sie folgten Franz Glaser durch die Werkshalle. Auf dem grau gepflasterten Hof formten drei verschlossene Frachtcontainer auf Stelzen ein weitläufiges „U". Unter ihnen lagen Stapel Altreifen, zwischen denen Grasbüschel und Löwenzahn den Weg ans Licht suchten. Etwas abseits rostete ein uralter Abschleppwagen vor sich hin. Die gelbe Lackierung hatte die Sonne im Laufe der Jahrzehnte ausgebleicht und eine matte Oberfläche zurückgelassen, die Moos und Grünspan eine Heimat bot.

Niklas Schneider und Max Wolf hatten beide schon einiges über den ausgebrannten 911er gehört. Jetzt wollten sie ihn mit eigenen Augen sehen. Zu dritt hoben sie die schwere graue Lkw-Plane an und zerrten sie beiseite. Wie ein Leichentuch, schoss es Niklas durch den Kopf. Du bist hier bei einer Obduktion. Auch wenn kein Blut fließt, das Ziel ist dasselbe: Die Identität des Opfers feststellen und möglichst die Todesursache herausfinden.

Für einen Moment herrschte Schweigen. Als Erster fand der Zülpicher Werkstattbesitzer die Sprache wieder: „Dann machen Sie sich mal ans Werk. Auch wenn mir nicht klar ist, was sie finden wollen. Es gibt doch ein Gutachten."

„Fehler darin", antwortete Niklas Schneider trocken.

Mit dieser Antwort hatte Franz Glaser nicht gerechnet. Er erwiderte knapp: „Wenn Sie mich brauchen, ich bin in meinem Büro." Weg war er.

„Lass uns anfangen!" Niklas drückte Max das iPhone in die Hand und bat ihn, den Wagen zunächst von innen, dann von außen zu fotografieren. Er öffnete seine Ledertasche und holte Lappen und Notizblock hervor.

Der Porsche war in einem grässlichen Zustand. Die Innenausstattung hatte das Feuer fast komplett aufgezehrt. Selbst das Armaturenbrett hatten die Flammen mächtig angefressen. Niklas Schneider hob die Haube am Heck an, um einen ersten Blick in den Motorraum zu werfen. Ein schwarzes Loch. Das Feuer hatte die Kunststoffteile inhaliert und als Ruß wieder ausgespuckt. Kein erquicklicher Anblick.

Der erfahrene Gutachter fahndete als erstes nach den vier entscheidenden Nummern. Sie machen die Identität eines jeden Porsches aus. Die unterschiedlichen Zahlen-Buchstaben-Kombinationen gehören zusammen wie die Buben beim Skat. Sie stehen auf der Geburtsurkunde eines jeden Porsche. Wächter dieser Codes ist die Classic-Abteilung in der Unternehmenszentrale in Stuttgart-Zuffenhausen.

Niklas Schneider wusste genau, wohin er schauen musste. Er öffnete vorne den Kofferraum und sah die eingeschlagene Fahrgestellnummer auf einer Erhöhung des Kofferraumbodens. Bis heute konnte er nicht nachvollziehen, warum dieses Blech zwischen den vorderen Radaufhängungen als Blanko-Ersatzteil ohne eingeschlagene Fahrgestellnummer bei Porsche bestellt werden konnte. Ein Blankoscheck für Fälscher, geradezu eine Einladung. Für Betrüger war es ein Kinderspiel, dieses Blanko-Blech in ein Fahrzeug einzuschweißen und eine gewünschte Fahrgestellnummer einzuschlagen. Auch wenn der Hersteller das Aussehen der Nummern im Laufe der Jahrzehnte immer wieder gewechselt hatte – es war leicht, an die richtigen Schlagstempel für die Zahlen zu kommen. Ein Foto der Original-Fahrgestellnummer reichte, um mit einem 3D-Drucker ein dreidimensionales Stempel-Modell anzufertigen. Jeder Schlosser konnte damit die passenden Schlagzahlen herstellen.

Nachdem der Gutachter das Typenschild vorn rechts in der Endspitze des Radhauses mit seinem Lappen gesäubert hatte, bat er Max, von beiden Ziffernfolgen Fotos zu machen. Dann wandte er sich wieder dem Motorraum zu. Die Motornummer legte er am senkrecht verlaufenden Steg des Lüfterrad-Gehäuses frei. Schließlich fand er die Motortyp-Nummer haarfein eingraviert auf einer waagerechten Fläche am Motorgehäuse. Er rief Max zu sich und bat ihn, die Nummern im Motorraum zu fotografieren: „Max, die Motortyp- ...“

„... Ich weiß, wo ich die finde. Rechts am Lüfterrad. Nick, ich schraube nicht erst seit gestern an Porsches rum.“

„Dann weißt du sicher auch, wo sich die porsche-eigene Produktionsnummer befindet, die nur die Firma selbst entschlüsseln kann,“ wollte Niklas seinen Freund testen. Diese verborgene Ziffernfolge kannte längst nicht jeder Porsche-Besitzer – und schon mal gar nicht, wo sie zu finden war.

„Würde sagen, du schraubst jetzt mal unten am Armaturenbrett das mittige Kniepolster ab. Da wirst du sie schon finden. Ruf mich, wenn du fertig bist, damit ich ein Foto machen kann." Beide mussten über den kleinen Schlagabtausch lachen.

Schon am frühen Morgen bei Durchsicht der Fahrzeug-Unterlagen im Büro war Niklas Schneider klar gewesen, dass der 911er von Peter von Ostendorf ein Original-Fahrzeug war. Der Agenturbesitzer hatte ihm nicht nur per E-Mail die gewünschte Vollmacht, sondern diverse Unterlagen über das Fahrzeug zukommen lassen. Dazu gehörte die Original-Auslieferungsrechnung. Sie war gewissermaßen die Krönung, wenn es darum ging, die Echtheit eines Autos nachzuweisen. Denn sie enthielt alle Nummern – außer eben der porsche-internen Produktionsnummer. An der hinterlegten Motortyp-Nummer hatte er sofort erkannt, dass der Wagen tatsächlich ein Porsche S war.

Niklas Schneider verglich noch einmal die Nummern auf den Fotos mit denen in den Dokumenten und sah, dass alles seine Richtigkeit hatte. Fälscher hingegen taten sich damit schwer, die in den Dokumenten ausgewiesenen Nummern – die im Porsche-Archiv hinterlegt waren – auf ein Fake-Fahrzeug zu übertragen. Der Weg dahin war immer der gleiche: Die vorhandene Ziffernfolge wurde vorsichtig weggeschliffen und die neue Nummer stattdessen eingeschlagen. Ein Wettlauf zwischen Räuber und Gendarm – wie bei der Geldfälscherei: Die Blüten wurden immer besser – aber ebenso die technischen Möglichkeiten, diese als Fälschungen zu entlarven. Hatte Niklas Schneider Zweifel an der Originalität eines Fahrzeugs, dann untersuchte er die eingeschlagenen Nummern mit Röntgenstrahlen und Ultraschall. So gelang es ihm, fürs bloße Auge verborgene weggeschliffene Nummern wieder sichtbar zu machen – und Fälscher zu überführen.

Hier passte alles zusammen. Der Motortyp, aber auch die Reste von Tacho und Drehzahlmesser, die die korrekte Höchstgeschwindigkeit und den Drehzahlbereich auswiesen. Nur: Wie kam die Versicherung dazu, bei diesem völlig ausgebrannten Fahrzeug einen Restwert von 40.000 Euro aufzurufen? Er wollte die Meinung seines Kumpels hören. „Max, was ist die Karre deiner Meinung nach noch wert?"

„Nada. Nix. Das siehst du doch selbst. Die Kiste ist verglüht wie eine Raumkapsel, die zu schnell in die Erdatmosphäre eingetreten ist. Ich wette, der Kohlenstoff aus der Metallstruktur ist weitgehend raus. Und damit ist die Festigkeit dahin."

„Das sehe ich genauso. Ein nicht mehr zu restaurierender 911 S. Lass uns fahren."

Sie zogen die Plane wieder über das skelettierte Auto und suchten das Büro von Franz Glaser auf, um sich zu verabschieden. Doch der Firmenchef versuchte sie in ein Gespräch zu verwickeln: „Und, meine Herren, was gefunden?"

Niklas Schneider wollte sich auf keine lange Diskussion einlassen und erwiderte kurz angebunden: „Ja, einen wertlosen Haufen Schrott." Sie verließen das Gelände des Abschleppdienstes in Zülpich und beschlossen, einen Abstecher zum Rursee zu machen. In einem kleinen Café am Ufer tranken sie einen Kaffee und machten sich anschließend auf den Weg Richtung Heimat. Für den nächsten Mittwoch verabredeten sie sich um 20 Uhr im „Piccola Italia", um dort Sally und Peter von Ostendorf zu treffen.

Am Montagmorgen war Niklas Schneider um 7:30 Uhr in der „Classic Remise". Er schrieb das Gutachten für Peter von Ostendorf, bevor das Tagesgeschäft ihn in Anspruch nahm. Zügig trug er alle Fotos und seine Kommentare zum Fahrzeug in einem Dokument zusammen. Nach allem, was er festgestellt hatte, war der Porsche keine Fälschung, jetzt aber ausgebrannt und damit wirtschaftlich wie technisch ein Totalschaden.

Auch wenn er wusste, dass er richtig lag, wollte er jeglichen Fehler vermeiden. Er rief seinen Kontaktmann Bastian Huber in der Classic-Abteilung von Porsche in Stuttgart-Zuffenhausen an. Beide verband die tiefe Überzeugung, dass auf einem Auto nur Porsche stehen darf, wenn 100 Prozent Porsche drin ist. Im Laufe der Jahre war aus der beruflichen Zweckgemeinschaft eine Freundschaft geworden, die sie auf Oldtimertreffen rund um den Erdball pflegten und deren unabdingbare Basis gegenseitiges Vertrauen war. Mit Vorteilen für beide: Bastian Huber hatte in Niklas Schneider ein zuverlässiges Frühwarnsystem, wenn sich etwas in der Szene tat. Und Niklas schätzte das Privileg, auf dem kleinen Dienstweg schnell und unkompliziert Einblick ins Porsche-Archiv zu erhalten.

„Hier Huber."
„Hallo Basti. Niklas hier."

„Na, mein automobiler Freund, willst du mal wieder die Nase in unser Archiv stecken?"

„So ist es. Ich habe hier einen 911 S. Ich bin mir hundertprozentig sicher, dass mit dem Wagen alles in Ordnung ist. Aber ich will auf keinen Fall einen Fehler machen, weil ich übermorgen in dieser Sache mit der Versicherung ein Hühnchen zu rupfen habe."

„Erzähl."

„Der Wagen ist bei einem Unfall vor wenigen Tagen total ausgebrannt. Dabei ist die Karosserie regelrecht ausgeglüht. Du weißt, was das bedeutet: Dieser 911 muss in die ewigen Jagdgründe eingehen, da die Tragfähigkeit der Karosserie durch die große Hitzeentwicklung unberechenbar geworden ist."

„Hört sich für mich vernünftig an. Wo ist der Haken?"

„Die Versicherung hat einen Versuchsballon gestartet und das Auto auf die Resterampe für Händler gesetzt. Und siehe da: Es gibt ein Angebot über 40.000 Euro für den Haufen Schrott."

„Wenn du mich fragst, ein zu hoher Preis, um daraus auf legalem Weg ein lukratives Geschäft zu machen."

„Es kommt noch besser: Du kennst doch Sally Morgan?"

„Du meinst deine Freundin, die Motorjournalistin?"

„Genau die. Sie hat den Fahrer nach dem Unfall gerettet."

Wie die Lottofee samstags vor der Tagesschau diktierte Niklas Schneider Bastian Huber die Zahlenkombinationen in die Feder. Der rief ihn wenige Minuten später mit dem Ergebnis zurück:

„Nick, du liegst richtig. Die Nummern stimmen. Der 911 lief als S in Kalenderwoche 16 des Jahres 1972 vom Band. Kann ich sonst noch etwas für dich tun?"

„Ihr könntet endlich das Blanko-Blech vorn unter der Haube zwischen den Fahrwerksdomen, das Fahrzeugfälscher so gerne mit neuen Nummern versehen, aus der Ersatzteilliste nehmen ..."

„Sorry, mein Freund, du weißt, das übersteigt meine Kompetenzen. Trotzdem hoffe ich, dass wir uns im kommenden Jahr wieder am Nürburgring beim Oldtimer-Grand-Prix treffen."

„Werden wir. Mach's gut, mein Freund!"

Mit einem zufriedenen Gefühl schloss Niklas Schneider das Gutachten und schickte es per E-Mail an Lars Otto bei der Düsseldorfer Apalo Versicherungs AG. Der Gutachter hatte mit dem Versicherungsexperten in den vergangenen Jahren mehrfach vor Gericht die Klingen gekreuzt. Beide schätzten die Kompetenz des anderen, auch wenn sie nicht immer einer Meinung waren. Aber das lag – da waren sich beide einig – in der Natur der Dinge.

Bereits nach wenigen Minuten war die Antwort von Lars Otto im E-Mail-Postfach. Er lud ihn „auf einen Kaffee" in die Konzernzentrale ein, um den Fall in ei-

nem persönlichen Gespräch zu klären. Der Gutachter
sagte zu.

Kurz vor 10:00 Uhr betrat Niklas Schneider das Hochhaus der Versicherung an der Königsallee. An der Rezeption fragte er nach Abteilungsleiter Lars Otto. Die freundliche Mitarbeiterin bat ihn, in einem der bequemen Ledersessel Platz zu nehmen, bis Herr Otto ihn abholen würde.

Niklas Schneider ließ den Blick durch das gediegene Foyer wandern. Glas, Edelstahl und grauer Marmor soweit das Auge reichte. Es war genau diese Pracht und Herrlichkeit, die einerseits als Beleg für erfolgreiches Wirtschaften herhielt, auf der anderen Seite aber bei vielen Menschen Misstrauen gegenüber einer Branche hervorrief, die doch vom Vertrauen der Kunden lebte.

„Schön, dass Sie Zeit für ein persönliches Gespräch finden." Der Versicherungsfachmann riss ihn aus seinen Gedanken. Gemeinsam fuhren sie mit dem Aufzug in den 29. Stock, wo ein dicker Teppichboden ihre Schritte dämpfte. Das Büro des Abteilungsleiters zeugte von dessen Stellung im Unternehmen: Etwa 40 Quadratmeter Fläche mit einer ausladenden Fensterfront, die bis auf den Boden reichte. Blick auf den Rhein inklusive. Kein übler Ort zum Arbeiten, zudem ein feiner, um zu repräsentieren und Eindruck zu schinden.

Sie setzten sich an den kleinen Konferenztisch am Fenster. Ein Gespräch auf Augenhöhe. Lars Otto griff zur Kaffeekanne und schenkte beiden ein. Ohne langes Vorgeplänkel kam er auf das Gutachten zu sprechen: „Wenn ich das recht betrachte, hat unser hausinterner Gutachter einen ordentlichen Bock geschossen. Natürlich zweifeln wir nicht an, dass es sich bei dem Wagen um einen 911 S handelt. Ich schätze, Sie haben sich im Porsche-Archiv rückversichert."

„Dann darf ich davon ausgehen, dass Sie mit den 160.000 Euro, die ich für das Auto aufrufe, keine Probleme haben."

„Da gehen wir mit. Bei der Einschätzung des Restwertes sind wir jedoch anderer Meinung als Sie."

„Herr Otto, ich habe den Restwert mit null Euro angesetzt, weil das Feuer die Karosserie zugrundegerichtet hat. Sie ist ausgeglüht und damit unberechenbar – im eigentlichen wie im übertragenen Sinne. Sie werden keinen Gutachter finden, der dieser Karosserie die ursprüngliche Festigkeit bescheinigt."

„Mag sein. Sie sind der Techniker von uns beiden. Es liegt mir fern, mich in Ihr Arbeitsgebiet einzumischen."

„Das höre ich gern. Als angestellter Ingenieur in einem Unternehmen haben Sie heutzutage das Gefühl, von Betriebswirten und ihren Zahlenwerken gegängelt zu werden."

„Herr Schneider, sie sollten den Tag nicht vor dem Abend loben. Als betriebswirtschaftlich denkender Zahlenmensch zählt für mich nur, was unter dem Strich herauskommt. Und da stehen derzeit 160.000

Euro, die wir an Herrn von Ostendorf zu zahlen hätten."

„Zu zahlen *hätten*?"

„Ja, den Konjunktiv habe ich bewusst gewählt. Denn wir haben einen Käufer für das Fahrzeug in den Niederlanden gefunden. Die Firma Global Cars mit Sitz in Amsterdam ist bereit, Herrn von Ostendorf 40.000 Euro für sein Unfallauto zu überweisen."

„Aber wir beide wissen, dass der Wagen wertlos ist und verschrottet werden sollte, damit seine Identität erlischt."

„Wie gesagt, mich interessiert nur, wie ich die Kosten für meine Versicherung möglichst niedrig halten kann. Durch den Verkauf nach Holland müssten wir Herrn von Ostendorf nur 120.000 Euro zahlen. Denn der Rest wäre über den Aufkäufer abgedeckt." Lars Otto machte eine Kunstpause: „Vorausgesetzt, Herr von Ostendorf stimmt dem Verkauf zu. Denn es ist nach wie vor sein Auto, mit dem er machen kann, was er will."

„Was bleibt ihm denn anderes übrig, als zuzustimmen? Ansonsten bleibt er auf dem Schaden sitzen." Niklas Schneider beugte sich vor und blickte seinem Gegenüber in die Augen: „Wir beide wissen, dass da eine illegale Nummer abgezogen werden soll."

„Das hat mich nicht zu interessieren. Vielleicht will sich ja jemand die Karosserie pink lackieren und in seiner Bar unter die Decke hängen."

„So viel Sarkasmus hätte ich nicht erwartet. Ihnen ist doch klar, dass Sie hier und jetzt zwar 40.000 Euro einsparen, aber in ein oder zwei Jahren kann – mit etwas Pech – Ihrem Unternehmen genau dieses Auto als Fälschung auf die Füße fallen, weil irgendwelche cleveren Jungs Sie über den Tisch ziehen."

„Lieber Herr Schneider, es gibt so viele Versicherer auf der Welt. Warum sollte es gerade uns treffen? Mit Risiken kennen wir uns bestens aus. Dieses gehe ich ein. Und im Zweifelsfall haben wir doch Sie, um uns vor solch bösen Überraschungen zu schützen."

Mit jeder Menge Wut im Bauch verließ Niklas Schneider das Verwaltungsgebäude der Apalo AG. Sie wich erst, als er im Auto saß und Richtung Büro fuhr. Zurück blieb ein Gefühl der Ohnmacht. Ohnmacht gegenüber halbseidenen Geschäftspraktiken und kurzsichtiger Gewinnmaximierung. Nein, das war nicht seine Welt und nicht sein Spiel.

Den Nachmittag verbrachte er am Schreibtisch mit Routinearbeiten, die sein Verstand im Leerlauf erledigte. Mehr ging nicht. Es fehlte ihm die Konzentration. Immer wieder liefen Sequenzen des morgendlichen unerfreulichen Gesprächs vor seinem inneren Auge ab.

Um auf andere Gedanken zu kommen, schlenderte er auf einen Cappuccino ins „Classic Remise"-Restaurant. Für gewöhnlich liebte er die Fachgespräche mit den ansässigen Oldtimer-Händlern. Oder die vielen Geschichten über tolle Deals und noch tollere Fahrzeuge. Heute aber wollte er nicht gestört werden. Er zog sich zurück in seine Nische, stellte die Tasse auf den hellen Kunststofftisch und sank in die rote Leder-garnitur. Immer wieder schaute er auf die Uhr. Viel zu langsam zogen die Zeiger ihre Bahn.

Endlich. Um 19:30 Uhr schloss er die Bürotür ab und machte sich auf den Weg zum „Piccola Italia" nach Monheim.

Seine Freunde Sally Morgan und Max Wolf fand er auf der Dachterrasse. Sie hatten einen Tisch in der Ecke gefunden, den vier Olivenbäume umrahmten. Bei bester Laune waren sie in ein lebhaftes Gespräch mit einem attraktiven Mann vertieft, der nur Peter von Ostendorf sein konnte. Auf den Kölner Agenturchef war er gespannt. Einerseits hatte er mit ihm einiges zu bereden. Andererseits interessierte ihn brennend, was Sally an dem Mann mochte. Nein, keine Eifersucht. Im Gegenteil, er würde sich aufrichtig für Sally freuen, wenn sie endlich jemanden fände, der zu ihr passte und auf den sie sich einließe.

Sally sah ihn als Erste: „Hallo Niklas, schön dass du da bist! Darf ich dir Peter von Ostendorf vorstellen? – Peter, das ist mein lieber Freund Niklas Schneider. Um es unkompliziert zu machen: Wir sind hier am Tisch alle schon beim du."

„So soll es sein. Hallo Peter, ich bin Niklas und ich bringe ziemlich verzwickte Nachrichten." Augenblicklich waren alle ganz Ohr. „Aber bevor wir uns darum kümmern, sollten wir zunächst einmal schauen, was Luigi heute auf der Karte hat. Ich für meinen Teil hätte nichts gegen ein Gläschen Rotwein."

Wie ‚Deus ex Machina' auf der Theaterbühne tauchte der kleine Italiener beim Stichwort Rotwein am Treppenabsatz auf und tänzelte leichten Schrittes zum Tisch seiner Lieblingsgäste. Im Schlepptau hatte er 1000 Wohlgerüche der sizilianischen Küche:

„Niklas, habe ich das Zauberwort gehört? Wie wäre es dann mit einer Flasche Cerasuolo di Vittoria. Dieser Wein passt herrlich zu einem sommerlichen Abend wie diesem. Und dazu bringe ich euch eine große Platte Vorspeisen mit Arancini, meinen exquisiten frittierten Reisbällchen."

Luigi Paveroni hatte genaue Vorstellungen davon, was Geist und Körper verwöhnte und holte zum kulinarischen Rundumschlag aus: „Kann ich euch als Hauptspeise zu Thunfischsteaks überreden?" Alle nickten zustimmend. Nichts anderes hatte der schwarz gelockte Restaurantbesitzer erwartet. Er verschwand und tauchte nach wenigen Augenblicken mit Weingläsern und der versprochenen Flasche Rotwein wieder bei ihnen auf.

Es war an Niklas Schneider das Gespräch in ernstere Bahnen zu lenken. Zumindest für den Moment: „Peter, die finanzielle Abwicklung deines Schadens ist ein wenig tricky."

„Wie meinst du das?"

„Ich war heute bei der Versicherung und habe dort mein Gutachten vorgelegt. Den Wert des Wagens habe ich mit 160.000 Euro veranschlagt. Damit hatten sie kein Problem. Nur den Restwert, den ich mit null Euro angesetzt habe, wollen sie nicht akzeptieren. Und dass der Wagen völlig zerstört ist und vernichtet werden sollte, lehnt der Versicherer kategorisch ab."

„Wie ist das zu verstehen?"

„Auf den Punkt gebracht: Die Versicherung zahlt dir nur 120.000 Euro. Die restlichen 40.000 Euro bekommst du, wenn du dem Verkauf des Haufen Schrotts zustimmst. In Amsterdam hat sich eine Firma namens Global Cars gefunden, die für deinen ausgebrannten 911er stolze 40.000 Euro auf den Tisch blättert."

„Unglaublich."

„Aber wahr. Wenn du auf das dir zustehende Geld Wert legst, kann ich dir nur raten, dem Verkauf zuzustimmen."

Peter nickte: „Ich werde der Apalo AG morgen dazu mein Einverständnis geben. Du aber machst auf mich den Eindruck, als ob du dabei Bauchschmerzen hast."

„Das sind die üblichen Zipperlein, mit denen wir Gutachter zu kämpfen haben, wenn uns das Gefühl beschleicht, dass da irgendetwas nicht mit rechten Dingen zugeht."

„Worauf willst du hinaus?"

„Die Fakten sprechen für sich: Da fließt zu viel Geld für null Auto."

Sally hatte aufmerksam zugehört. Nun schaltete sie sich ein: „Was heißt hier ‚nicht mit rechten Dingen'? Ich will es mal klar und deutlich formulieren: „Da geht eine Riesensauerei ab."

Max Wolf versuchte sie zu beschwichtigen: „Langsam Sally. Wir wissen doch alle, was hinter den Kulissen an manchen Stellen in der Szene los ist."

Sally fiel ihm ins Wort: „Wissen wir. Ich aber weiß nicht, wie es euch geht. Ich habe mir vor einer Woche nicht vorstellen können, dass es bei aller Trickserei im Oldtimergeschäft Leute gibt, die das Leben anderer mutwillig aufs Spiel setzen. Und das aus reiner Profitgier. Die ein Auto wieder auf die Straße bringen, das in der Struktur instabil, ja unberechenbar und deshalb für Insassen lebensgefährlich ist. Niklas, sag mir, wenn's anders ist und ich maßlos übertreibe."

„Tust du nicht. Leider Gottes."

„Freunde, ich kann da nicht zugucken und die Hände in den Schoß legen."

„Sally, das kann gefährlich werden ..."

„Weiß ich, Max. Und du weißt, dass das für mich noch nie ein Grund war, einer Sache nicht auf den Grund zu gehen."

Es lag nicht an den Kochkünsten von Luigi Paveronis Küchenchef, dass keinem am Tisch das Essen schmeckte. Jeder hatte auf seine Art an diesem Unfall, der langsam zu einem Fall wurde, zu tragen. Peter von Ostendorf würde mit schlechtem Gewissen in den Verkauf des Porsche einwilligen. In Niklas Schneider nagte das Gefühl der Ohnmacht. Max Wolf sorgte sich um Sally. Diese Angst verband die drei Männer. Ihnen war klar, dass die Motorjournalistin nicht lockerlassen würde, wenn sie einmal Witterung aufgenommen hatte.

Genau das hatte sie. Den dreien an ihrer Seite blieb nichts anderes, als ihr zur Seite zu stehen. Was da auch immer kommen möge.

Albert Hein lauschte entspannt dem Achtzylinder des Ferrari 308 GTS. Der 50-jährige erfahrene Testfahrer war im Yesterday-Modus. Seit vielen Kilometern folgte er mit dem potenten roten Oldtimer-Cabrio dem Rennstreckenkurs der Targa Florio – oder dem, was die Jahrzehnte davon übrig gelassen hatten. Eine flotte Inselrundfahrt auf Sizilien über sich windende Landstraßen. Eine Berg- und Talfahrt, gesäumt von Olivenhainen, Feldern und Wäldern. Ein Spätsommer-Szenario, für das die glühende Sonne Süditaliens in den vergangenen Monaten wie ein Maler bräunliche, ocker- und beigefarbene Töne angemischt hatte.

Vor wenigen Tagen hatten sich die italienischen Finanziers der Firma, für die er arbeitete, bei ihm in Amsterdam gemeldet. Sie hatten ihn gebeten, am nächsten Tag zum Firmensitz nach Sizilien zu kommen. Ein Flugticket liege für ihn bereit. Der Job, der auf ihn wartete: einen restaurierten roten Ferrari auf Herz und Nieren zu testen und einmal ordentlich ranzunehmen. So hatten sie sich ausgedrückt. Auch wenn das alles etwas kurzfristig und überraschend für ihn kam, so freute sich der Testpilot doch auf einige sonnige Tage in Italien. Es gab schlechtere Aufträge als mit einem Hingucker-Cabriolet Süditalien zu genießen. Auch wollte er die Gelegenheit nutzen, in einem vertraulichen Gespräch mit den Geldgebern ein paar Dinge anzusprechen, die ihm in der Filiale, in der er arbeitete, nicht gefielen.

Er passierte die Spitzkehre in Collesano bei 465 Metern über dem Meeresspiegel. Auf der einen Seite Hügel und Berge, auf der anderen Seite der weite Blick aufs Meer. Vor ihm lag die lange kurvenreiche Abfahrt nach Campofelice di Roccella. Dort erwartete ihn die über sechs Kilometer lange legendäre Buonfornello-Gerade direkt an der Küstenlinie. Länger als die in Le Mans. Asphaltsurfen auf Höhe Normal Null in einem feuerroten Spielmobil.

Doch zunächst warteten die Kehren und Kurven auf dem Weg hinab zum Meer. Er kannte die Strecke im Schlaf, war sie schon so oft gefahren. Er wusste um den Bremspunkt vor jeder Kurve, war vertraut mit der Ideallinie. Flink flog der Schaltknüppel durch die offene Schaltkulisse, knackig rasteten die Gänge ein ...

Ein Felsbrocken, kaum größer als ein Medizinball, löst sich, wie von Geisterhand angestoßen, rechts vom Hang und poltert auf die Fahrbahn. Reaktionsschnell bremst Albert Hein scharf ab und weicht dem Hindernis gekonnt aus. Seinen Oberkörper, der dabei nach vorne schnellt, fängt er mit kräftigen Armen ab. Er lässt sich zurück in den Sitz fallen, sein Kopf federt gegen die Kopfstütze. Das Letzte, das er spürt, ist ein stechender Schmerz im Nacken. Seinen Körper durchzuckt ein Krampf, das rechte Bein streckt sich durch, der Fuß tritt erbarmungslos aufs Gaspedal. Dann umfängt den Testfahrer gnädig die Dunkelheit. Auf sich allein gestellt, durchbricht der Wagen die Fahrbahnbegrenzung und stürzt über die Böschung in die Tiefe. Den Aufprall nach 25 Metern freiem Fall in unwegsamen Gelände erlebt der Testfahrer nicht mehr. Albert Hein ist längst tot.

Alle hatten sie Sally Morgan vor dem „Piccola Italia" fest in die Arme geschlossen. Ein wenig fester, ein wenig länger als üblich, wenn sie sich nach einem unterhaltsamen Abend bei Luigi verabschiedeten.

Peter von Ostendorf hatte es sich nicht nehmen lassen, Sally nach Hause zu begleiten. Sie genoss den Duft der Blumenpracht, die sich aus unzähligen Kästen und Hängeampeln an vielen Häusern ergoss. Sie hatte das Gefühl, dass die alten Kastanien, die ihren Weg säumten, sie mit ihren prächtigen Kronen beschützten. Wollte sie genau das von Peter von Ostendorf? Vielleicht. Ein ganz klein wenig. Möglich wär's.

Ihr Begleiter unterbrach ihre Gedanken: „Sal, ich würde gerne einen Abend mit dir verbringen. Zu zweit am Rhein sitzen bei einem guten Essen und einem Glas Rosé. So wie gerade eben – aber eben nur wir zwei."

„Das hört sich verlockend an. Wir machen das. Schon bald. Versprochen."

„Aber?"

„Kein aber. Nur will ich morgen für einige Tage nach Amsterdam fahren. Denn ich will wissen, was es mit global Cars auf sich hat. Sorry, ich muss das jetzt machen."

„Verstehe."

Sie umarmten einander kurz. Dann ging jeder seiner Wege.

Global Cars, eine Firma in Amsterdam, die für einen Haufen deformiertes Metall mehr zahlt als jeder Schrottsammler, der die Objekte seiner Begierde in Kilogramm bemisst. Ihr journalistischer Spürsinn sagte ihr, dass eine Story auf sie wartete. Und gute Geschichten hatte sie noch nie links liegenlassen.

In der Wohnung angekommen, stand ihr Plan. Zumindest der für den nächsten Tag. 23:30 Uhr. Noch nicht zu spät, um einen nachtaktiven Zeitungsmenschen anzurufen. Sie wählte die Handynummer ihres Amsterdamer Kollegen Roel Brouwers, mit dem sie im Laufe der Jahre immer mal wieder grenzüberschreitend zusammengearbeitet hatte.

„Met Roel."

„Schön, dich zu hören, mein Amsterdamer Lieblingsmensch!"

„Sal! Was verschafft mir die Ehre?"

„Ich hab Sehnsucht nach dir, nach den Grachten und einer feinen Tüte aus einem gepflegten Coffeeshop."

„Sei ehrlich, und nach lekker frietjes speciaal mit ordentlich Zwiebeln drauf ..."

„... und dazu ein eiskaltes Heineken!"

„Alles zu seiner Zeit. Wir bekommen das hin. Wann willst du kommen?"

„Du kennst mich. Am liebsten sofort. Aber meine Freunde und ich haben bis eben bei Luigi im ‚Piccola Italia' ordentlich dem Rotwein zugesprochen. Zu riskant, sich jetzt ins Auto zu setzen. Ich schlafe ein paar Stunden und mache mich morgen Vormittag auf den Weg."

„Wann willst du da sein?"

„Passt es dir zur Mittagszeit? Was hältst du davon, wenn wir uns High Noon an der Oude Kerk treffen?"

„Das lässt sich einrichten. Aber High Noon, das hört sich dramatisch an. Willst du jemanden zur Strecke bringen?"

„Das wird sich zeigen."

„Um was geht es?"

„Alte Regel. Darüber sprechen wir nicht am Telefon. Morgen mehr. Ich freue mich auf dich!"

„Doei, Sally. Schlaf gut!"

Sally legte das Handy zur Seite. Der erste Schritt war getan, die Recherche hatte begonnen. Ab jetzt würde sie nicht mehr lockerlassen.

Gleich nach dem Frühstück kontaktierte die Journalistin die Redaktion des Hamburger Nachrichtenmagazins, für das sie einige Jahre als US-Auslandskorrespondentin gearbeitet hatte. Als sie 2008 nach Deutschland zurückgekehrt war, hatte sie den beruflichen Schritt in die Selbstständigkeit gewagt. Seither arbeitete sie für das renommierte Magazin als freie Autorin. Mit ihren sauber recherchierten Berichten und Reportagen aus der Welt des Motorsports und der klassischen Automobile hatte sie sich einen Namen in der immer noch von Männern dominierten Welt gemacht. In der Szene galt sie als knallharte Motor-journalistin, die ohne vorgefasste Meinung an Themen heranging und stets um Fairness gegenüber allen Beteiligten bemüht war.

Ressortleiter Daniel Lagoda sah die ihm bekannte Rufnummer im Display und hob sofort ab: „Moin Sally, was gibt mir zu so früher Stunde die Ehre?" Der Redakteur war ein Arbeitstier und immer einer der ersten im Büro mit Blick auf die Alster.

„Guten Morgen, Daniel. Ich hab hier eine möglicherweise richtig heiße Story, die ich dir auf keinen Fall vorenthalten will. Ich bin gerade auf dem Sprung nach Amsterdam."

„Du willst mir doch jetzt nicht sagen, dass du herausgefunden hast, dass Sebastian Vettel und Louis Hamilton zusammen auf einem Hausboot auf den Grachten kiffen? Und du bist auf dem Weg zu ihrem Lieblings-Coffeeshop im alten Hippie-Paradies Vondelpark?"

„Komm, Daniel, Spaß beiseite. Es dreht sich bei meiner Recherche um gefälschte und teure Oldtimer. Big Business, kriminell und perfekt organisiert."

„Hört sich für mich ein wenig zu luftig an, irgendwie nicht handfest genug."

„Gut, dann stell dir vor, ich würde dir erzählen, dass die Mona Lisa im Pariser Louvre eine erstklassige Fälschung ist. Und nicht nur die."

„Schon besser. Fließt Blut in deiner Story?"

„Daniel, bis eben war ich davon überzeugt, ihr bezahlt mich für hervorragend recherchierte Reportagen und nicht fürs Schreiben billiger Groschenromane."

„Ist ja gut Sally, du hast für den Anfang zehn Recherchetage zum üblichen fürstlichen Tagessatz. Und ja, inklusive königlicher Spesen."

„Danke dir. Glaub mir, es ist gut investiertes Geld. Sobald ich mehr herausgefunden habe, melde ich mich."

Sally Morgan räumte den Frühstückstisch ab, duschte und packte für die Reise nach Amsterdam. 7:30 Uhr. Sie sollte sich langsam auf den Weg machen, denn ihr alter VW-Bus war auf gemütliches Reisen abonniert. Davon ließ der sich selbst dann nicht abbringen, wenn sie es mal eilig hatte. Als sie die Schlüssel griff, um ihre Wohnung zu verlassen, klingelte das Telefon.

„Hi Sal, hier ist Patty Clifford."

„Welch eine Überraschung! Patty, wie geht es dir? Und wo treibst du dich herum?"

„Ausgezeichnet. Für meine Klinik in Palermo nehme ich am Wochenende an einem Chirurgen-Kongress in Düsseldorf teil. Die nächste Woche will ich nutzen, um Jugendfreunde im Rheinland zu besuchen. Ich dachte, eine gute Gelegenheit, sich mal wiederzusehen und gemeinsam die längste Theke der Welt neu zu vermessen."

„Eine klasse Idee. Leider stehe ich mit den Autoschlüsseln in der Hand in der Tür, um für einige Tage nach Amsterdam zu fahren."

„Das ist schade ..."

„Ja, Patty, aber du kannst gerne trotzdem meine Wohnung für diese Zeit haben. Du weißt, wie du an den Zweitschlüssel kommst."

„Immer noch bei deiner alten Nachbarin?"

„Genau. Fühl dich wie zuhause. Vielleicht sehen wir uns ja in der kommenden Woche. Ich kann aber beim besten Willen derzeit nicht absehen, wann ich zurück in Monheim bin."

„Du bist ein Schatz, Sal! Wäre schön, wenn's mit uns beiden klappen würde."

„Ich versuch's, Patty. Ciao, meine Sizilianerin!"

Nun musste sie sich aber sputen. Sally griff ihre Jacke und die Taschen und eilte zum Auto auf die Straße hinab. Durch die große Schiebetür warf sie alles in den Bulli und schwang sich auf den Fahrersitz. Sie öffnete die Navi-App und gab die Adresse ihres Hotels ein: Amsterdam, John M. Keynesplein 2. Sie war bereits auf die Hauptstraße abgebogen, als die freundliche Frauenstimme Vollzug meldete: „Die Route ist berechnet."

Kurz vor 11:30 Uhr erreichte Sally ihr Ziel in der niederländischen Metropole. Im Artemis-Design-Hotel stieg sie gerne ab. Es lag gut sechs Kilometer außerhalb des Zentrums und war mit dem VW-Bus bequem zu erreichen – was man von der City mit all ihren Wasserläufen und engen Sträßchen wirklich nicht behaupten konnte. Das Gebäude war von außen nichts Besonderes. Es lag in einem Gewerbe- und Bürokomplex vor den Toren der Stadt. Zum Wochenende gab es häufig günstige Übernachtungsangebote, weil dann die Business-Kundschaft fehlte. Und das Hotel überraschte sie immer wieder mit unkonventionellen Kunstausstellungen. Das beste aber: Sie konnte ihr Auto in der hoteleigenen Tiefgarage abstellen und mit ihrem Faltrad in die Stadt hineinfahren. Dabei fühlte sie sich wie eine waschechte Amsterdamerin. Hier fuhr fast jeder Rad. Und sie gehörte dazu.

Sally checkte ein, warf ihre Sachen im Zimmer aufs Bett und eine Handvoll Wasser ins Gesicht. Dann eilte sie hinaus und entfaltete ihr Rad. Los ging's. Ins Gewerbegebiet verirrten sich nur wenige Radfahrer. So kam sie schnell voran Richtung Innenstadt. Als sie sich nach wenigen Minuten dem Zentrum näherte, nahm das Gewusel auf den Radwegen zu. Hier in Holland teilten sich Pedalisten die Piste mit Kleinkrafträdern und flotten Senioren-Scootern. Ein Verkehrsgewirr fast wie in Italien. Kaum zu glauben, dass fast keine Unfälle passierten. Für Ausländer so etwas wie der tägliche Gottesbeweis.

Als sie die erste Brücke über eine Gracht überquerte, war sie wieder zuhause in Amsterdam. Sie liebte die Lebendigkeit dieser Metropole, die freundlichen Menschen. Hier durfte jeder so leben, wie er wollte. Die Amsterdamerinnen und Amsterdamer waren ein tolerantes Völkchen, was von unschätzbarem Wert war angesichts des Gemisches der Kulturen – so bunt wie die Blumenpracht, die überall zu sehen war. Der Sommer war heiß gewesen und die durch die anhaltende Trockenheit herabgefallenen Blätter der Bäume sandten schon früh im Jahr eine leise Ahnung des bevorstehenden Herbstes.

Sally hatte sich oft die Frage gestellt, was neben den Menschen das Lebensgefühl in der niederländischen Metropole ausmachte. Beim gemütlichen Frühstück an einem runden Tisch gemeinsam mit Roel vor einem kleinen Lokal hatte sie vor Jahren die Antwort gefunden: Es waren die Grachten! Egal, wo sie ging, radelte oder saß – immer war sie am Wasser. Das nasse Element war für sie Lebenselixier und wirkte gleichzeitig beruhigend. Auch, weil es Feuer stoppte und erstickte.

Es war kurz vor 12 Uhr, als Sally die Oude Kerk am Rand des Rotlichtviertels erreichte. Schon von Ferne erkannte sie ihren Kollegen Roel Brouwers, der es sich auf den Stufen vor dem Hauptportal bequem gemacht hatte. Als der Journalist seine Kollegin sah, sprang er auf und ging ihr entgegen. Noch bevor sie ihr Rad abstellen konnte, drückte er ihr einen dicken Kuss auf ihre Wange: „Schön, dich mal wieder hier in Amsterdam zu haben!"

„Ist eine Ewigkeit her, seit wir uns gesehen haben."

„Da hast du recht. Nach der langen Fahrt hast du bestimmt Appetit. Und auch ich hätte nichts gegen ein Zakje Frietjes speciaal."

„Gute Idee, gehen wir zu unserer Lieblings-Frituur gleich um die Ecke. Da, wo sie so viele Soßen haben."

„Sal, du bist eine Feinschmeckerin. Da gehen wir hin und spülen die Frietjes mit zwei kleine Biertjes runter."

Er erntete keinen Widerspruch. Einvernehmlich schoben sie ihre Fahrräder durch den Touristenstrom bis zur Pommesbude. Sally schätze die holländische Vielfalt an Soßen, die mit Saté, Piccalilly und Joppi weit über das Sortiment in Deutschland hinausging, wo nach Mayo und Ketchup das Angebot zunehmend dünn wurde.

Sie bestellten am Tresen und suchten sich einen Tisch in einer Ecke abseits der Laufkundschaft, die ihre Pommestüten mit nach draußen nahm. Die typische Geräuschkulisse einer Imbissbude war hier kaum zu hören. Keine dröhnenden Abzugshauben, kein aufwallendes Fett in den Fritteusen, keine scheppernden Kellen, die in wok-ähnlichen Schüsseln das Salz unter die Fritten verteilten.

Zwei mit Heineken bis zum Rand gefüllte Gläser – landesüblich für deutsche Gaumen zu kalt und ohne Schaumkrone – standen zwischen ihnen auf dem Tisch. Nach dem ersten Schluck hielt Roel Brouwers seine Neugier nicht länger im Zaum: „Sag schon, an welcher Story bist du dran?"

Immer noch der alte Haudegen, dem nichts über eine gute Geschichte geht, dachte Sally. „Wie groß die Story am Ende wird, kann ich dir noch nicht sagen. Genau genommen zum jetzigen Zeitpunkt nicht einmal, ob es überhaupt eine ist."

„Komm schon, Sal, spann' mich nicht auf die Folter."

„In einem Satz, mein Freund: Es geht um die Fälschung von Oldtimern – und um sehr viel Geld, das damit verdient wird."

„Und welche Rolle spielt dabei Amsterdam?"

„Hier sitzt die Firma, die für einen Haufen Porsche-Schrott, von dem unser Freund Niklas sagt, er sei wertlos, vor wenigen Tagen 40.000 Euro aufgerufen hat."

„Und wie hast du deine Nase da rangekriegt?"

„War gar nicht so schwer. Ich habe den verunglückten Porsche-Fahrer, der bewusstlos neben seinem brennenden Auto lag, gefunden und bin seither sein Schutzengel, der sich auch für die versicherungstechnischen Feinheiten interessiert. Und tu mir einen Gefallen: Erwähne das Schutzengel-Thema bitte nicht gegenüber Niklas. Es ist derzeit sein Lieblingsgag auf meine Kosten."

„Aha.“

„Niklas hat mit dem Versicherer die Klingen gekreuzt. Die bestehen darauf, dass der Wagen veräußert wird, auch wenn die Karosserie ausgeglüht und demzufolge nicht mehr sachgerecht zu restaurieren ist. Niklas sagt, dass es an dem Fahrzeug keine verwertbaren Teile mehr gibt.“

„Mensch Sal, Oldtimer, Millionensummen, restaurieren, fälschen – hört sich für mich an wie das, was man alle Jahre wieder aus der Kunstszene mitbekommt.“

„Du hast es erfasst. Nimm jetzt die Begriffe ‚international‘ und ‚organisiert‘ dazu, und du hast all die Zutaten, die eine große Schweinerei vermuten lassen.“

„Und eine Riesenstory. Ich bin dabei. Machen wir es so wie immer?“

„Klar, mein Lieber: gemeinsam recherchieren und zu gegebener Zeit mit einem ordentlichen Knall international im Gleichschritt veröffentlichen.“

Die Serviererin hatte ein Gefühl für optimales Timing. Sie platzierte die bestellten holländischen Köstlichkeiten auf den Tisch der beiden: „Alsjeblieft.“

„Dank je wel“, antwortete Roel Brouwers freundlich, um sich sodann ohne Umschweife wieder seinem journalistischen Trieb hinzugeben: „Sal, was gibt es hier in Amsterdam zu tun?“

„Denk doch mal nach. Eine Firma von hier will für gut 1000 Kilogramm ausgeglühtes Metall viel Geld auf den Tisch des Herrn legen. Sie heißt Global Cars.“

„Die kenn ich!"

„Woher? Erzähl."

„Die Firma bietet in ihrem Showroom feine Oldtimer zum Verkauf an. Zudem werden dort ausgefallen schöne Stücke der europäischen Nobelmarken gewartet und auf Vordermann gebracht."

„So etwas in der Art habe ich erwartet, Roel."

„In der Szene bekannt aber ist das Unternehmen für seine Porsche-Klassiker, die dort von Grund auf restauriert werden. Nach allem, was ich in Erfahrung bringen konnte, sind bei denen begnadete Schrauber am Werk, die eine Menge Porsche-Erfahrung an den Start bringen."

„Woher weißt du das?"

„Hab so meine Quellen. Und die flüstern mir, dass bei Global Cars wirkliche Spezialisten am Werk sind mit einer hohen Affinität zum Porsche-Rennsport."

„Geht's ein wenig genauer?"

„Sal, du weißt doch, wie das läuft. Die Szene ist überschaubar. Begnadete Schrauber sind quasi Stars wie Ronaldo oder früher Beckham."

„Wie gut verdienende Fußball-Legionäre, die dem Geld hinterherziehen."

„Auch hier gibt es solche und solche. Und ja, auch jene, die sich für alles verdingen, wenn nur der Preis stimmt."

„Und die bringen dann nicht nur Können und Erfahrung mit, sondern auch jede Menge Insider-Wissen. Das reicht bis hin zu kompletten Fahrgestellnummer-Sätzen historischer Fahrzeuge, wo alles –

zumindest auf dem Papier und auf den ersten Blick – bestens zusammenpasst."

„So ist es Sal. Wissen wir beide. Nur: Was wirklich hinter der Fassade von Global Cars steckt, wissen wir nicht. Auch wenn ich eine Ahnung habe, dass da nicht alles ganz koscher ist."

„Wieso?"

„Nachdem du mir von dem laufenden Schrott-Deal erzählt hast, erscheinen mir meine Recherchen – oder sollte ich besser sagen Rechercheversuche – in einem neuen Licht."

„Jetzt bin ich aber wirklich neugierig, mein Freund. Kommt selten vor, dass du es nur bei Rechercheversuchen belässt."

Roel stocherte in den Resten seiner Frietjes speciaal herum, nahm einen Schluck Heineken und wischte sich mit der Papierserviette die letzten Ketchup-Reste aus den Mundwinkeln: „Also, vor etwa zwei Jahren wollte ich über die Firma einen Bericht für unsere Amsterdamer Regionalausgabe schreiben. Zunächst habe ich dort einfach mal angerufen. Der Chef war nicht im Haus, aber man versprach mir hoch und heilig, mich zeitnah zurückzurufen. Als sich nach drei Tagen immer noch niemand gemeldet hatte, bin ich kurzerhand bei denen in Amsterdam-Noord am Docklandseweg vorbeigefahren, um mir den Laden aus der Nähe anzusehen."

„Und?"

„Nichts und. Der Chef – er hieß Piet Meijers, wenn ich mich recht entsinne – empfing mich überaus zuvorkommend."

„So sollte es doch auch sein, wenn ein renommierter Journalist des Telegraaf unangemeldet vor der Tür steht und freundlichst um Auskunft bittet."

„Ach Sal, ich glaube, es hatte weniger mit Respekt vor dem Schreiberling einer zugegebenermaßen großen holländischen Zeitung zu tun. Piet Meijers gab mir ebenso freundlich-jovial wie eindeutig zu verstehen, dass seine Firma nicht an Publicity interessiert sei."

Sally Morgan nippte an ihrem halbvollen Bier ohne den Blick von Roel Brouwers zu nehmen: „Jetzt bin ich auf die Begründung gespannt."

„Da kam viel Geschwafel. Keine Zeit. Geschäfte laufen einfach auch so gut. Und dann eben die illustre Kundschaft des Hauses, die extrem wenig Wert darauf lege dabei beobachtet zu werden, wie sie ihre Millionen in Oldtimer-Schätze investiert ...“

„... weil mancher aus dem feinen Zirkel ein lichtscheuer Geselle ist?"

„Das hast du gesagt, Sal. Es scheint sich aber durchaus der Spruch vom lieben Geld, das ein scheues Reh ist, zu bestätigen."

Beide schwiegen. Jeder hing seinen eigenen Gedanken nach. Wie konnte der nächste gemeinsame Schritt aussehen? Sie sahen einander an und nickten einvernehmlich. Damit war klar, sie würden diese

Autoschmiede näher unter die Lupe nehmen. Denn derzeit war sie der einzige brauchbare Ansatzpunkt, um weiterzukommen.

Sal zahlte. Sie brauchte dringend einen Tapetenwechsel für neue Ideen: „Komm, lass' uns mit den Rädern rüber zum Vondelpark fahren und die vielleicht letzten Sonnenstrahlen des Sommers genießen." Sie verließen das Lokal.

„Roel, du bist ein treuer Geselle. Du fährst ja immer noch das alte klapprige Hollandrad, das du schon dein eigen nanntest, als wir uns kennenlernten."

„Du, das hat weniger mit Treue zu tun. Wenn du wüsstest, wie viele Fietsen jedes Jahr hier auf Nimmerwiedersehen verschwinden, dann würdest auch du zu einem rostigen Drahtesel greifen."

Sally Morgan öffnete das blaue Zahlenschloss an ihrem Faltrad: „Ich schließe mein Bike immer ab."

„Mag ja sein. Aber was du da hast, ist nun wirklich kein sicheres Schloss. Wir nennen sowas Geschenkschleifchen. Eine schöne bunte Dekoration und hübsche Einladung für Diebe."

Sally hatte keine Lust auf diese Diskussion und schwang sich aufs Rad. Ganglose Nuvinci-Schaltung und kleine Räder verschafften ihr sofort einen Vorsprung vor ihrem Kollegen, dessen altes Stahlross mit mies geölter Kette trotz aller Anstrengung nicht so recht in Wallung kam. Sie schlängelten sich durch den dichten Verkehr aus Autos, Mopeds, Fahrrädern und Fußgängern. Ganz Amsterdam schien an diesem sonnigen Nachmittag auf Achse zu sein.

Nach zehn Minuten lag der Vondelpark vor ihnen. Eine letzte viel befahrene Straße trennte sie vom offen stehenden Tor der weitläufigen Freizeitanlage. Ein autofreies Paradies für alle, die ohne Verbrennungsmotor lautlos dahingleiten wollten. Die einen nutzten die breiten asphaltierten Wege, um nach ein paar Kilometern ans andere Ende des Parks zu gelangen. Andere joggten oder rollerten aus reiner Lust an der Bewegung vor sich hin. Lastenräder transportierten den Nachwuchs – oder alles für eine ausgelassene Party auf den frisch gemähten Wiesen.

Sally liebte die Heiterkeit und Unbeschwertheit dieses Ortes. Hier fühlte sie sich auf magische Weise mit San Francisco verbunden. Und mit ihren Eltern. Denn auch in der holländischen Metropole hatte der ‚Summer of Love' seine Spuren hinterlassen. Nur eben zwischen niedlichen Grachtenbrücken und nicht im Schatten der imposanten Golden Gate Bridge, unter der der Pazifik Wellenberge auftürmte. Auch hier hatte eine junge Generation Neues ausprobiert und abgenutzte Konventionen über Bord geworfen. Hier hatten sie gegen den Vietnamkrieg demonstriert. Und gegen das Establishment. Nicht alles war aus heutiger Sicht noch zu verstehen. Musste es auch nicht. Wichtig war, dass dieser jugendliche Ausbruch aus der muffigen Welt der Eltern das Leben nachhaltig verändert hatte. Sally war der festen Überzeugung, dass die Waage seither mehr zum Guten ausgeschlagen hatte. Ein klitzekleines bisschen zumindest.

„Wollen wir uns im Schatten der alten Kastanie niederlassen?" Mit dieser Frage holte Roel Brouwers sie in die Gegenwart zurück.

„Du kannst dich gerne in den Schatten legen, aber ich brauche ein wenig Wärme auf meiner Haut."

Sie nahmen ihre Rucksäcke ab und nutzten sie als Kopfkissen.

„Und, hat mein verehrter Telegraaf-Schreiber schon einen Vorschlag, der uns die Türen bei Global Cars öffnen könnte?" Als Sally Morgan nur ein undefinierbares Brummen vernahm, wusste sie, dass ihr Freund Roel nach wie vor ideenlos vor sich hin sinnierte. Sie aber hatte eine. Durchaus ein wenig riskant, aber auf jeden Fall ausbaufähig: „Ich ziehe morgen mein kleines Schwarzes an und gehe bei denen Sportwagen shoppen."

„Du tust was?!"

„Ich sag dir, morgen ist Showtime. Sally Morgan alias Katharina Freifrau von Hambach hat in der Frühe ihren Auftritt als potentielle, auf jeden Fall aber zahlungskräftige Kundin aus gutem deutschen Adel bei Global Cars."

„Du bist total verrückt."

„Hast du eine bessere Idee?"

„Nein, aber ..."

„Komm Roel, wir beide haben doch schon ganz andere Nummern zusammen durchgezogen. Erinnerst du dich, wie du mich bei der Eröffnung des Formel-1-Kurses in Abu Dhabi in die Boxengasse reingeschmuggelt hast – so ganz ohne Kopftuch und Burka?"

„Erinnere mich bloß nicht daran. Damals fehlte nicht viel und sie hätten uns wortwörtlich in die Wüste geschickt. Und zwar ohne einen Liter Wasser."

„Jetzt übertreibst du aber gewaltig."

Sally erläuterte ihm ihren Plan. Und da sie just in diesem Moment keinen besseren hatten, willigte Roel Brouwers widerwillig ein. Denn wie umsichtig und gut vorbereitet sie die Sache auch angingen, es blieb das Restrisiko entdeckt zu werden. Und was dann geschehen würde, wollte er sich lieber nicht so genau ausmalen.

Es gab einiges vorzubereiten. Da Sally Morgan am Morgen noch nicht geahnt hatte, dass sie einen Tag später eine schwerreiche Freifrau aus altem deutschen Adelsgeschlecht spielen würde, fehlte ihr die passende Garderobe für einen passablen Auftritt bei Global Cars: „Roel, wir müssen shoppen gehen." Ihr holländischer Kollege verstand sofort, was sie meinte: „Dann bin ich dafür, wir radeln zu unserer Redaktion und schlagen dort unsere Zelte auf. Meine Kollegen freuen sich darauf dich wiederzusehen."

„Fein!"

„Wir nutzen mein Büro als Basislager für unsere Arbeit. Da haben wir alles, was wir brauchen, inklusive umfassenden Zugriff auf das digitale Redaktionsarchiv der niederländischen Medien."

„Perfekt! Also nichts wie hin."

Sie machten sich auf den Weg und erreichten nach wenigen Minuten die Zentralredaktion. Sally Morgans Telegraaf-Ausweis mit Gaststatus, der ihr unkompliziert Zugang gewährte, hatte Roel Brouwers vorsorglich bereits am Vormittag ausstellen lassen. So sparten sie jetzt Zeit und stiegen in den Aufzug, der die beiden Kollegen auf die dritte Etage brachte. Sally holte ihren Laptop aus dem Rucksack und nahm am Schreibtisch gegenüber dem Kollegen Platz: „Roel, was machen wir als erstes?"

„Dir für deinen Auftritt das passende Auto besorgen."

„Woran denkst du?"

„Na ja, junge deutsche Adlige, auto-affin und mit ein paar Millionen auf dem Konto – ich denke da an einen Maybach aus Stuttgart-Untertürkheim."

„Passt nicht wirklich. Für Katharina von Hambach ist eine solche Nobelkarosse zu gesetzt. Da könnte sie ja gleich mit einem Rolls Royce vorfahren. Sie ist jung, reich und ein wenig rebellisch. Sie kann sich etwas leisten. Ein Porsche 356 wäre das passende Statement. Denn sie fährt Porsche aus Leidenschaft und braucht ein neues Spielzeug für ihre exquisite Sammlung."

„Verstehe. Zeitlos schön und ein Schuss James Dean. Sal, leider muss ich dir sagen, dass der Fuhrpark des Telegraaf ein solches automobiles Schmuckstück nicht im entferntesten hergibt."

„Damit habe ich auch nicht gerechnet. Ich werde Niklas Schneider fragen, ob er mir über sein Netzwerk morgen früh ein solches Auto vors Hotel stellen kann."

„Der könnte das hinbekommen. Na, dann versuch' mal dein Glück. Und grüße Niklas von mir."

Roel zog los und organisierte ihnen in der hauseigenen Cafeteria zwei Cappuccino. Sally telefonierte derweil mit dem deutschen Oldtimer-Fachmann. Roel hatte Niklas bei der letzten gemeinsamen Recherche kennen- und schätzen gelernt – wie auch Sallys väterlichen Freund, den Werkstattbesitzer Max Wolf. Wie Sally brauchte der Zeitungsmann Koffein, um den Geist in Schwung zu halten. Sie hatten keinen Nine-to-five-Job, sie wollten ihn ganz bestimmt auch nicht. Aber auf Kaffee als irgendetwas zwischen Genuss- und Suchtmittel konnten sie beide nicht verzichten.

Als er mit zwei gefüllten Porzellantassen – Sally hasste es, Kaffee aus Plastikbechern zu schlürfen – wieder in seinem Büro auftauchte, lächelte ihn seine Mitstreiterin zufrieden an: „Morgen früh um 8 Uhr wartet vor meinem Hotel ein Porsche 356 auf mich. Außen Silber, innen mit rotem Leder ausgeschlagen. Das Teil wird mächtig Eindruck machen."

„Wie hast du das nur wieder hinbekommen?"

„Niklas bekommt ihn von einem Händler in der Düsseldorfer ,Classic Remise', bei dem er was gut hat. Er hat den Geschäftsmann vor einigen Wochen davor bewahrt, sich ein vierrädriges Kuckucksei ins eigene Nest zu legen."

„Wie heißt es doch so schön: Augen auf beim Oldtimer-Kauf."

„Leichter gesagt als getan. Wie du siehst, sind selbst Profis nicht davor gefeit, mal gepflegt ins Klo zu greifen. Apropos Profis: Max bringt das Prachtstück morgen früh auf dem Trailer hierher. Er ist ein Schatz."

„Ist er. Mit deinem repräsentablen Untersatz haben wir das am schwersten zu organisierende Puzzleteil im Sack. Du hast also alle Zeit der Welt, dich in den kommenden zwei Stunden dem Shopping-Trieb hinzugeben."

„Willst du wirklich mit, Roel?"

„Klar, ich will doch sehen, bei welchem Betrag dein Hamburger Spesenkonto gesperrt wird."

Sally Morgan wedelte triumphierend mit ihrer Kreditkarte: „Wenn die Story stimmt, nicht so schnell, mein Lieber."

Sie ließen die Fahrräder vor dem Redaktionsgebäude stehen, denn beim Einkaufsbummel durch die kleinen Boutiquen in Amsterdams Viertel „9 Straatjes" hätten sie nur gestört. Bei einer jungen deutsch-finnischen Designerin wurde Sally Morgan fündig. Sie entschied sich für ein raffiniert geschnittenes knielanges

Sommerkleid aus weißer Seide. Die seitlichen Schlitze gaben beim Gehen den Blick auf ihre durchtrainierten braunen Oberschenkel frei. Die perfekte Mischung aus elegant-exquisit mit einem Schuss Sex Appeal. Das fand auch ihr Begleiter: „Sal, ich gehe jede Wette ein: Wenn du in dem Kleid morgen früh deine Beine aus dem Roadster schwingst, sind die Jungs bei Global Cars extrem infarktgefährdet."

Animiert durch ihren Journalisten-Freund wählte sie einen leuchtend roten Gürtel zum Kleid. Das übrige Outfit würde sie aus eigenen Bordmitteln bestreiten. Ihre weißen Sneaker passten perfekt, ebenso die lange Perlenkette, ein altes Erbstück ihrer Mutter, das sie immer im Reisegepäck mit sich führte, weil sie sie gerne trug. Morgen würden die gleichmäßig aufgereihten Perlmuttkugeln ihrem Auftritt eine dezent-traditionelle Note verleihen.

„Roel, wir haben alles beisammen. Nein warte, eine Handtasche fehlt noch." Drei Läden weiter wurden sie fündig. Den Abschluss der Einkäufe kommentierte ihr Begleiter im Stile eines Ansagers auf der Pferderennbahn: „Als erste geht Sally Morgan mit Seidenkleid und Handtäschchen durchs Ziel. Das Preisgeld des heutigen Nachmittags, verehrte Freunde des schnellen Pferdesports, liegt bisher bei 1.200 Euro. Das wirft doch niemanden von uns aus dem Sattel, oder?"

Für die perfekte Camouflage am nächsten Tag fehlte noch der Besuch beim Friseur und eine gepflegte Maniküre. Zeit, Roel Brouwers für heute zu verabschieden. So schlug Sally ihrem Kollegen vor, sich um 18 Uhr an der Redaktion zu treffen, zur Centraal Station zu radeln und mit der Fähre überzusetzen, um das Terrain für den morgigen Tag zu besichtigen. Er nahm das Angebot dankend an: „So machen wir das. Ich habe ein paar Dinge im Büro zu erledigen, die ich nicht vor mir herschieben will."

Als Sally Morgan kurz nach 18 Uhr das Telegraaf-Gebäude erreichte, erwartete Roel Brouwers sie am Fahrradständer mit einem Kompliment: „Wow. Du wirst morgen mächtig Eindruck machen!" Sie packten Sallys Errungenschaften in einer Einkaufstüte zusammen und verstauten diese vorsichtig in der Fahrradtasche. Kurze Zeit später erreichten sie den Zentralbahnhof der Metropole und setzten mit der Fähre nach Amsterdam-Noord über. Von dort war es nicht einmal ein Kilometer bis zum Firmensitz von Global Cars am Docklandseweg. Sie fanden eine Parkbank unter einer alten Eiche, die den umfangreichen Umbaumaßnahmen im Gewerbegebiet wie durch ein Wunder nicht zum Opfer gefallen war. Von dort hatten sie freie Sicht auf die Zufahrt zum Firmengelände.

Es herrschte der für ein Autohaus übliche Betrieb. Wagen verschwanden durch ein breites Lamellentor im Bauch des Gebäudes. Andere wurden über den gleichen Weg ausgespuckt und fanden einen Stellplatz auf dem umzäunten Außengeländе. Hin und wieder erschienen Kunden, die Fahrzeuge brachten oder abholten. Von Fall zu Fall nahm sich ihrer ein Chauffeurdienst für die Hin- oder Rückfahrt an. Üblicher Werkstattbetrieb würde Max sagen, dachte Sally. Bis auf den Chauffeurdienst. Seine Kunden waren mit zwei alten Firmen-Golfs zufrieden. Nur: Hier waren nicht Fiats und Volkswagen in der Obhut des Schrauberteams, sondern die Crème de la Crème großer

Sportwagenlegenden: Ferraris, Lambos, Aston Martins - und jede Menge Porsches.

„Roel, fällt dir was auf?"

„Nee."

„Dann schau mal auf die Uhr. Es ist nach 18.30 Uhr und der Betrieb läuft auf Hochtouren. Ist doch nicht normal, oder?"

„Wie man's nimmt. Die arbeiten eben zu den Zeiten, zu denen es der erlesenen Kundschaft zupasskommt."

Für den Moment gab es nichts mehr zu sehen. So beschlossen die beiden Journalisten, in einem nahegelegenen indischen Restaurant zu Abend zu essen und nach Einbruch der Dunkelheit nochmals einen Blick auf das Firmengelände zu werfen.

Eineinhalb Stunden später bezogen sie wieder ihren Posten auf der Parkbank unter der Eiche. Es dämmerte bereits. Hinter der Glasfassade von Global Cars standen Sportwagen aufgereiht. Wie Edelsteine in der Auslage eines Juweliergeschäfts auf der Düsseldorfer Kö, dachte Sally. Ansonsten schien der Verkaufsraum verlassen. Aber hinter dem großen, nun geschlossenen Rolltor brannte noch Licht, das hin und wieder ins Bläuliche changierte. Roel hatte es auch bemerkt: „Entweder haben die sich nach getaner Arbeit um den Fernseher versammelt, um sich noch einmal das jüngste Formel-1-Rennen reinzuziehen ..."

„... oder die schaffen noch – wie die Schwaben zu sagen pflegen. Und zwar schwerpunktmäßig mit dem Schweißgerät."

„Tippe, da liegst du richtig."

„Würde sagen, Roel, hier kommen wir heute Abend nicht wirklich weiter. Der Erkenntnisgewinn ist niedrig. Aber das werden wir morgen ändern."

„Dann lass uns heimwärts radeln und ein letztes Biertje zusammen trinken."

Der Holländer hatte den Satz kaum zu Ende gesprochen, als Bewegung in die Szenerie kam. Wie aus dem Nichts war ein Transporter mit Auflieger und deutschem Kennzeichen aufgetaucht. Zuerst die beiden Scheinwerfer, dann das Motorgeräusch des Diesels. Der Fahrer des Wagens schien eine Adresse zu suchen. Im Schritttempo fuhr er an ihnen vorbei, hielt kurz an, um dann in die Einfahrt von Global Cars einzubiegen.

„Ich spiele jetzt den Ahnungslosen und radle da mal vorbei", schlug Roel Brouwers vor. „Du hältst dich besser im Hintergrund. Wir wollen ja deinen großen Auftritt morgen nicht vermasseln."

Recht hatte er. Niemand würde glauben, dass Freifrau von Hambach zu später Abendstunde auf einem Faltrad durch ein abgelegenes Gewerbegebiet strampelt. So gab Sally ihm mit auf den Weg, einen Blick auf die Ladung zu werfen. Auch wenn ihr Bauchgefühl ihr sagte, dass sie es mit dem 911er von Peter von Ostendorf zu tun hatten.

Roel Brouwers drehte seine Runde und tat dabei, als ob er den einwandfreien Lauf der Kette an seinem Rad einer Prüfung unterzog. Derweil öffnete sich das riesige Lamellentor. Die Werkstatt verschluckte den Laster mit seiner Fracht.

Nach einer Minute war er wieder bei seiner Kollegin. „Kein Zweifel, es ist der Wagen. Der Laster stammt aus Deutschland. Und ich kann mir beim besten Willen nicht vorstellen, dass es zwischen Flensburg und München derzeit einen zweiten ausgebrannten 911er gibt", sagte er aufgeregt.

Sally Morgan hatte unruhig geschlafen. Ihr bevorstehender Auftritt bei Global Cars machte ihr mehr zu schaffen, als ihr lieb war. Sie hatte sich in ihrem Berufsleben des Öfteren in Situationen begeben, die ungemütlich hätten enden können. Ihr Gefühl aber sagte ihr, dass es dieses Mal gefährlicher werden würde. In ihren Träumen hatte sie den schweren Fels vor einer Höhle beiseite gerollt. Und hatte sich verloren in einem unterirdischen Labyrinth. Hilflos und alleine.

Sie duschte und bereitete sich für ihren Auftritt bei Global Cars vor. Um 7 Uhr saß sie im Frühstücksraum des Hotels. Als Erste und einziger Gast. Ihr „Freifrau-von-Hambach"-Outfit verfehlte seine Wirkung nicht. Das verrieten ihr die Blicke des Personals, vor allen Dingen des männlichen.

Lustlos stocherte sie im frisch zubereiteten Rührei herum. Selbst das mit Früchten und Nüssen garnierte Müsli wollte ihr an diesem Morgen nicht schmecken. Ihr holländischer Kollege hatte sich gegen 9 Uhr bei ihr angesagt, um ihr ihre neuen Visitenkarten zu bringen. Er hatte sie über Nacht in der hauseigenen Zeitungsdruckerei vom diensthabenden Grafiker gegen eine Flasche Genever anfertigen lassen. Auf Roel war wie immer Verlass. Er dachte an alles.

Sie sehnte Max Wolf herbei und hoffte, durch seine Anwesenheit auf andere Gedanken zu kommen. Der

Werkstattbesitzer und alte Freund ihres verstorbenen Vaters wollte um 8 Uhr mit dem Porsche-Oldie vor der Tür stehen. Auf Max konnte sie sich bedingungslos verlassen. Sie war froh, dass er den Tag über in Amsterdam bleiben wollte, um am Abend den Wagen wieder mit nach Düsseldorf zu nehmen. Sally wusste, dass das nur ein Vorwand war. Er blieb, um sie im Notfall aus irgendeinem Schlamassel herauszuholen.

Kurz vor 8 Uhr schallte seine laute Stimme aus dem Foyer des Hotels zu ihrem Tisch herüber. Er war da! Sie sprang auf, stieß um ein Haar ihren Kaffee um und eilte ihm entgegen. Max legte seine Pranken um sie und drückte sie an sich. Dann musterte er sie von oben bis unten: „Mein Mädchen hat sich aber mächtig in Schale geschmissen. Und dann karre ich dazu das passende Auto heran. Willst du auf Männerfang gehen? Dabei wartet doch in Köln ein ganz passabler Kerl sehnsüchtig auf dich."

„Max, was denkst du nur von mir. Aber du liegst nicht so falsch. Ich werfe heute zum ersten Mal die Angel nach einer neuen Story aus. Der Haken dabei ist nur, dass ich selbst der Köder bin."

„Da mach dir mal keine Sorgen. Ich habe die Messer gewetzt, um die Schnur zu durchtrennen, sollte der Fisch an der Angel zu groß sein."

„Oh Max, du hast so eine beruhigende Art, die mich jedes Mal tiefenentspannt."

Sie gingen zurück in den Frühstücksraum. Während Sally an ihrem Kaffee nippte, drehte Max Wolf eine Runde ums Buffet. Auf seinem Teller türmte sich eine gehörige Portion Rührei mit Schinkenspeck, Käse und Brötchen. Schwer beladen balancierte er den Berg zum Tisch: „Sorry, die lange Fahrt ohne Pause hat mich ausgezehrt. Aber erzähl mal etwas genauer, in welchem Aquarium du die Rute auswerfen willst."

„Aquarium ist nicht schlecht. So wirkt der Showroom von Global Cars in Amsterdam-Noord tatsächlich. Du weißt, die Company, die Peter von Ostendorfs Schrott-Porsche angekauft hat. Wurde übrigens gestern Abend pünktlich geliefert. Roel und ich haben es mit eigenen Augen beobachtet."

„Ah, Roel Brouwers ist in deinem Team. Beruhigend. Wie ist der Plan?"

„Ich fahre gleich zur Firma und gebe die reiche deutsche Freifrau von Hambach mit gut gefülltem Bankkonto und einem großen Herz für alte Porsche. Sie braucht dringend ein flottes neues Spielzeug, damit ihr nicht langweilig wird."

„Darf ich dir einen Tipp geben: Ziehe als i-Tüpfelchen deine Vintage-Lederjacke an. Die passt zum alten Porsche. Und die Jungs in der Werkstatt stehen garantiert auf die unwiderstehliche Kombi aus Lack und Leder."

„Max! – Aber du hast recht. Die Jacke ziehe ich an."

„Guten Morgen, ihr beiden. Wem gehört denn dieses im ersten Sonnenlicht glänzende Sahneschnittchen mit den roten Ledersitzen da draußen vor der Tür?" Offensichtlich hatte Roel Brouwers mehr und besser geschlafen als die beiden, die er am Frühstückstisch in der Ecke entdeckte. Noch bevor er sich setzte, drückte er Sally strahlend ein kleines Päckchen in die Hand: „Unsere königliche Hausdruckerei hat gerne für Sie eine Nachtschicht eingelegt, gnädige Frau. Wir hoffen untertänigst, dass das bescheidene Ergebnis unserer nächtlichen Mühen Gnade findet vor den Augen der Freifrau von Hambach."

Neugierig wie ein kleines Geburtstagskind riss Sally Morgan das Packpapier auf und hielt ihre neuen Visitenkarten in der Hand. ‚Katharina von Hambach' stand da in erhabenen hellgrauen Lettern. Als Adresse hatten sie ein altes Gut in der Nähe von Kerpen ausgewählt. Die angegebene Handynummer lief auf einem Prepaid-Gerät auf. Sally hatte Roel die ausgefallene Ziffernfolge einer unbenutzten SIM-Karte mitgegeben. Manchmal waren vertrauensvolle Kontakte zu einem Telefonanbieter äußerst nützlich. Ähnlich prägnant wie die Rufnummer war das goldene Wappen, das farblich wie auch den Symbolen nach an das Porsche-Emblem erinnerte. Offensichtlich besaß der Designer Humor, dachte sie.

„Findest du nicht, euer Grafiker hat ein wenig zu dick aufgetragen?" wandte sie sich an Roel Brouwers.

„Wir fanden, das Logo des Hamburger Magazins, für das du arbeitest, wäre ein wenig fehl am Platz gewesen. So haben wir uns für Blattgold mit Bling Bling entschieden. Mir gefällt es. Und es muss ja auch nur für den Moment unser Gegenüber beeindrucken."

Sie vereinbarten, dass Max und Roel in einer Nachbarstraße in der Nähe von Global Cars in ihrem Transporter Quartier beziehen sollten, um im Notfall zur Stelle zu sein. Sally ging aufs Zimmer, um sich vor ihrem Auftritt frisch zu machen und Handtasche und Lederjacke zu holen. Derweil half Roel Brouwers dem deutschen Werkstattmeister, den Porsche-Oldtimer vom Trailer zu rollen. Der 356er sorgte für einen Menschenauflauf unter den meist männlichen Geschäftsleuten, die eine Vortragspause nutzten, um vor dem Hotel die üblichen Rauchopfer darzubringen.

Als Katharina Freifrau von Hambach im weißen Seidenkleid das Hotel verließ und ihre langen Beine hinter der niedrigen Fahrertür verschwanden, schauten alle Männer ihr dabei anerkennend zu. Selbst die kleine Zahl weiblicher Hotelgäste verfolgte mit neugierigen Blicken das anmutige Schauspiel.

Sally Morgan drehte den Zündschlüssel. Sofort ließ der Vierzylinder sein Brabbeln erklingen. Sie legte den ersten Gang ein und entschwand wie eine Fata Morgana. Max Wolf und Roel Brouwers folgten in sicherem Abstand in ihrem Transporter.

Die Fähre zwischen Hauptbahnhof und Amsterdam-Noord beförderte keine Autos. Deshalb konnte Sally nicht den kürzesten Weg nehmen, so wie sie es gestern mit Roel Brouwers mit dem Rad getan hatte. Einige Brücken später erreichte sie das Gewerbegebiet, das Global Cars beherbergte. Das vorerst Letzte, das sie von ihren beiden Freunden im Rückspiegel sah, war der Transporter, der in eine Seitenstraße abbog. Ab jetzt war sie auf sich allein gestellt.

Frau von Hambach, lassen wir die Show beginnen! Sally Morgan konzentrierte sich auf ihre Rolle. Ab jetzt war sie die junge exaltierte Adlige, die ein neues Spielzeug ‚made in Zuffenhausen' suchte. Mit Absicht hatte sie sich nicht angekündigt, um den Überraschungseffekt auf ihrer Seite zu haben. Sie wollte den

Geschäftsführer Piet Meijers überrumpeln. Einen Versuch war es auf jeden Fall wert.

Die Motorjournalistin parkte den Porsche direkt am Eingang zum Showroom, um beim Werkstattpersonal die ihr gebührende Aufmerksamkeit zu erregen. Sie steckte die Sonnenbrille hinter die Blende an der Frontscheibe und kramte aus ihrer kleinen Handtasche einen Lippenstift hervor. Sally Morgan wollte Piet Meijers aus seinem Glaspalast locken und gab ihm Zeit. Würde er zu ihr ans Auto kommen, wäre dies ein Auftakt nach Maß. Sie zog ihre Lippen nach und betrachtete sich im Spiegel. Sal, du hast alle Zeit der Welt. Jetzt nur nicht nervös werden.

Piet Meijers biss an. Lässig betrat der Auto-Löwe sein grau gepflastertes Revier, um sein Opfer in Augenschein zu nehmen. Trotz seiner Körperfülle war er überraschend behände. Leichtfüßig tippelte er in seinen braunen italienischen Mokassins um das Cabriolet herum zur Fahrertür und öffnete der neuen Kundin den Schlag. Dabei klebten seine Augen einen Moment zu lange auf Sally Morgans langen Beinen. Es funktioniert, dachte sie und genoss das Spielchen.

Lässig und aufreizend langsam entstieg Sally ihrem Roadster. Sie gestattete es Piet Meijers, dabei ihre Hand zu halten. Dann standen sie sich auf Augenhöhe gegenüber. Die Journalistin wollte den Geschäftsmann aus der Reserve locken: „Ich würde gerne den Chef dieses Etablissements kennenlernen."

Piet Meijers gab sich amüsiert: „Der steht vor Ihnen, gnädige Frau."

„Entschuldigen Sie bitte vielmals. Ich hatte Sie doch tatsächlich dem Verkaufspersonal zugerechnet."

„Dann hätten wir das geklärt. Womit kann ich Ihnen helfen?"

Nach der ersten wohlgesetzten Spitze wollte Sally Morgan die emotionalen Wogen bei Piet Meijers glätten: „Ich habe durchaus Gutes über Global Cars gehört. Man erzählt sich, Sie hätten eine exquisite Auswahl an Oldtimern in ihren Hallen. Zudem ist zu hören, Sie würden ausgefallene Kundenwünsche nach Kräften erfüllen. Und da ich derzeit geschäftlich in Amsterdam zu tun habe, dachte ich mir, ich verbinde die leidigen beruflichen Verpflichtungen mit dem Vergnügen, Ausschau nach einem Sportwagen für meine Sammlung zu halten."

„Das freut mich zu hören. Auf wessen Empfehlung haben Sie den Weg zu uns gefunden, wenn ich fragen darf?"

„Lassen wir doch das Vorgeplänkel und kommen zur Sache. Mein Name ist Katharina von Hambach. Ich will meiner Porsche-Sammlung etwas wirklich Schnelles hinzufügen. Sie verstehen, was ich meine."

Sie überreichte ihm ihre Visitenkarte. „Ich bin auf der Suche nach einem RSR aus den 1970er Jahren.

Möglichst original, aber dennoch in einem Top-Zustand." Der Global Cars-Geschäftsführer begutachtete interessiert die Visitenkarte: „Freifrau von Hambach ... – Treten Sie ein. Es plaudert sich besser bei einem Gläschen Champagner."

Piet Meijers führte Sally in sein Büro und bat sie, Platz zu nehmen. Er nahm ihr die Lederjacke ab und hängte sie auf einen Bügel an die Garderobe. Dann öffnete er die Bar, die sich in der verspiegelten Schrankwand verbarg, und zauberte mit flinken Fingern zwei Gläser und eine Flasche Veuve Clicquot hervor.

Der Mann hatte Stil – zumindest, was Einrichtung und Getränkeauswahl anging. Ein kleiner Glastisch, eine geschmackvolle Sitzecke aus hellem feinen Wildleder. Piet Meijers gab sich alle Mühe, seiner betuchten Kundschaft ein Ambiente zu bieten, in dem diese nicht fremdelte.

Sie erhoben das Glas. Nun war es an Piet Meijers, den Gesprächsfaden aufzunehmen: „Das, was Sie für Ihre Sammlung suchen, gibt es nicht wie Sand am Meer. Schon mal gar nicht in der Güte und Originalität, die Ihnen vorschwebt."

„Das ist mir bekannt. Ich würde mir gerne ein Bild von Ihrer Firma machen. Ich höre, Sie sind international aufgestellt?"

„So ist es. Wie der Kunsthandel hat sich auch unser Business in den vergangenen zwei Jahrzehnten zunehmend internationalisiert. Wir handeln mit Fahrzeugen in allen Regionen der Welt. Aber in Amsterdam schlägt das handwerkliche Herz der Firma. Hier haben wir die Spezialisten versammelt, die die Fahrzeuge mit einer Menge Sachverstand restaurieren."

„Und wo schlägt das finanzielle Herz der Unternehmung?"

„Liebe Frau von Hambach. Bitte haben Sie Verständnis dafür, dass – ebenso wie viele unserer Kunden – die Finanziers der Firma unerkannt bleiben wollen. Sie wissen doch: Geld ist ein scheues Reh." Mit einem Lächeln warb er um Einvernehmen und Verständnis.

Sally Morgan war klar, dass sie an dieser Stelle nicht weiterkommen würde. So lenkte sie das Gespräch zurück auf ihre Kaufabsicht: „Verschwiegenheit in finanziellen Dingen mag eine Zier sein. Ich darf aber davon ausgehen, dass bei einem Kauf sämtliche Fahrzeugdokumente offenliegen und es keine versteckten Überraschungen geben wird?"

„Aber selbstverständlich, gnädige Frau. Wir bemühen uns, unsere Fahrzeuge möglichst lückenlos zu dokumentieren. Zugegebenermaßen ist dies nicht immer bis zur letzten Schraube möglich. Da geht es dann nicht ohne Vertrauen." Wie als erste vertrauensbildende Maßnahme schenkte er Champagner nach.

Sally ging in die Offensive: „Hätten Sie denn einen Porsche RSR im Angebot?"

Piet Meijers schaute ihr direkt in die Augen: „Frau von Hambach, ich glaube nicht an Zufälle. Wir haben tatsächlich vor wenigen Tagen ein solches Fahrzeug von einem deutschen Kunden erwerben können."

„Kann ich den Wagen sehen?"

„Leider nein. Es wird noch ein paar Tage dauern, bis wir das Auto hier haben. Wir wissen, dass er über Jahre in einer feuchten Halle gestanden und zu allem Überfluss einen Wasserschaden hat."

„Das hört sich nicht gut an."

„Das hat aber auch seine vorteilhaften Seiten. Der Wagen hat nur wenige 1000 Kilometer auf dem Tacho. Aber Sie haben Recht. Es wird einige Monate dauern, die durch die anhaltende Feuchtigkeit entstandenen Schäden zu beseitigen."

„Ich habe Zeit. Wie heißt es doch: Vorfreude ist die schönste Freude."

„Ganz meine Meinung. Wir werden den Wagen komplett zerlegen und neu aufbauen. Er ist dann besser als neu vom Werksband."

„Kaum zu glauben."

„Aber wahr."

Dieser Holländer war ein gewiefter Geschichtenerzähler. Sally war sich sicher, dass Piet Meijers ihr gerade den Porsche S von Peter von Ostendorf angeboten hatte. Nur in einem Punkt hatte der Global-

Cars-Geschäftsführer nicht gelogen: Peters Porsche hatte tatsächlich einen Wasserschaden davongetragen – bei den Löscharbeiten der Feuerwehr nach dem Unfall in der Eifel.

Sally Morgan brannte darauf, zu erfahren, welchen Preis Piet Meijers für den zusammengeschusterten Haufen Schrott aufrufen würde. Wenn aus dem Porsche S nach der Restaurierung ein um ein Vielfaches teurerer, weil selten gebauter rennsporttauglicher RSR geworden war: „Meneer Meijers, was soll der Wagen denn kosten?"

Wieder schaute der Holländer sie mit treuen Augen an: „Wir haben das Fahrzeug recht günstig über eine Versicherung angekauft, so dass ich Ihnen einen mehr als fairen Preis machen kann. 1,8 Millionen Euro sind nicht zu viel, finde ich."

„Ich denke darüber nach und gebe Ihnen in den nächsten Tagen Bescheid."

„Gerne."

„Noch etwas: Sollte ich mich für einen Kauf entscheiden, erwarte ich vor Vertragsabschluss ein Gutachten über den derzeitigen Zustand des Wagens, die auszuführenden Arbeiten und eine abschließende Wert-Klassifizierung. Und Kopien der Fahrzeugunterlagen, damit ich alles prüfen lassen kann."

Zum ersten Mal verloren die Gesichtszüge des versierten Verkäufers die Contenance. Sally hatte das kurze Flackern seiner Augen bemerkt. Sie wollte nach dieser Attacke ihrem Gegenüber etwas Zeit einräumen. Vielleicht war Piet Meijers ja nun sturmreif geschossen und würde weitere Informationen preisgeben. Sie stand auf und sagte: „Sie entschuldigen, ich lasse Sie kurz allein, um ein nicht aufschiebbares geschäftliches Telefonat zu führen. Geben Sie mir ein paar Minuten Zeit." Sally verließ das Büro und trat hinaus auf die Werkstatteinfahrt und lehnte sich mit dem Handy an ihren Roadster. Sie rief ihre beiden Freunde im Transporter an, um ihr geschäftliches Gespräch echt aussehen zu lassen, falls sie beobachtet wurde.

Max meldete sich mit besorgter Stimme: „Alles gut bei dir, Sal?"

„Alles gut. Habt ihr mitbekommen, wie Piet Meijers zum Schluss nervös wurde? Ich nehme an, dass ich hier in wenigen Minuten fertig bin. Ich fahre dann zurück zum Hotel. Wir treffen uns dort."

Mit zunehmender Dauer des Gesprächs war Meijers Misstrauen geweckt worden. Diese Frau war nicht die, für die sie sich ausgab. Er hatte noch nie ein Blaublut erlebt – schon mal gar nicht ein weibliches – das ihn jemals so mit fachlich versierten Fragen malträtiert hätte. Es war ihm zeitweise wie ein Verhör vorgekommen.

Kurzentschlossen folgte er seiner Intuition, auf die er sich bisher immer hatte verlassen können. *Schauen wir doch einmal, wer du wirklich bist, Katharina Freifrau von Hambach.* Er ging zur Garderobe und durchsuchte mit geübten Fingern die alte Lederjacke seiner Kundin, die ihr ständiger Begleiter als Journalistin war. In der Innentasche wurde er fündig. Zwischen Daumen und Zeigefinger zog er eine Visitenkarte ans Tageslicht: Sally Morgan, freie Journalistin ... Er lächelte zufrieden. Sein Instinkt hatte ihn auch dieses Mal nicht getäuscht.

Als die Motorjournalistin nach wenigen Minuten wieder ins Büro kam, spürte sie, dass sich etwas verändert hatte. Piet Meijers hatte sich auf die Armlehne der Couch gesetzt. Wie zum Sprung bereit, dachte Sally Morgan. Aber das alleine war es nicht. Aus seinem Gesicht war das joviale Lächeln verschwunden.

Um auf Augenhöhe zu bleiben, nahm die Journalistin nicht mehr Platz. Sie wollte hier raus und beendete das Gespräch: „Es ist gesagt, was zu sagen war. Wir hören in den nächsten Tagen voneinander."

„So soll es sein. Haben Sie noch eine gute Zeit in Amsterdam, Frau von Hambach." Piet Meijers reichte ihr ihre Jacke wie eine Trophäe, die er erobert hatte.

Sally verließ das Büro und fuhr zurück zu ihrem Hotel. Dort warteten ihre Freunde in der Bar sehnsüchtig auf ihren Bericht. Sie ließ sich nicht lange bitten: „Dieser Piet Meijers ist mit allen Wassern gewaschen. Galant, jovial und redselig gibt er sich. Doch über Finanzen spricht er nicht gern. Ein Wolf im Schafspelz, wenn ihr mich fragt."

„Wie meinst du das?", fragte Roel Brouwers nach.

„Er wollte nicht damit herausrücken, wer die Geldgeber sind, die hinter Global Cars stecken. Aber er hat eingeräumt, dass es welche gibt."

„Damit können wir doch arbeiten," warf der Telegraaf-Journalist ein.

„Wartet Jungs, das Beste kommt erst noch. Dieser Geschäftsführer ist ein exzellenter Geschichtenerzähler. Ich bin fest davon überzeugt, dass er mir den ausgebrannten 911 S von Peter von Ostendorf als RSR unterjubeln wollte."

„Woran machst du das fest?" wollte Roel Brouwers wissen.

„Es ist mehr als eine Vermutung. Meneer Meijers tischte mir die Geschichte von einem reinrassigen RSR mit Wasserschaden auf, der jahrelang an einem feuchten Ort gestanden habe. Deutscher Besitzer. Über eine Versicherung angekauft. Noch nicht angeliefert. Und die Restaurierungsarbeiten würden mehrere Monate in Anspruch nehmen. Klingelt es bei euch?"

„Tatütata, Wasserschaden. Stimmt ja irgendwie", fand Max. „Einmal kräftig wässern und ein simpler

911 S wächst fix wie die Yucca-Palme auf Großmutters Fensterbank zum RSR, einem Rennfahrzeug mit Straßenzulassung."

Roel Brouwers war daran interessiert, welches Preisschild an der Palme hängen würde: „Was wird denn für den illegal gepimpten RSR an Talern aufgerufen?"

„1,8 Millionen Euro."

„Ein fairer Preis – zumindest für einen echten RSR in Top-Zustand."

Max und Roel verluden gemeinsam den Porsche-Roadster auf den Trailer, damit der Werkstattbesitzer die Heimreise ins Rheinland antreten konnte. Als er sich auf den Weg gemacht hatte, gingen Sally und Roel zurück ins Hotel. Sally brannte noch etwas auf der Seele. Solange Max dabei war, hatte sie nicht die atmosphärische Veränderung im Büro des Global Cars-Geschäftsführers nach ihrem Telefonat draußen vor der Tür angesprochen. Sie wollte ihren väterlichen Freund nicht beunruhigen. Wahrscheinlich hatte die eigene Anspannung ihr einen Streich gespielt. Nun aber wollte sie doch die professionelle Einschätzung ihres Kollegen hören: „Roel, als ich nach dem Telefonat mit euch wieder in Meijers Büro kam, hatte sich etwas verändert."

„Was meinst du damit?"

„Nur so ein Gefühl. Die Zimmertemperatur schien um einige Grad gesunken zu sein. Irgendetwas muss in der Zwischenzeit passiert sein. Piet Meijers Blick hat mich frösteln lassen."

Das Zusammentreffen mit Piet Meijers hatte bei Sally Spuren hinterlassen. Sie wollte allein sein, um ungestört ihre Gedanken und Eindrücke zu sortieren: „Roel, ich brauche eine Auszeit. Wäre es ok für dich, wenn wir gemeinsam in die Stadt fahren? Du musst sicher an den Schreibtisch. Und ich werde mich in das kleine Café am Eingang des Vondelparks setzen und bei einem Latte macchiato versuchen, wieder einen klaren Kopf zu bekommen."

„Gerne. Ich habe das Gefühl, du hast da mitten in ein Wespennest gestochen."

„Da könntest du Recht haben. Ich habe ein ungutes Gefühl, kann aber nicht sagen, warum."

„Dann nichts wie raus aus diesem Hotel. Wir können ja später zusammen zu Abend essen. Du kommst zu mir in meine Junggesellenbude und ich werfe für uns den Wok an."

„Du hast immer die passende Idee im richtigen Moment. Wir telefonieren dann später nochmal."

Die Sonne stand hoch am Himmel. Spätsommer in Amsterdam. Sally und Roel nahmen ihre Räder und rollten vom Hotel in die Innenstadt. Nach vier Kilometern trennten sich ihre Wege und Sally radelte weiter zu ihrem Lieblingsplatz im Vondelpark.

Zwischen den Tischen und Stühlen im Biergarten hatten die Laubbäume einen herbstlich-bunten Blätterteppich ausgelegt. Ihre Schatten spendenden Kronen lichteten sich bereits. Der erste Herbststurm würde die leuchtenden Farben hinwegfegen. Mücken tanzten im Sonnenlicht, das durch die Zweige fiel, ihren vielleicht letzten Tanz des zu Ende gehenden Sommers. *Summer moved on.*

Sally Morgan fand ein sonniges Plätzchen und bestellte einen Latte macchiato. Sie öffnete ihren Laptop, um auf einer leeren Word-Seite ihre Gedanken zu ordnen. Sie musste sich eingestehen, dass sie und ihr Kollege bislang nur wenige Fakten zusammengetragen hatten. Weit entfernt davon, irgendwelche dunklen Machenschaften belegen zu können. Und doch sagte ihr Journalisten-Instinkt, dass die Spur, auf der sie unterwegs waren, heiß war. Auf ihr Bauchgefühl hatte sie sich bis heute immer verlassen können. Und dann war da dieser bemerkenswerte Gesprächsausklang bei Global Cars.

In ihrem Rucksack vibrierte das Handy. Unbekannte Nummer. Sie zögerte. Anrufe mit unterdrückter Rufnummernanzeige nahm sie normalerweise nicht entgegen. Doch ihre Neugierde ließ sie anders entscheiden: „Hallo?"

„Spreche ich mit Frau Morgan?" Die Stimme klang unsicher.

„Wer will das wissen?"

„Das tut im Moment nichts zur Sache. Bitte legen Sie nicht auf."

„Was wollen Sie?" Sally Morgan behielt ihren barschen Tonfall bei, um den Mann am anderen Ende der Leitung in der Defensive zu halten.

„Genau genommen: Sie warnen."

Damit hatte die Journalistin nicht gerechnet. Warnungen und Drohungen am Telefon hatte sie schon häufiger bekommen. Meist drohten ihr die Anrufer mit lauter, manchmal aufgebrachter Stimme. Selten folgten den lautstarken Worten Taten. Dieser Anruf passte so überhaupt nicht ins übliche Muster.

„Woher haben Sie meine Rufnummer?"

„Ihre Visitenkarte lag auf dem Schreibtisch meines Chefs Piet Meijers."

„Unmöglich. Ich kenne keinen Piet Meijers."

„Er aber sie – und ihre Doppelrolle als Katharina Freifrau von Hambach. Stand Ihnen gut, der alte Roadster und das helle Seidenkleid."

Sallys Gedanken rasten. Fuck, fuck, fuck! Ihre Tarnung war aufgeflogen. Wie, darauf konnte sie sich spontan keinen Reim machen. Ruhe bewahren, professionell bleiben: „Sie sagten, Sie wollen mich warnen. Wovor?"

„Bitte seien Sie vorsichtig. Mit Meneer Meijers ist nicht zu spaßen, auch wenn er nur ein mittelgroßes Rädchen in einem weltweiten Räderwerk ist."

„Auch wenn ich Ihren Namen bislang nicht kenne, Sie machen mich neugierig."

„Dann soll es eben Ihre Neugierde sein, die Sie davon überzeugt, mich zu treffen."

„Sagen Sie wann und wo, bevor ich es mir anders überlege."

„Ich versichere, ich will Ihnen bei Ihren Recherchen helfen. Auch aus Eigennutz, denn seit dem Unfall eines Kollegen vor wenigen Tagen habe ich Angst um mein Leben."

„Dann war es kein Unfall?"

„Nein, war es nicht. Zumindest bin ich fest davon überzeugt. Mehr will ich dazu am Telefon nicht sagen. Ich hoffe, Sie verstehen."

„Dann sagen Sie mir, wann und wo wir uns treffen."

„Auf der Halbinsel Marken gibt es eine alte Holz-schuhmacherei. Sie ist heute ein Museum und gehört einem Freund. Dort können wir uns heute Abend um 21 Uhr treffen."

„Ich kenne die Örtlichkeit. Ich werde pünktlich da sein. Wie kann ich Sie erreichen? Ich meine für den Notfall."

„Gar nicht. Wenn vor der Eingangstür ein Wind-licht brennt, kommen Sie rein. Andernfalls rate ich Ihnen umzukehren. Bis heute Abend." *Long as I can see the light.*

Der Fremde hatte aufgelegt. Eine Wolke hatte sich vor die Spätsommersonne geschoben. Sally Morgan zog ihre alte Lederjacke fester um die Schulter. Und plötzlich schwante ihr, wie ihre Tarnung bei Global Cars aufgeflogen war. Es gab nur diese eine Möglichkeit: Während sie draußen telefoniert hatte, hatte Piet Meijers die Gelegenheit genutzt, ihre Lederjacke zu filzen. Und war dabei auf eine ihrer Visitenkarten gestoßen, die sie überall in ihren Taschen verteilte, um immer eine griffbereit zu haben. Warum hatte sie nur auf Max gehört und die Lederjacke mitgenommen! Max durfte nie davon erfahren. Er machte sich so schon genug Sorgen um sie.

Sie rief ihren Kollegen Roel Brouwers an.

„Met Roel."

„Sally hier. Es gibt Neuigkeiten. Gute wie schlechte. Ich sitze immer noch im Café im Vondelpark. Wäre schön, wenn du vorbeikommen könntest."

„Klar, es geht doch um unsere Recherche."

„Dann bis gleich."

Wenig später saß der Amsterdamer neben seiner deutschen Kollegin.

„Roel, zuerst die gute Nachricht: Ich glaube, wir haben den Dosenöffner für unsere Story gefunden. Oder besser: Er hat uns gefunden. Vor nicht einmal einer halben Stunde rief mich ein Mitarbeiter von Global Cars an. Er will sich mit mir treffen und

Informationen herausrücken, die uns bei unseren Recherchen helfen."

„Kann es sein, dass sich die schlechte Nachricht hinter folgender Frage verbirgt: Woher hatte er deine Telefonnummer?"

„Du legst den Finger immer sofort in die Wunde. Die Antwort auf deine Frage: Piet Meijers hat meine schwarze Lederjacke durchsucht, als ich bei ihm war, und eine Visitenkarte von mir gefunden, während ich draußen telefonierte."

„Der Mann hat schlechte Manieren. Aber nun wissen wir, dass die Gangart ab jetzt rauer wird."

„Was sollen wir tun?"

„Sal, er weiß jetzt zwar, wer du bist, aber nicht, wo du steckst. Und dass es mich in dem Spiel gibt, ist ihm zum jetzigen Zeitpunkt noch verborgen. Mein Vorschlag: Du holst deine Sachen aus dem Hotel und schaffst sie zu mir. Schätze, da bist du derzeit sicher."

„Du hast recht. Gibst du mir deinen Wohnungsschlüssel?"

„Wir sollten uns überlegen, wie wir das Treffen heute Abend angehen. Wie ich dich kenne, wirst du auf jeden Fall hingehen."

Sally lächelte: „Du kennst mich."

„Und weil dem so ist, werde ich dich begleiten."

„Ach Roel, Ich wusste, dass du das sagen würdest. Aber du weißt wie ich, dass das nicht geht. Der Deal ist, dass ich alleine hingehe. Wir wollen den Informanten doch auf keinen Fall düpieren – oder sogar vertreiben."

Sie fanden einen Kompromiss: Die Motorjournalistin würde den Unbekannten ohne ihren Kollegen in
der Holzschuhmacherei treffen. Aber Roel Brouwers
würde sie mit ihrem VW-Bus bis zur Landstraße bringen, die das Festland mit der Halbinsel Marken über
einen Damm verband. Von dort aus würde Sally die
letzten zwei oder drei Kilometer mit dem Faltrad zum
Treffpunkt fahren. Im Notfall wäre er innerhalb weniger Minuten zur Stelle. Und niemand konnte die Insel
auf dem Landweg verlassen, ohne ihm in die Arme zu
laufen.

Die beiden Journalisten trafen sich um 16:30 Uhr
in der Wohnung von Roel Brouwers. Er hatte einge-
kauft und zauberte auf seinem Gasherd innerhalb
einer halben Stunde ein leckeres Hähnchen-Curry im
Wok. Dazu tranken beide ein kaltes Heineken. *The
final Countdown.*

Sally mochte die Wohnung ihres holländischen
Kollegen. Die schmalen Fenster mit den Gitterspros-
sen gaben den Blick auf die Keizersgracht frei. In den
Straßencafés saßen Menschen, viele von ihnen in
Bürokleidung, und genossen nach getaner Arbeit den
lauen Abend. Auf dem Kanal schipperten Bötchen
vorbei, vollgepackt mit Touristen, von denen viele eine
Dose Bier in der Hand hielten. Manche johlten unter
jeder Brücke, die sie durchfuhren.

Sie hatten am kleinen Tisch gegenüber dem Herd Platz genommen und löffelten schweigend ihr Essen. ‚Henkersmahlzeit' schoss es Sally Morgan durch den Kopf. Sie wollte diesen Gedanken verdrängen, ihm keinen Platz einräumen. Sie war eine gestandene Journalistin und hatte manch ähnliches Treffen mit Informanten hinter sich gebracht. Und dann war da ja noch ihr Kollege als sicherer Rückhalt, falls etwas schiefgehen sollte. Aber nein, darüber wollte sie jetzt auf keinen Fall nachdenken.

Roel Brouwers kannte seine Kollegin. Er ahnte, was in ihr vorging: „Sal, mach dir keine Sorgen. Sollte es eng werden, dann ruf mich an. Und wenn dafür die Zeit nicht reicht, dann drücke auf diesen Knopf." Er zog ein kleines Kästchen mit rotem Drücker aus der Hosentasche und überreichte es ihr: „Das Ding alarmiert mich augenblicklich und gibt deinen Standort durch. Obwohl ich den ja schon kenne."

„Danke dir, mein Freund. Das beruhigt."

Um 19 Uhr machten sie sich auf den Weg. Mit ihren Rädern fuhren sie hinaus zum Hotel und luden diese in den alten VW-Bus. Roel Brouwers lenkte den T2 auf den Autobahnring A10. Im Feierabendverkehr ging es nur schleppend voran. Sie waren froh, als sie den Ring an der Ausfahrt Volendam verließen. Auf der N 247 rollten sie weiter Richtung Monnickendam, wo sie auf die N 518 wechselten, die direkt nach Marken führte. Der Holländer parkte den Wagen in einem Weg am Vluchthaven.

Auf der Gouwzee schimmerte das letzte Tageslicht. Sally hob ihr Faltrad aus dem Bus. Es war 20:40 Uhr. Die Journalistin schulterte ihren Rucksack und umarmte ihren Freund und Kollegen: „Wird schon schiefgehen." Dann war es Zeit aufzubrechen. Drei Kilometer über den Zeedijk, der das Festland mit der Halbinsel Marken verband, lagen vor ihr. Sie schwang sich in den Sattel und machte sich alleine auf den Weg.

Der Fahrtwind und die salzige Seeluft taten ihr gut. Sie vertrieben die trüben Gedanken und Ängste. Rechts und links Wasser, vor ihr der Weg zum Treffpunkt. Und bei jedem Tritt in die Pedale spürte sie in der Hosentasche das kleine Alarmkästchen mit dem roten Notfallknopf.

Kurz vor 21 Uhr tauchte vor ihr in der Dämmerung die Holzschuhmacherei auf. Die Luft war frisch und klar. Vor der Eingangstür brannte wie angekündigt das Windlicht. Sally lehnte ihr Rad an die Hauswand neben dem Eingang und hörte, wie die Klinke der schweren Eichentür von innen niedergedrückt wurde. Mit einem leisen Knarren öffnete sie sich einen Spalt weit.

Das flackernde Windlicht gab dem fremden Mann ein Gesicht. Schmal war es, Kinn und Wangen bedeckt mit einem Dreitagebart: „Kommen Sie herein." Hinter ihr schloss der Unbekannte die Türe und zündete den Docht einer Öllampe an: „Seien Sie unbesorgt, ich will Ihnen helfen, aber wir müssen vorsichtig sein."

Die Augen gewöhnten sich schnell an das matte Licht. Sally schaute sich um. In den Regalreihen standen bunt bemalte Holzschuhe. Den Boden bedeckten gelockte helle Holzspäne. Ein hüfthoher Holzzaun trennte den Verkaufsraum von der eigentlichen Werkstatt. Schwere Schleif- und Drechselmaschinen füllten den Raum. Breite Keilriemen verbanden die Bandsäge mit einem Elektromotor. Sally leuchtete mit ihrem Handy auf das Typenschild: „Albert Jürgens, Maschinenfabrik, Emsdetten i. Westfalen". Eine Erinnerung blitzte auf. Ihr Urgroßvater hatte zwischen den beiden Weltkriegen des vorherigen Jahrhunderts eine eigene Klompenfabrik am Niederrhein betrieben. Davon hatte ihr ihre Mutter immer wieder erzählt. Diese urtümlichen Maschinen. Heavy- Metal-Relikte aus einer längst vergangenen Zeit.

„Auch Oldtimer. Aber für die interessiert sich kaum jemand." Der Fremde mischte sich in Sallys Tagtraum ein. Er reichte ihr die Hand. „Ich bin Luuk van Veen."

„Sally Morgan. Aber das wissen Sie ja. Wie haben Sie eigentlich gemerkt, dass ich nicht die bin, für die ich mich ausgegeben habe?"

„Ich habe mitbekommen, wie mein Chef Piet Meijers laut telefonierte, nachdem Sie weg waren. Seine Wut ließ ihn unvorsichtig sein, so dass ich hörte, wer Sie sind. Ihre Kontaktdaten fand ich auf der Visitenkarte, die Piet Meijers unter seine transparente Schreibtischauflage geschoben hatte."

„Das mit der Visitenkarte war ein Anfängerfehler. Der hätte mir nicht passieren dürfen."

„Mag sein, aber der Fehler hat auch sein Gutes. Er hat uns hier zusammengebracht."

Sie setzten sich an einen kleinen Holztisch, die Öllampe zwischen ihnen.

„Warum gehen Sie das Risiko ein, mir zu helfen?"

„Weil bei Global Cars seit geraumer Zeit vieles aus dem Ruder läuft."

„Und das wäre?"

„Autos eine neue Identität geben – manche sprechen von Fälschen – ist das eine. Aber inzwischen ist die Gier der Geldgeber so groß, dass selbst Autos restauriert werden, die für ihre Fahrer lebensgefährlich sind und deshalb auf den Schrott gehören."

„Wie der 911er aus Deutschland, der am vergangenen Donnerstagabend angeliefert wurde?"

„Woher wissen Sie davon?"

„Ich habe es mit eigenen Augen beobachtet. Aber das ist nur ein Puzzlesteinchen in meinen Recherchen." Punkt für mich, dachte Sally. Sie ließ ihren Gesprächspartner in dem Glauben, weit mehr zu wissen. Sie wollte ihn dazu bringen, möglichst viele Informationen preiszugeben.

Es entstand eine Pause wie nach einem gelungenen Satzball im Tennis. Luuk van Veen schloss die Augen. Dann lehnte er sich in seinem Stuhl vor und begann zu erzählen: „Ich habe Angst. Mein Kollege, der sich hin und wieder kritisch zu den Geschäftsgebaren äußerte, ist vor wenigen Tagen, am 4. September, tödlich verunglückt. Er sollte ein Auto im Auftrag der Zentrale auf Sizilien testen. Es sah aus wie ein Unfall. Ich glaube das nicht."

„Was ist passiert?"

„Nach allem, was ich weiß, sollte er einen Ferrari auf Herz und Nieren in freier Wildbahn prüfen. Auf einer talwärts führenden Straße rollte ein Felsbrocken auf die Fahrbahn. Er wich aus und stürzte mit dem Wagen in eine Schlucht. Ihn hat man tot geborgen, der Ferrari liegt noch da unten. Man wird einen Heli brauchen, um ihn zu bergen. So kommt da keiner ran."

„Warum sind Sie davon überzeugt, dass es kein Unfall war?"

„Albert – sein voller Name ist Albert Hein – war ein erfahrener Testpilot. Er hätte den Wagen zum Stehen gebracht, anstatt vor dem Hindernis gnadenlos aufs Gaspedal zu treten, um dann unkontrolliert in den Tod zu rasen."

„Gibt es Anzeichen dafür, dass er sich vielleicht das Leben nehmen wollte?"

„Nein, nach allem, was ich weiß, war er glücklich verheiratet. Er hat zwei Töchter. So jemand bringt sich nicht mal eben um."

„Also Mord?"

„Davon bin ich überzeugt. Er wurde den Geldgebern, die ihn nach Sizilien zitierten, wohl zu aufmüpfig. Und er kannte viele Interna. Deshalb musste er sterben. Ja, davon bin ich überzeugt."

„Sizilianische Geldgeber? Meinen Sie die Mafia?"

„Was weiß ich. Die Oldtimer sind Fälschungen, teils lebensgefährlich für die übers Ohr gehauenen Käufer. Das Geschäftsmodell ist kriminell. Zudem ist es rund um den Globus perfekt organisiert. Wenn Sie so wollen: Organisierte Kriminalität, mafiöse Strukturen."

„Verstehe."

„Professioneller, eiskalter Turbokapitalismus hat die Wirtschaft und die Welt im Griff. Moral: Fehlanzeige. Warum sollte es in der Schattenwelt des Big Business anders zugehen?"

Plötzlich wünschte sich Sally mitten in dieser alten Holzschuhmacherei jene Zeiten zurück, in denen ehrliche Kaufleute ihre Geschäfte per Handschlag besiegelten. Sie erinnerte sich an das Gemälde, das ihr ihre Mutter zeigte, wenn sie gemeinsam auf Zeitreise gingen: ihr Urgroßvater mit einem Zigarrenstumpen im Mund. Sonnenlicht, das durch das Werkstattfenster fällt und sein weißes Haar zum Leuchten bringt. Mit einem Spatel formt er einen Holzschuh und hat dabei die Welt um sich herum vergessen. Sie bedauerte, ihn nicht kennengelernt zu haben. *Who wants to live forever ...*

„Ich werde Ihnen morgen die Schlüssel zur Schattenwelt in die Hand geben. Sie verstehen sicherlich, dass ich die Unterlagen an einem sicheren Ort aufbewahre und Sie erst kennenlernen wollte, bevor ich Sie Ihnen übereigne." Luuk van Veen riss die Motorjournalistin aus ihren wehmütigen Gedanken. „Nach dem vermeintlichen Unfall meines Kollegen habe ich begonnen, Unterlagen über Käufe und Verkäufe von Autos und Ersatzteilen sowie über die Geldströme, die bei uns hier in Amsterdam rein- und rausgehen, zu sammeln. Quasi meine Lebensversicherung, die ich Ihnen morgen auf einem Datenträger übergeben werde. Auch eine Kundenliste ist dabei."

„Die Kartei der Betrogenen und Verblendeten."

„Wenn Sie so wollen."

„Ich würde morgen gerne meinen niederländischen Kollegen zum Treffen mitbringen. Wir arbeiten zusammen. Wenn Sie mir vertrauen, dann sollte für ihn das Gleiche gelten."

„Ich bin damit einverstanden."

„Kennen Sie einen passenden Treffpunkt, an dem wir ungestört zu dritt reden können?"

„Wir treffen uns an der Parkbank am kleinen Teich im Amstelpark an der A10."

„Ich kenne den Teich. Wann?"

„Sagen wir um 10 Uhr."

„Gut. Dann mache ich mich jetzt auf den Rückweg. Ach ja, dürfte ich nun Ihre Handynummer haben?" Luuk van Veen lächelte und gab ihr seine Visitenkarte:

„Seien Sie vorsichtig. – Ich meine, wegen der vielen Schlaglöcher ..."

Sally Morgan verließ die alte Holzschuhmacherei, durch die schon morgen wieder Touristenhorden trotten würden. Sie stieg aufs Rad. Schon nach wenigen Metern hatte die Dunkelheit sie verschluckt.

Zuerst sah Roel Brouwers nur den schaukelnden Lichtkegel, der über den Deich näherkam. Das musste seine Kollegin sein. Der Erleichterung folgte schon bald die journalistische Neugier. Während sie im Bus gemächlich heimwärts fuhren, bedrängte er Sally mit Fragen. Sie rekapitulierte für ihn das Gespräch in der Holzschuhmacherei. Erst als sie ihm versicherte, dass er am nächsten Morgen bei der Übergabe der Dokumente mit dabei sei, ließ er locker.

Nach einem letzten Gläschen Rotwein in der Junggesellenbude wollten beide nur noch schlafen. Sally schlüpfte ins Bett und Roel machte es sich auf der Couch bequem. Am folgenden Tag wartete auf sie Luuk van Veen mit den Unterlagen. Vorsichtig würden sie dann wie Archäologen Schicht um Schicht abtragen und bewerten. Mit dem einen Ziel: die illegalen Machenschaften rund um das Geschäft mit Oldtimern nach und nach aufzudecken.

Nach dem Frühstück machten sich Sally und Roel Brouwers mit dem Rad auf den Weg in den Amstelpark. Auf Anhieb fanden sie die grün lackierte Holzbank am kleinen Teich. Sie stand unter einer Linde, die angenehm Schatten spendete. Obwohl es September war, hatte die Sonne Kraft.

Als es 10 Uhr war und Luuk van Veen auf sich warten ließ, wurde Roel Brouwers ungeduldig: „Ob er uns versetzt hat?"

„Glaube ich nicht. Wenn er hätte abtauchen wollen, hätte er mir nicht bereitwillig seine Handynummer gegeben."

„Kann Prepaid sein. Wir werden sehen."

Knirschende Schritte auf dem Kiesweg zerstreuten alle Zweifel. Luuk van Veen hatte Wort gehalten. Er ließ sich neben Sally nieder, so dass sie zwischen den beiden Männer saß. Wortlos zog er einen USB-Stick aus der Jackentasche und reichte ihn der Journalistin. Sally startete ihren Laptop, steckte den Stick in den Port und wartete darauf, dass er im Verzeichnis des Rechners sichtbar wurde. Dann erschien eine Liste mit Dokumenten, die der Informant erläuterte: „Die erste Datei mit dem Namen ‚Buchhaltung' verspricht nicht zu viel. Sie enthält alle Transaktionen der vergangenen drei Jahre."

„Will heißen, hier finden wir anhand der Bankdaten das komplette Firmennetzwerk?", fragte Roel Brouwers nach.

„Ja, soweit die Gelder über Global Cars in Amsterdam liefen. ‚An- und Verkäufe' bezeichnet eine Excel-Datei mit allen Fahrzeugen, die im gleichen Zeitraum von Global Cars erworben und veräußert wurden. Ich nehme an, dass Sie die Namen und Kontaktdaten der Käufer brennend interessieren."

„Ja, das tun sie. Erzählen Sie uns etwas über die Amsterdamer Werkstatt?"

„Was wollen Sie wissen?"

„Wie viele Leute arbeiten da? Wie lange brauchen die dort für ein Fahrzeug? Wo kommen die Autos her? Wie werden sie verkauft?"

„Viele Fragen auf einmal. Wir haben zwölf Leute in der Werkstatt: Schrauber, Karosserieschlosser, Lackierer und so weiter. Die meisten kommen aus dem Rennsport, manch einer aus dem direkten Umfeld von Porsche. Das sind Künstler, die die Marke verinnerlicht haben und sich bestens in der Historie der Autos auskennen. Man arbeitet an drei bis fünf Wagen gleichzeitig. Es dauert mehrere Monate ein Fahrzeug verkaufsfertig zu machen."

„Die Welt der wahren Spezialisten scheint klein zu sein."

„Das ist sie. Man kennt sich. Und noch etwas: Ich habe anhand von Fotos die Vorgehensweise bei den Fälschungen dokumentiert. Weggeflexte und neu eingeschlagene Fahrzeugnummern und so weiter. Zeigen Sie das einem Experten."

„Da habe ich den besten an der Hand." Sally würde die Fotos ihrem Freund Niklas Schneider mailen. „Erklären Sie mir, wie jemand mehrere hunderttausend Euro auf den Tisch legt, ohne das Objekt der Begierde vorher gesehen und von einem Gutachter auf Herz und Nieren prüfen zu lassen."

„Sie sagen es selbst. Es geht um Begierde, Gier. Um Gefühle und ‚Sehn-Süchte', die möglichst schnell befriedigt werden wollen. Zudem werfen unsere Verkäufer von langer Hand ihre Netze nach den Goldfischen aus."

„Goldfische?"

„So nennen wir potentielle Kunden. Reich und ein bisschen – sagen wir – naiv."

„Und wo wird gefischt?"

„Beliebt sind hochemotionale Veranstaltungen wie beispielsweise der jährliche Oldtimer-Grand-Prix im Spätsommer auf dem Nürburgring. Motorenlärm, der Geruch von Öl, Benzin und verbranntem Gummi liegt in der Luft. Rennatmosphäre. Da wird bei Lachshäppchen und Champagner so mancher Wagen an den Mann gebracht."

„Verstehe. Männerwelt."

„Genau. Und alle sind sich einig, dass ihnen in Sachen Frauen und eben Autos niemand etwas vormacht."

Sally schmunzelte: „So leicht kann man sich irren."

„Und hinters Licht geführt werden." Nach einer kleinen Pause fuhr Luuk van Veen fort: „Ich will aber noch einmal auf den vermeintlichen Unfall meines

Kollegen zu sprechen kommen. Die Sache liegt mir am Herzen ..."

„Weil Sie davon überzeugt sind, dass es kein Unfall war."

„Der Fall hat für einige Aufmerksamkeit in den italienischen und niederländischen Medien gesorgt. Es gab Zeitungsberichte, Fotos und sogar einen Beitrag in den Fernsehnachrichten. Ich habe alles gesammelt und in einen eigenen Ordner auf den Datenstick gepackt ..."

„Ist Ihnen etwas aufgefallen?"

„Nicht direkt. Ich habe mir das Film- und Bildmaterial immer wieder angeschaut. Ich werde das Gefühl nicht los, dass etwas nicht stimmig ist, dass etwas fehlt. Aber ich weiß nicht was."

„Ich verspreche, dass wir uns das anschauen. Sizilianische Geldgeber und ein herbeibeorderter Testfahrer, der prompt zu Tode kommt. Grund genug, da mal genauer hinzuschauen."

„Dann bleiben wir in Kontakt?"

„Ja."

Luuk van Veen stand auf. Es schien, als sei eine Last von seinen Schultern genommen, als habe er neue Hoffnung geschöpft. Er ging und ließ die beiden Journalisten mit dem Datenträger auf der grünen Parkbank zurück.

„Künstler, Knacker, alte Karren – das hat etwas von modernem Bauerntheater. Wenn da nicht so ein krimineller Schatten über der ganzen Szenerie liegen würde", sinnierte Roel vor sich hin.

„Dann wird es Zeit, dass wir Licht ins Dunkel bringen. Lass uns in die Redaktion fahren und das Material sichten und sichern. Dann sehen wir weiter."

„Guter Plan."

In Roel Brouwers' Büro starteten sie ihre Rechner und loggten sich ins Redaktionssystem ein. Damit hatten sie Zugriff auf das europäische Archiv der Medien. Es war erst vor wenigen Jahren ins Leben gerufen worden und erleichterte grenzüberschreitende Recherchen immens.

Sally fand es an der Zeit, sich planvoll und strukturiert über das gelieferte Material herzumachen:

„Roel, wir müssen uns die Arbeit aufteilen, damit wir möglichst zügig zu Ergebnissen kommen, die uns weiterbringen."

„Da bin ich bei dir. Du bist die Auto-Frau. Willst du der Spur mit dem verunglückten Ferrari auf Sizilien nachgehen?"

„Das wollte ich dir vorschlagen."

„Dann beschäftige ich mich mit den Firmenunterlagen, die uns unser Informant zugesteckt hat. Den Ordner zum Sizilien-Unfall schiebe ich dir gleich rüber."

„Sichtest du die Kundenlisten und die Fotos mit den Fälschungen? Und nimm Kontakt mit unserem deutschen Gutachter-Freund Niklas auf. Ich bin gespannt auf seine Meinung."

Beide stürzten sich in die Arbeit.

Sally verschaffte sich einen Überblick über die Berichterstattung zu dem vermeintlichen Unfall auf Sizilien am 4. September. Die italienischen Texte schickte sie durch ‚DeepL', das neue Übersetzungsprogramm einer Kölner Softwareschmiede, das auf KI-Technologie basiert. Das Ergebnis konnte sich sehen lassen. Nahezu fehlerfrei spuckte es den deutschen Text aus. Die Medienberichte zitierten einhellig die italienische Polizei. Und die wiederum ließ keinen Zweifel aufkommen, dass es sich um einen Unfall gehandelt hatte. Eine Verkettung unglücklicher Umstände, hieß es: Ein Felsbrocken war direkt vor dem Ferrari auf die Straße gerollt, sodass der Fahrer nicht mehr bremsen oder ausweichen konnte. Er war in die Schlucht gestürzt. Bergretter bargen ihn tot aus dem Wrack.

Da die Texte keine Anhaltspunkte für die Mord-These lieferten, wandte sich die Motorjournalistin dem Bild- und Filmmaterial zu. Sie fand Fotos und bewegte Bilder, die von italienischen Kollegen gemacht worden waren. Aber es gab auch das übliche Amateurmaterial von Schaulustigen. Manches stammte aus YouTube. Nachdem sie den Unfall-Ordner des Informanten durchgekämmt hatte, wechselte sie ins europäische Medienarchiv. Luuk van Veen hatte ausgezeichnete Arbeit geleistet, denn die Medienplattform gab kaum mehr her.

Wie hatte Luuk van Veen gesagt: Er habe das Gefühl gehabt, es fehle etwas. Sally betrachtete das Bild- und Videomaterial von neuem. Sie breitete die Fotos vom Unfallort vor sich auf dem Monitor aus. Krankenwagen, Polizei, Notarzt, Bergretter mit ihrer Ausrüstung, Schaulustige. Das übliche Szenario, die üblichen „Verdächtigen" wie sie bei jedem spektakulären Unfall zu finden sind.

Sie dachte nach. Des Rätsels Lösung war aller Wahrscheinlichkeit nach nicht im Umfeld des professionellen Personals am Unfallort zu finden. Schon eher bei den Schaulustigen: Da war eine junge Familie. Der Mann lehnte am Auto. Die Frau gab dem Baby auf dem Beifahrersitz die Flasche. Dazu ein älteres Ehepaar mit Rucksäcken und Wanderstöcken. Unspektakulär. Und zwei Rennradfahrer in den gängigen hautengen Outfits. Sie schätzte Italiener, braungebrannt, durchtrainiert. Bergfresser, denen kein Pass zu hoch war und keine Tour zu lang. Rennradfahrer, die Wert legten auf extrem leichte Räder, für die sie tausende Euro ... Moment, wo waren denn ihre Bikes? Fotos und Videomaterial erfassten aus unterschiedlicher Perspektive den gesamten Schauplatz. Nur: Nirgends waren die Rennräder der beiden Radsportler zu sehen! Treffer!

„Roel, ich glaube, ich weiß jetzt, was Luuk van Veen meinte. Ich bin mir sicher, ich habe gefunden, was er auf den Bildern vermisste."

Roel Brouwers stellte sich mit seiner Kaffeetasse hinter Sally und schaute über ihre Schulter auf den Monitor: „Lass mich nicht dumm sterben. Was siehst du, was ich nicht sehe?"

„Ich sehe zwei Rennradfahrer."

„Ich auch."

„Sieht aber so aus, als ob die beiden ohne Bikes angereist sind."

„Verdammt. Du hast recht. Zoom die Typen mal näher ran."

„Die beiden sind von oben bis unten tätowiert."

„Sal, ich weiß, dass du da nicht drauf stehst. Aber schau dir trotzdem die Bilderrätsel auf beiden genau an und finde die Gemeinsamkeit."

„Ich kann nichts entdecken. Was meinst du?"

„So unterschiedlich die Motive der beiden sind, eines haben sie gemeinsam: diesen schwarzen Stern am Handgelenk."

„Chapeau! Ich wusste gar nicht, dass du Männern als erstes auf die Hände schaust."

„Und was machen wir nun mit unserem Wissen, werte Kollegin?"

„Wir teilen es auf dem kleinen Dienstweg mit Moritz Wendland, einem freundlichen Beamten beim Bundeskriminalamt in Wiesbaden. Er ist mir einen Gefallen schuldig."

„Und weiter?"

„Ich werde ihn bitten, die Konterfeis der beiden durch die internationalen Verbrecherkarteien zu jagen. Alles auf dem kleinen Dienstweg."

„Sal, Du überrascht mich immer wieder. Ich wusste nicht, dass du so exzellente Kontakte zu unseren Freunden und Helfern hast."

„Werter Roel, du weißt doch, wie wichtig es ist, immer einen letzten Pfeil im Köcher zu haben. Und ich hoffe, dass dieser ins Schwarze trifft."

Beide machten sich wieder an die Arbeit, um ihre Hausaufgaben zu erledigen. Sally schickte eine Mail mit einem Foto der beiden vermeintlichen sizilianischen Rennradfahrer an Moritz Wendland zum Bundeskriminalamt nach Wiesbaden. Darin bat sie den BKA-Mann, die Identität der beiden Unbekannten für sie zu klären. Und ja, wie immer, sei es eilig.

Derweil durchforstete ihr Kollege die Kontoauszüge von Global Cars und glich sie mit der Kundenliste ab. Innerhalb weniger Stunden hatte er die Daten aufbereitet. Seine Excel-Liste verriet ihm alles über Kunden, Autos und Preise. Das Beste: Einigen Wagen konnte er Detailaufnahmen abgeschliffener und neu eingeschlagener Fahrzeugnummern zuordnen. Keine Frage, Luuk van Veen hatte äußerst akribisch belastendes Material zusammengetragen und ihnen übergeben. Und doch war er ein wenig enttäuscht: „Sal, wenn ich ehrlich bin, habe ich in der Kundenliste ein paar bekannte Namen erwartet. Aber weit und breit ist keiner zu sehen."

„Ach Roel, die wenigsten Menschen mit Geld stellen ihren Reichtum öffentlich zur Schau. Sie genießen ihre Privilegien und ihren Luxus und bleiben dabei unter ihresgleichen."

„Verstehe. Eine kleine feine Parallelwelt."

„So ungefähr. Und manch einen Sammler durch-fährt ein wohliges Kribbeln bei dem Gedanken, dass er ein seltenes Auto besitzt, das er mit niemandem teilen muss."

„So verschwinden wertvolle Stücke auf Nimmer-wiedersehen in klimatisierten Tiefgaragen – und kom-men erst wieder ans Tageslicht, wenn die Erben das Fell des Bären unter sich aufteilen."

„Das ist wie bei Kunstwerken. Nur, dass du Bilder einfacher an die Wand hängen kannst. Roel, lass uns eine Pause machen."

Sie verließen das Redaktionsgebäude und schlen-derten ein paar Straßen weiter zu einem indischen Restaurant. Es war gut besucht. Offensichtlich hatte das Abendgeschäft begonnen. Sie suchten sich einen Tisch etwas abseits, um in Ruhe das weitere Vorgehen zu besprechen. Nachdem sie bestellt hatten, fasste Sally die bisherigen Erkenntnisse zusammen:

„Wir haben Unterlagen, die belegen, wann, wer, welches Auto, zu welchem Preis bekommen hat. Zu-dem dokumentieren die Detailfotos, wie in der Werk-statt bei Global Cars gefälscht wird."

„Und wir haben diesen ominösen Unfall auf Sizilien mit den beiden Rennradfahrern ohne Räder."

„Mein Vorschlag, Roel: Du hältst hier in Amsterdam im Umfeld von Global Cars die Stellung und Kontakt zu Luuk van Veen. Und stimm dich auf jeden Fall mit Niklas Schneider ab."

„Ich ahne schon, was du vorhast ..."

„Ich werde morgen früh nach Sizilien fliegen. Denn ich glaube, dass dieser Unfall ein Auftragsmord war. Nach Sizilien führt unsere zweite heiße Spur."

„Sal, dir ist klar, dass du damit dem inneren Kreis des Bösen sehr nahekommst? Wenn tatsächlich die Mafia dahinter steckt, wird die es nicht mögen, wenn du in ihrem Wohnzimmer rumschnüffelst."

„Ich weiß. Aber es ist der einzige Weg, um an die Strippenzieher der Fälscherorganisation ranzukommen."

„Sieht so aus, als ob du dich entschieden hast. Mit unseren Informationen machen wir es wie gehabt: Wann immer es geht, laden wir unsere Rechercheergebnisse hoch in unsere gemeinsame Cloud. So geht nichts verloren, falls einem von uns etwas zustößt."

„Ok, Datensicherung wie immer. Und ich werde Louis Hoffner mitnehmen."

„Wer ist er?"

„Ein freier Kameramann und Drohnenpilot aus Köln mit einer Vorliebe fürs Programmieren. Mein Mann aus den Bergen. In seinem früheren Leben war er Bergretter in Elmau. Er liebt die Vertikale und das Abenteuer."

„Ein Tekki in Lederhosen, der sicher zu allem Über-fluss auch noch jodeln kann."

„Roel, bist du etwa eifersüchtig?"

„Ach was. Nicht auf Mr. Yeti."

„Na dann. Ich werde den Schneemenschen nachher kontaktieren und ihn fragen, ob er mich morgen Mit-tag am Flughafen in Catania treffen will."

„Ich wette, er will."

Zurück im Redaktionsbüro kontaktierte Sally ihren Kölner Alpinisten, den sie nicht lange überreden musste. Er hatte Lust auf Siziliens Spätsommersonne und ein kleines Abenteuer an der Stiefelspitze Italiens. Gemeinsam checkten sie die Flugmöglichkeiten von Köln und Amsterdam aus und verabredeten sich für Sonntagmittag vor dem Ausgang des Flughafens von Catania.

Um kurz vor 20 Uhr verließen Roel Brouwers und Sally Morgan die Redaktion des Telegraaf und mach-ten sich mit ihren Rädern auf den Heimweg zur Woh-nung des Amsterdamer Journalisten. Bei einem Glas Rotwein ließen sie den ereignisreichen Tag ausklin-gen. Vor dem Schlafengehen packte Sally das Nötigste für den Flug am kommenden Morgen zusammen. Sie würde in aller Frühe aufstehen und den Zug zum Amsterdamer Flughafen Schiphol nehmen. Zwei Stun-den später wäre sie dann in Sizilien. Wie hatte ihr Kol-lege gemeint: in der Höhle des Löwen.

Die ersten beiden Tage des Ärztekongresses in Düsseldorf waren für Patty Clifford mehr als zufriedenstellend gelaufen. Die Medizinerin hatte die Diskussionen genossen, alte Kontakte aufgefrischt und neue geknüpft. Die Einladung der Kollegen, den Samstag in der Düsseldorfer Altstadt gemeinsam ausklingen zu lassen, hatte sie nicht ausschlagen können. Doch nach dem Abendessen hatte sie das Weite gesucht und den Trubel hinter sich gelassen.

Ein Taxi brachte sie gegen 21 Uhr zur Wohnung ihrer alten Freundin Sally nach Monheim in die Goehtestraße, die diese ihr übers Wochenende überlassen hatte. Sie machte sich kurz frisch und schlenderte zum „Piccola Italia". Luigi Paveroni und sie kannten sich von Pattys häufigen Besuchen bei Sally. Der gebürtige Sizilianer freute sich stets, von ihr aus erster Hand die neuesten Nachrichten und Gerüchte aus Palermo zu hören. Und er bedankte sich bei ihr mit so manchem feinen Gläschen Rotwein aus dem Süden Italiens. Ihre Zunge lockerte sich und sie glitt mehr und mehr ins Italienische hinüber, sehr zur Freude des kleinen Sizilianers.

Kurz vor Mitternacht machte sich die Ärztin auf den Heimweg, nicht ohne vorher dem Rhein einen Besuch abzustatten. Sie ließ sich auf einer Bank nieder, genoss die Wärme des Spätsommerabends und die Stille am Fluss. Wie flüssiges Silber glitzerte das Mondlicht auf dem Wasser des Stroms. Ein Abend ganz nach ihrem

Geschmack. Sie wünschte sich ihre Freundin Sally herbei. Nach ein paar gedankenverlorenen Minuten stand sie auf und schlenderte heim.

Als sie den Schlüssel in das Schloss der Haustüre steckte, stutzte sie für einen kleinen Moment. Normalerweise war um diese Uhrzeit der Eingang verriegelt. Heute nicht. Musste jemand vergessen haben. Sie trat ins Haus und stieg die Stufen zu Sallys Wohnung hinauf und öffnete die Wohnungstür.

Als sie die Augen wieder aufschlug, war sie von Dunkelheit umgeben. Keine Ahnung, wie lange sie bewusstlos gewesen war. Sie spürte die Holzplatte des Küchentischs unter ihrem Rücken. Sie wollte sich bewegen, konnte es aber nicht. Hände und Füße waren an den Beinen des Tisches festgezurrt. Sie fühlte sich ausgeliefert. Wem auch immer. Sie wusste es nicht.

Langsam gewöhnten sich ihre Augen ans Dunkel. Das wenige Licht der Straßenlaterne, das durch den Spalt der zugezogenen Vorhänge fiel, ließ sie das Chaos im Raum erahnen. Besteck aus herausgerissenen Schubladen ergoss sich über den Boden. Dazwischen zerborstene Teller und Tassen, verstreut zerrissene Seiten aus durchstöberten Ordnern. Panik erfasste sie.

„Guten Abend, Frau von Hambach." Patty Clifford war überrascht, wie erleichtert sie sich fühlte, nicht alleine zu sein. Die Medizinerin gab sich Mühe, mit beherrschter Stimme zu antworten: „Ich bin nicht Frau von Hambach. Und soweit ich weiß, wohnt niemand hier mit diesem Namen."

„Dann sollte ich wohl besser Miss Morgan sagen?"

„Auch die bin ich nicht." Eine Pause entstand. Patty Clifford spürte die aufkeimende Unsicherheit bei ihrem Gegenüber. Das war vielleicht ihre Chance, den Spuk glimpflich zu beenden: „Mein Name ist Patty Clifford. Meine alte Studienfreundin Sally Morgan, die ich seit Jahren nicht mehr gesehen habe, hat mir freundlicherweise fürs Wochenende ihre Wohnung überlassen. Ich bin hier nur Gast und nehme an einem Ärztekongress in Düsseldorf teil."

Erneut eine Pause.

„Wissen Sie, wo ich sie finden kann?"

„Sie ist im Ausland unterwegs. Mehr hat sie mir nicht gesagt. Wohl einer ihrer vielen Rechercheaufträge. Sie ist Journalistin."

„Ich weiß."

Patty Clifford spürte an der Stimme des Fremden, wie sich zu seiner Unsicherheit Ratlosigkeit gesellte. Er hatte die Wohnung auf den Kopf gestellt und nicht gefunden, wonach er suchte. Er hatte auf ihre Freundin Sally gewartet und nicht auf sie. Er stand mit leeren Händen da. Aber noch konnte er unerkannt

entkommen. Er hatte keinen Grund, ihr etwas anzu-
tun.

Noch bevor sie den Gedanken zu Ende gedacht
hatte, schaute sie in das grelle LED-Licht einer
Handykamera. Das Gesicht des Fremden erkannte sie
nicht. Aber für den Bruchteil einer Sekunde den kleinen schwarzen Stern, der das Gelenk der freien Hand
ihres Gegenübers zierte. Das Licht ging aus. Sie spürte
einen leichten Luftzug. Dann fiel die Wohnungstür
sachte ins Schloss.

Vorgelagerte Inseln im Mittelmeer kündigen die Landung des KLM-Fluges 2204 aus Amsterdam in Catania an. Längst hat die Maschine ihre Reiseflughöhe verlassen und befindet sich im Anflug auf den Airport. Der Airbus neigt sich in die Kurve. Dann taucht er plötzlich vor Sallys Kabinenfenster auf: der Ätna, majestätisch und wolkenverhangen. Und immer bereit, Feuer zu spucken und Unheil über die Menschen, die an seinem Fuß leben, zu bringen.

Als Sally die Gangway betritt, die hinab zum wartenden Bus führt, umfängt sie die wohlige Wärme des Sommers, der im Süden Europas einige Wochen länger dauert als in der Mitte des Kontinents. Sie setzt ihre Sonnenbrille auf, wirft die Lederjacke über die Schulter und nimmt ihren Rucksack in die andere Hand. Sie liebt es, mit leichtem Gepäck zu reisen – was den Vorteil hat, den am Gepäckband wartenden Touristen zu enteilen.

Sie ist eine der ersten in der kleinen Halle, die die diversen Autovermieter beherbergt. Da sie nicht abschätzen kann, auf wie viele Koffer ihr Drohnen-Mann Louis Hoffner sein Equipment verteilt hat, entscheidet sie sich für einen Fiat Panda. Quadratisch, praktisch, gut – und da sie nur zu zweit sind, mit reichlich Platz fürs Gepäck. Den Anfängerfehler, die engen Gassen in Italiens Städtchen mit einem großen SUV zu bereisen, hat sie nur einmal gemacht. Seither weiß sie, warum die Italiener ihre kleine Kiste auf vier Rädern lieben.

Die Buchungsformalitäten sind dank Kreditkarte schnell erledigt. Sie nimmt die Fahrzeugschlüssel entgegen und findet ihr frisch gewaschenes Auto nach kurzer Suche auf dem Parkplatz unweit der Flughalle. Eine knappe Stunde bleibt ihr, bis der Flieger mit Louis Hoffner aus dem Rheinland in Catania einschwebt. Sally wirft ihren Rucksack in den Kofferraum und schlendert den Weg zurück zum Flughafengebäude.

Ihr Telefon klingelt. Am anderen Ende der Leitung hört sie die aufgeregte Stimme ihrer betagten Nachbarin Nia Piontek: „Kindchen, Kindchen, ich weiß nicht, wo ich anfangen soll. Ich habe eben deine Freundin in deiner Wohnung gefunden. Sie wurde überfallen. Der Notarzt kümmert sich um sie. Hier sieht es aus wie nach einem Bombenangriff. Die Polizei ist da ..."

Augenblicklich verflog das Sommer-Sonne-Gefühl bei Sally: „Wie geht's Patty?"

„Den Umständen entsprechend. So wie es jemandem geht, der rücklings auf den Küchentisch getackert wurde und dann in dieser Position für einige Stunden im Dunkeln alleine zubringen musste."

„Sie ist nicht verletzt?"

„Nein, aber sie steht unter Schock."

„Nia, ich kann beim besten Willen nichts tun, denn ich bin soeben auf Sizilien gelandet."

„Kindchen, wo du dich immer rumtreibst!"

„Nia, bitte sag Luigi und Max Bescheid. Sie sollen sich um alles kümmern, bis ich zurück bin. Vor allen Dingen um Patty."

„Mach ich, Sally."

„Und gib der Polizei meine Handynummer. Nur für den Fall, dass da jemand Fragen an mich hat."

Sie legte auf und machte sich Vorwürfe. Als sie erfahren hatte, dass ihre Identität bei Global Cars aufgeflogen war, war sie selbst bei ihrem Kollegen Roel Brouwers untergetaucht. Aber sie war so intensiv mit der Recherche beschäftigt, dass sie die Gefahr für ihre Freundin Patty in ihrer Monheimer Wohnung nicht gesehen hatte.

Zum zweiten Mal in diesem Fall hatte sie nicht genug Umsicht walten lassen. War sie im Laufe der Jahre betriebsblind geworden? Oder war sie so sehr vom journalistischen Jagdtrieb besessen, dass sie das Wohl ihrer Freunde aus den Augen verlor? Sie schwor sich, ab jetzt umsichtiger vorzugehen. Dann öffnete sie ihren Laptop und schrieb eine Mail an Max, Niklas und – ja – Peter von Ostendorf. Seit Tagen hatte sie sich nicht bei ihnen gemeldet. Zeit, sie alle über den Stand ihrer Recherche zu unterrichten. Per SMS informierte sie ihren Amsterdamer Kollegen über den Einbruch in ihre Wohnung, bei der ihrer Freundin Patty übel mitgespielt worden war. Ja, die Einschläge kamen näher ...

Louis Hoffner, der ihr von hinten auf die Schulter klopfte, riss sie aus ihren Gedanken: „Hi Sal, here we are!" Neben ihm standen sein Trolley und zwei silberne Alukoffer, die seine Ausrüstung enthielten. Ein riesiger Rucksack zierte ein Kletterseil mit Sicherungshaken. Unverkennbar, hier war einer unterwegs, der die Natur und steile Felsen liebte.

Sie umarmten sich freundschaftlich. „Sal, du machst nicht den Eindruck, als ob du dich freust, mich zu sehen."

„Nimm's nicht persönlich. Ich habe im Augenblick eine Menge Trouble."

„Und da brauchst du meine Hilfe, um Ordnung reinzubringen?"

„Sagen wir, um zu tieferen Einsichten zu gelangen."

„Du sprichst in Rätseln."

„Wir müssen uns einen Wagen näher anschauen, der in unwegsames Gelände gestürzt ist. Vielleicht entdecken wir aber auch noch ganz andere Dinge am Tatort."

„Also kein Unfall?"

„Ich habe ernstzunehmende Hinweise darauf, dass der Fahrer unfreiwillig auf der Strecke geblieben ist."

„Eine ausgesprochen zutreffende Formulierung."

„Dabei ist das alles andere als schön, mein lieber Louis. Dazu gehört auch, dass ich dir im Augenblick beim besten Willen nicht sagen kann, ob ich die Jägerin oder die Gejagte bin."

„Dann lass uns versuchen, auch da wieder Ordnung reinzubringen."

„Du hast Recht. Wir wollen keine Zeit verlieren. Den Rest erzähle ich dir auf der Fahrt."

Sie teilten sich das Gepäck von Louis Hoffner auf und machten sich auf den Weg zum Parkplatz der Autovermieter.

„Wow, da hast du aber ein schickes Auto geliehen."

„Lästere nicht, Louis. In die kleine Kiste passt dein Gepäck. Aber viel wichtiger: Wir fallen mit dem Panda nicht auf, weil jeder zweite Italiener einen fährt."

Während Sally ihr Smartphone mit dem Radio koppelte, brachte der Kölner Bergsteiger den Beifahrersitz in eine für ihn bequeme Position. Kein leichtes Unterfangen bei einer Körpergröße von 1,85 Metern. Als Sally ihren Rückspiegel justierte, tauchte darin ein grinsendes Gesicht auf, das sie eher in Köln erwartet hätte. Für einen Moment war ihr Herz federleicht. Schwungvoll öffnete sie die Fahrertür und stand in Sekundenbruchteilen neben dem Auto: „Peter, was machst du denn hier?!"

Peter von Ostendorf ließ seine lederne Reisetasche zu Boden sinken, nahm Sally in den Arm und gab ihr einen Kuss auf die Wange: „Ich dachte, ich nehme mir ein paar Tage frei und folge dir in den sonnigen Süden. Aber wie ich sehe, bist du schon in Begleitung ..."

„Ich freue mich riesig, dass du da bist." Sie streifte mit ihrer Hand seine.

„Zur Abwechslung bin ich jetzt mal dein Schutzengel und passe auf dich auf." Er nahm ihre Hände in
seine.

Inzwischen hatte sich Louis Hoffner aus dem Klein-
wagen herausgeschält und beobachtete interessiert die
Szene. Sally klärte die Situation: „Darf ich euch miteinander bekannt machen. Louis ist ein Freund und
Kollege aus Köln. Er ist Kameramann und Bergretter
und hilft mir, hier auf Sizilien meinen Job zu machen.
Und das ist Peter von Ostendorf, ein ganz lieber
Freund von mir, den ich erst seit kurzem kenne."
Die beiden Männer gaben sich die Hand. Und Sally
konnte sehen, wie aus ihren Gesichtszügen alle Rivali-
tät wich und sich beide freundlich anlächelten. Das
wäre geschafft, dachte sie bei sich.

Nachdem das Beziehungsgefüge geklärt war, verstauten sie Peter von Ostendorf mit seiner Reisetasche
auf der Rückbank. Der Wagen rollte im Schritttempo
vom Parkplatz und ließ den roten Brunnen auf dem
Kreisverkehr hinter sich. Nach wenigen Kilometern
erreichte das Trio die Autobahn. Sie nahmen die A19
Richtung Palermo. Mit Tempo 120 zuckelte der Klein-
wagen gemächlich dahin. Sally brachte die beiden
Männer in groben Zügen auf den aktuellen Stand, so
dass sie sich ein Bild davon machen konnten, auf was
sie sich eingelassen hatten. Auch den Überfall auf ihre
Freundin in ihrer Wohnung in Monheim sparte die
Motorjournalistin nicht aus.

Die monotonen Abrollgeräusche des kleinen Pandas ließen keine Zweifel an der Beschaffenheit des Untergrunds aufkommen: Gesellte sich zum Brummen der Reifen auf dem Asphalt ein regelmäßiges ‚Klack-klack-klack‘, dann war die Piste auf Stelzen gebaut – hier im unwegsamen Inneren der Insel gefühlt auf mehr als der Hälfte der Strecke. Und doch gab es im dünn besiedelten Hinterland Siziliens einen entscheidenden Unterschied zu ländlichen Regionen in Deutschland: Das Mobilfunknetz lieferte überall den schnellen LTE-Standard. Der Agenturchef auf der Rückbank, der seinen Laptop zum Arbeiten aufgeklappt hatte, war entzückt: „Sizilien mag zwar das Armenhaus Italiens sein. Aber beim schnellen Internet ist es – im Gegensatz zum hochindustrialisierten Deutschland – alles andere als digitale Diaspora."

Nach knapp einer Stunde machten sie eine kurze Pause auf einem Rastplatz wenige Kilometer hinter Enna. Im Schnellrestaurant kauften sie sich Mineralwasser und jeder ein belegtes Brötchen. Auf Kaffee aus dem Automaten der Tankstelle verzichteten sie.

Als sie wieder unterwegs waren, meldete sich Patty auf Sallys Handy: „Hi Sal, wollte dir nur sagen, dass es mir gut geht und sich alle lieb um mich kümmern."

„Das freut mich zu hören! Aber erzähl‘, was ist genau geschehen?"

„Jemand ist in deine Wohnung eingedrungen und hat mich überrascht, als ich gestern Abend nach Hause kam. Dieser jemand hat mich betäubt. Als ich wieder zu mir kam, lag ich mit dem Rücken auf dem Küchentisch, meine Hände und Füße an den Tischbeinen festgebunden. Im Mittelalter nannte man das ‚jemanden aufs Rad flechten‘."

„Hat der oder die Fremde dir etwas zuleide getan?"

„Nein, er hat mich nur ausgefragt. Erst hielt er mich für eine Frau von Hambach und dann sprach er mich mit deinem Namen an. Er suchte dich und wusste, dass du Journalistin bist. Ehrlich gesagt, ich kann mir keinen rechten Reim darauf machen."

„Ich aber. Bei meiner Recherche in Amsterdam wurde ich enttarnt. Nun sind mir diese Leute auf den Fersen. Bei der Geschichte geht es um die Fälschung teurer Oldtimer, ein internationales Geschäft. Wenn wir uns sehen, erzähle ich dir die ganze Geschichte."

„Sal, deine Wohnung ist total verwüstet. Ob etwas fehlt, kann ich nicht sagen. Nur so viel: Deine Bilder hängen noch an den Wänden. Augenscheinlich war der Mensch kein Kunstkenner."

„Die Bilder sind nicht so wichtig. Das Einzige, was zählt, ist, dass es dir gutgeht, Patty."

„Alles im grünen Bereich. Aber wo bist du gerade?"

„Auf Sizilien. Ich bin mit zwei Freunden, die mir bei der Recherche helfen, unterwegs von Catania Richtung Cefalù."

„Ich nahm an, du wärest in Amsterdam. Was macht ihr denn in meiner Wahlheimat?"

„Die Organisation mit ihren Hintermännern enttarnen, die für das verantwortlich sind, was man dir angetan hat."

„Du meinst, dahinter steckt eine ganze Organisation?"

„Ja. Allen Informationen zufolge, die uns vorliegen. Ist dir irgendetwas Außergewöhnliches an dem Täter aufgefallen?"

„Nein, es war dunkel, und die Vorhänge ließen nur wenig Licht herein."

„Denk' nach."

„Doch, da war was. Für den Bruchteil einer Sekunde konnte ich an seinem Handgelenk einen eintätowierten Stern erkennen."

„Dann haben wir schon drei davon. Danke, Patty, die Info passt zu dem, was wir wissen."

„Du bist verrückt. Ich muss dir nicht sagen, wie gefährlich das ist, was du da tust."

„Ich weiß. Aber du kennst mich. Ich lasse mich nicht einschüchtern. Zudem hat der Fall durch den ungebetenen nächtlichen Besucher bei dir eine noch größere Bedeutung für mich bekommen. Ich sage dir, mit dem Überfall auf dich haben die sich keinen Gefallen getan."

Kleine Pause. Dann bot Patty ihre Hilfe an: „Ihr wollt doch sicher bei euren Recherchen nicht viel Staub aufwirbeln und möglichst inkognito unterwegs sein, richtig?"

„So ist es."

„Dann hab ich was für euch. Hatte ich dir von meinem Ferienhaus in den Bergen oberhalb von Cefalù erzählt? Das könnt ihr gerne während eurer Zeit auf Sizilien nutzen."

„Nein, Patty, davon hattest du mir nichts erzählt. Aber dein Angebot nehme ich gerne an. Kannst du mir die Adresse nennen – und das Versteck vom Hausschlüssel?"

„Das Haupttor am Grundstück und die Haustüre haben ein und denselben Schlüssel. Du findest ihn links vom Tor unter einem der drei faustgroßen Steine, die ich vor Jahren vom Ufer des Rheins in Monheim mit nach Sizilien genommen habe. Du wirst ihn finden."

„Und die Adresse?"

„Eine Adresse im klassischen Sinne gibt es nicht. Wie gesagt, das Ferienhaus liegt mitten in den Bergen und das nächste Domizil ist einige 100 Meter entfernt."

„Hört sich verwunschen an."

„Das Haus wird euch gefallen. Ich sende dir per WhatsApp die GPS-Koordinaten. Von Cefalù aus sind es etwa zehn Kilometer zu fahren – wobei die Straßen immer schlechter werden und am Ende nur noch ausgewaschene Feldwege sind. Ihr verlasst Cefalù über die Strada Proviciale 136. Das Navi wird euch leiten. Etwa 1,5 km vor dem Ziel passiert ihr eine kleine Kapelle, die Chiesa San Francesco. Haltet euch rechts, dann sind es nur noch wenige Minuten. Was habt ihr für einen Wagen?"

„Einen Panda."

„Perfekt. Die kleine Kiste kraxelt da problemlos hoch. Wäret ihr mit einer großen Limousine unterwegs, würdet ihr garantiert an irgendeiner Ecke aufsetzen. Das habe ich alles schon hinter mir. Neben ein paar Konserven findet ihr Spaghetti, Parmesan und Tomatensauce und ein paar trinkbare Flaschen Wein. Damit solltet ihr über den ersten Abend kommen."

„Danke, Patty. Das hilft uns weiter."

„Das muss es. Denn ich will wissen, wer mich nachts überrascht hat. Bei euch am Rhein ist es ja gefährlicher als in Palermo. Apropos Palermo, ich fliege morgen zurück nach Sizilien. Meldet euch, wenn ihr in der Nähe seid."

Sally war froh über die Möglichkeit, zu dritt an einem Ort unterzutauchen, wo sie niemand vermutete – zumindest mit an Sicherheit grenzender Wahrscheinlichkeit. Der Gedanke verlieh ihr ein Stück mehr Zuversicht für alles, was jetzt vor ihnen lag. Sie gab dem Panda die Sporen und verlangte den 69 Pferdestärken des schmalbrüstigen Motors alles ab.

Sally hatte gerade aufgelegt, da klingelte ihr Handy erneut. Sie nahm das Gespräch an. „Hauptkommissar Paul Meyer, Kripo Kreis Mettmann. Spreche ich mit Frau Morgan?"

„Das tun Sie."

„Sie haben sicher schon über ihre Freunde und Bekannten von dem Einbruch in ihre Wohnung in der letzten Nacht gehört, bei dem Ihrer Freundin böse mitgespielt wurde."

„Ja, meine Nachbarin Nia Piontek und meine Freundin haben mich unterrichtet. Eine schreckliche Sache. Nicht wegen des Einbruchs an sich oder der Dinge, die möglicherweise gestohlen wurden."

„Wie mir Frau Clifford sagte, suchte der Täter ganz offensichtlich Sie beziehungsweise eine Frau von Hambach."

„Sie meinen, die Tat war kein Gelegenheitseinbruch?"

„Für mich sieht das geplant aus. Haben Sie eine mögliche Erklärung?"

Sally überlegte und ließ eine kleine Pause entstehen – nicht, um die Frage des Hauptkommissars zu beantworten, sondern um für sich zu klären, wie viel sie zu diesem Zeitpunkt bereit war, von ihren eigenen journalistischen Ermittlungen preiszugeben: „Eine Frau von Hambach ist mir nie über den Weg gelaufen", antwortete sie wahrheitsgemäß. „Warum der Täter mich aufsuchte, darauf kann ich mir keinen Reim machen. Aber Sie können sich sicher vorstellen, dass es da draußen Menschen gibt, die mich aufgrund meiner Arbeit nicht unbedingt mit übermäßiger Zuneigung überschütten."

„Verstehe. Ich habe mir sagen lassen, dass Sie beruflich häufig unterwegs sind. Wo erreiche ich Sie in diesem Moment?"

„Derzeit weile ich für einige Tage auf Sizilien."

„Dann melden Sie sich bitte nach Ihrer Rückkehr und teilen uns mit, ob etwas in Ihrer Wohnung fehlt. Und legen Sie sich nicht mit der Cosa Nostra an." Der Hauptkommissar legte auf.

Wenn du wüsstest, dachte Sally. Was der Staatsdiener da als launigen Rausschmeißer am Schluss des Telefonats im Plauderton von sich gegeben hatte, war für sie alles andere als ein Gag. Denn eines war eindeutig: Zu oft tauchten in der Geschichte Leute mit unlauteren Absichten auf, deren Haut ein tätowierter Stern zierte. Unwahrscheinlich, dass das nur Zufall war.

Für eine gute halbe Stunde folgten sie der A19 und gelangten bei Campofelice di Roccella ans Tyrrhenische Meer. Sie hielten sich an der Küste Richtung Cefalù, um dann der Strada Proviciale 9 hinauf in die Berge nach Collesano zu folgen. In dem kleinen Städtchen durchfuhren sie die berühmte Spitzkehre der alt-ehrwürdigen Rennstrecke Targa Florio.

Wenige Kilometer hinter Collesano fanden sie die Stelle, an der vor wenigen Tagen Testfahrer Albert Hein zu Tode gekommen war. Gelbe Kreidelinien auf der Fahrbahn markierten den Unfallort. Kein Regentropfen hatte die gestrichelten Zeugnisse der Tragödie verwaschen. Sie parkten den Panda auf dem Schotter am Straßenrand, um etwaige Passanten nicht daran zu hindern, sie zügig zu passieren. Oberstes Gebot: Nicht auffallen und niemandem irgendwelche Fragen beantworten müssen.

Sie öffneten die Türen ihres klimatisierten Kleinwagens. Da die Mittagshitze längst vorbei war, umfing sie eine angenehm trockene Wärme. Ihr erster Gedanke galt dem Ferrari, der unterhalb des Abhangs im unwegsamen Gelände inmitten von Büschen und Bäumen liegen musste. Louis Hoffner kramte sein Fernglas hervor und suchte systematisch die Senke ab. Dann hielt er inne und deutete mit ausgestrecktem Zeigefinger ins Tal: „Dort unten ist er!"

Nach dem auch die beiden anderen sich von der Existenz des verunglückten Sportwagens überzeugt hatten, machten sie sich an die Arbeit. Um Peter von Ostendorf aus den Füßen zu haben, schickten Sally und Louis ihn los, um nach Spuren im höher gelegenen Gelände oberhalb der Fahrbahn Ausschau zu halten. Sally erläuterte ihm, dass ein Felsbrocken ursächlich am Unfall beteiligt gewesen sei. Irgendjemand musste ihn mit dem richtigen Timing zum Rollen gebracht haben. Was zu beweisen war. So machte sich der Kölner Agenturchef auf den Weg, um den Hang über der Straße Quadratmeter für Quadratmeter zu inspizieren.

Der Kameramann schleppte sein Equipment hinter ein paar Büsche am Straßenrand, um dort unbeobachtet seine Kamera-Drohne startklar zu machen. Er platzierte den frisch geladenen Akku im Fluggerät, der für 40 Minuten in der Luft reichen würde. Dann hängte er sich den Sender mit eingebautem 13-Zoll-Monitor vor den Bauch und drückte den Startknopf. Erst jetzt aktivierte er die Drohne. Ein paar melodische Signaltöne bestätigten die Funkverbindung zwischen Sender und Empfänger im Multikopter. *Eye of the Tiger*.

Mit Staunen beobachtete Sally ihren Kollegen bei der Arbeit. Klar, kannte sie Drohnen und die Diskussion um die fliegenden Kameras, mit denen allzu neugierige Hobbypiloten nicht nur Nachbars Garten rechtswidrig ausspionierten. Das weiße Teil mit seinen acht Rotoren, das der Bergretter an den Start brachte, spielte in einer anderen Liga. Louis Hoffner sah Sallys staunende Blicke und lieferte eine Kurzbeschreibung seines ganz persönlichen ‚Boy Toy': „8-K-Aufnahmetechnik, sechsfacher optischer Zoom. Wenn ich will, fliegt das Ding vollkommen autark. Das Beste aber: Wir sitzen quasi im Cockpit." Sprach's und reichte Sally eine zweite Virtual-Reality-Brille. Beide sahen aus wie Taucher. Fehlten nur die Flossen.

„Dann mal los, lass deine Drohne von der Leine. Ich will möglichst gute Bilder von dem Autowrack da unten. Bin gespannt, ob wir was entdecken," spornte Sally ihren Freund an. Der ließ sich nicht lange bitten. Lautlos stieg das Fluggerät in die Luft und nahm Kurs auf den roten Ferrari.

Sally hatte vor einigen Monaten schon einmal eine VR-Brille auf der Nase gehabt. Doch eine derartige Qualität der Bildübertragung hatte sie zuvor nie gesehen. Louis sah, wie sie einen Schritt zurückmachte und dabei fast das Gleichgewicht verlor. Auch er hatte beim ersten Mal mit der Drohne das Gefühl gehabt, dass Wirklichkeit und virtuelle Realität ineinander übergehen: „Na, Sal, habe ich zu viel versprochen? Krass, oder?"

„So scharfe elektronische Bilder habe ich noch nie gesehen."

„Kein Wunder. Die meisten kennen HD vom Fernseher zu Hause, einige wenige Ultra HD, auch 4K genannt. Die Auflösung, die du hier siehst, hat außerhalb der Entwicklungslabore kaum jemand gesehen. Unter eine Drohne montiert, findest du solche Kameras – außerhalb des Militärs – weltweit nur eine Handvoll."

„Ich bin beeindruckt. Dann lass deinen kleinen Freund einmal im Abstand von drei Metern ums Auto gleiten."

„Kein Problem. Dann starten wir jetzt den Rundflug."

Im Schritttempo bewegte sich die Drohne wie gewünscht einmal rund um den Ferrari. Dann ging sie vor der Motorhaube in Position und wartete auf weitere Befehle. Sally kommentierte das, was sie sah: „Siehst du die Delle vorne rechts im Frontbereich und die Schrammen außen am rechten Kotflügel?"

„Klar. Was willst du mir sagen?"

„Der Testfahrer hat versucht, dem Felsbrocken auszuweichen. Er muss fast zum Stehen gekommen sein. Ansonsten hätte es beim Aufprall heftigere Beschädigungen auf der Beifahrerseite gegeben."

„Worauf willst du hinaus?"

„Wenn er doch fast gestanden hat mit seinem Wagen, wieso hat er dann erneut beschleunigt und ist den Abhang hinuntergestürzt? Kannst du näher ran und diese Partie des Autos aufzeichnen?"

Louis Hoffner drückte auf den Aufnahmeknopf. Er zoomte den Frontbereich heran und ließ die Drohne an der rechten Fahrzeugseite langsam entlanggleiten. Als er die Aufnahme im Kasten hatte, positionierte er das unbemannte Fluggerät mitten über dem offenen Dach. Sie sahen Vordersitze, Lenkrad und Armaturenbereich in Großaufnahme.

Sally grübelte: „Warum ist er nicht einfach stehengeblieben? Warum steigt er stattdessen wie ein Irrer aufs Gaspedal und rast in den Tod? Unser Amsterdamer Informant hatte den richtigen Riecher: Irgendetwas stimmt nicht. Nur was?"

„Das ist hier die Frage." Louis dachte nach: „Wenn du mich fragst, dann ist der Felsbrocken nicht ursächlich verantwortlich für den Tod des Testfahrers. Für mich sieht es so aus, als ob er nur die Initialzündung war, um etwas anderes in Gang zu setzen."

„Du meinst wie bei einer Reihe aus Dominosteinen?"

„In etwa so. Irgendjemand hat den ersten Stein angestoßen, um eine Kettenreaktion auszulösen."

„Und das Ganze wie einen klassischen Unfall aussehen zu lassen, wie er jederzeit auf einer bergigen Strecke passieren kann: Ein Brocken löst sich, rollt auf die Straße, der Fahrer verliert die Kontrolle – und, weil er Pech hat, sein Leben."

„Genau, Sal. Eine Verkettung unglücklicher Umstände. Ich wette, so steht es im Polizeibericht."

„Zumindest lassen die in den Medien zitierten Ordnungshüter darauf schließen. Aber was hat Albert Hein dazu veranlasst, Gas zu geben?"

„Da wir uns einig sind, dass der Felsbrocken nur der Stein des Anstoßes war, sollten wir uns darauf konzentrieren, des Rätsels Lösung am oder im Auto zu finden."

Sally nickte und Louis ließ seine Drohne ins Autoinnere zwischen Frontscheibe und Fahrersitz hinabschweben. Präzisionsarbeit. In Zeitlupe ließ er die hochauflösende Kamera, die unter dem Fluggerät montiert war, rotieren. Die beiden VR-Brillen lieferten gestochen scharfe Bilder. In Großaufnahme zog der Rückspiegel vorbei, es folgte die A-Säule, dann die Kopfstütze des Fahrersitzes.

„Stopp!" Sallys Stimme klang aufgeregt. Louis Hoffner hielt die Kamera an. Sie zeigte den beigefarbenen Lederbezug der Kopfstütze. Da er nichts Außergewöhnliches erkennen konnte, mutmaßte er: „Meinst du die Unregelmäßigkeiten an den Nähten? Das muss so sein, weil es Handarbeit ist."

„Nein, die meine ich nicht. Schau mal auf die Mitte der Polsterfläche. Da ist eine Einstichstelle. Sie hat eine hauchdünne dunkle Umrandung. Geh mal näher ran!" Er tat wie ihm befohlen und vergrößerte einen streichholzschachtelgroßen Ausschnitt auf volles Bildformat. Erst jetzt bemerkte er den feinen Einstich, den er vor wenigen Sekunden übersehen hatte. Kein Wunder, dass niemandem beim Bergen des Leichnams etwas aufgefallen war.

Wie eine Gedankenleserin nahm die Motorjournalistin den Faden auf: „Was auf den ersten Blick wie eine Einstichstelle aussieht, könnte das winzige Loch sein, durch das eine Nadel nach draußen gedrungen ist. Was meinst du?"

„Ja, das wäre möglich." Der Kameramann nahm mit seiner Drohne beide Kopfstützen ins Visier: „Siehst du die Unterschiede zwischen beiden? Wenn du mich fragst, wurde die auf der Fahrerseite manipuliert. Ich würde sagen, der Bezug wirkt dünner und weicher als beim Original auf der Beifahrerseite. Auch die Nähte sind handwerklich nicht so sauber gearbeitet. Und wenn du genau hinschaust, erkennst du einen minimalen Farbunterschied des Garns."

„Gut beobachtet, Louis. An dir ist ein Kriminalist verloren gegangen."

„Gott behüte! Doch wenn wir der Sache auf den Grund gehen wollen, dann muss ich da runter."

„Ok, verstehe. Jetzt gleich?"

„Wann denn sonst? Wir können froh sein, dass der Wagen bisher nicht geborgen wurde. Offensichtlich hatten die Hilfskräfte genug damit zu tun, den Leichnam da unten rauszuholen. Und um das Auto zu bergen, fehlte wohl das passende schwere Gerät – oder vielleicht sogar ein Helikopter. Würde sagen, das machst du nicht mal eben mit ein paar Seilwinden."

Der gelernte Bergretter und Kameramann beorderte seine Drohne zurück zum Startpunkt und deponierte sie hinter dem Gebüsch. Dann präparierte er sich für den Abstieg. Er entschied sich gegen seine Bergstiefel und zog seine Freeclimber-Schuhe an. Eine ausgewählte Grundausstattung an Werkzeug drapierte er in den Gürtelschlaufen. Dann setzte er den leeren Rucksack auf seinen Rücken und überquerte erneut die Straße.

Sally hatte ihn die ganze Zeit beobachtet und kein Wort gesagt. Als Louis Hoffner sich anschickte, den steilen Hang hinab zu klettern, fragte sie ihn: „Du willst das alleine machen?"

„Das ist mein Job. Dafür bin ich hier." Sprach's und machte sich auf den Weg in die Tiefe. Mit spielerischer Leichtigkeit stieg er hinab. Schritt für Schritt testete er vorsichtig die Tragfähigkeit der Felsvorsprünge. Nach ein paar Minuten hatte er den Grund der Senke erreicht und stand zwischen Sträuchern im hohen Gestrüpp nur wenige Meter vom Ferrari entfernt. Vorsichtig schob er die Zweige beiseite und tastete sich zur Fahrertür vor.

Sally konnte es kaum erwarten und rief hinab: „Was ist mit der Kopfstütze? Kannst du etwas erkennen?"

„Nichts, was wir nicht schon auf unseren Monitoren gesehen hätten."

„Sei vorsichtig. Wenn sich da wirklich etwas Spitzes unter dem Überzug verbirgt, dann könnte ein teuflischer Mechanismus darunter verborgen sein."

„Nur nicht nervös werden. Aber du hast recht. Ich werde mich sicherheitshalber der Kopfstütze von der Rückseite nähern."

Der Bergretter kletterte hinter den Fahrersitz, beugte sich über die Kopfstütze und nahm sie genauer unter die Lupe. Er legte die Finger neben die vermeintliche Einstichstelle. Behutsam drückte er das Polster zusammen, sodass eine kreisförmige Vertiefung entstand – in deren Mitte die glitzernde Spitze einer Nadel hervorstach:

„Bingo, Sal, wir haben die sprichwörtliche Nadel im Heuhaufen gefunden!"

„Es war Mord! Jetzt können wir es beweisen. Kannst du die komplette Kopfstütze demontieren und mit nach oben bringen? Ich finde, wir sollten so schnell wie möglich verschwinden. Jetzt, wo wir gefunden haben, wonach wir die ganze Zeit suchten."

„Kein Problem. Ich werde versuchen, sie herauszuziehen. Wenn das nicht geht, säge ich einfach die Halterungen ab. In zehn Minuten bin ich wieder oben bei dir. Du kannst in der Zwischenzeit ja mal schauen, wo dein Freund Peter von Ostendorf steckt."

„Dein Freund Peter von Ostendorf." – Zum ersten Mal hatte Sally nicht umgehend widersprochen, wenn jemand das Verhältnis der beiden thematisierte. Es mochte daran liegen, dass ihre Freunde es bisher darauf angelegt hatten, sie mit der zart aufkeimenden Verbindung zum Kölner Agenturchef zu necken.

Männliche Eifersüchteleien oder Hahnenkampf-gehabe? Wer wusste das schon. Bei Louis Hoffner war das anders. Er hatte mit Frauen beziehungstechnisch nichts am Hut, dafür aber ein umso feineres Gespür für die unsichtbaren zwischenmenschlichen Wellen. Genau die hatte er zwischen Peter und ihr bemerkt. *Good Vibrations.*

Sally fand Peter auf dem Hang oberhalb der Straße. Faustgroße kantige Steine übersäten die braune Erde. Hier und da stand ein Olivenbaum. Der Kölner Agen-turchef war in die Hocke gegangen, um eine Eisen-stange genauer unter die Lupe zu nehmen. Sally kau-erte sich neben ihn:

„Na, etwas Brauchbares gefunden?"

„Ich bin mir nicht sicher. Die kann ein Bauer hier zurückgelassen haben." Er deutete auf das massive, rostige Stück Eisen, das wenige Zentimeter Durch-messer hatte und etwa anderthalb Meter in der Länge maß: „Auf der anderen Seite: Hier zeugt nichts von Landwirtschaft oder dem Werk eines Menschen. Nur eben diese Stange. So, als ob sie vom Himmel gefallen ist."

„Nein, mein Lieber. Du magst zwar Engeln zugetan sein, aber das Ding ist nicht himmlischen Ursprungs. Ich befürchte eher das genaue Gegenteil."

„Wie meinst du das?"

„Schau dir mal die hellbraunen Spuren am spitzen Ende an. Sieht für mich so aus, als hätte jemand mit dem Eisen hier im Boden herumgestochert. Komm mit."

Sally rannte zum Panda und kehrte mit zwei Gummihandschuhen zurück, die sie sich überstreifte. Sie griff sich das Metallstück und stiefelte Richtung Straße, dicht gefolgt von Peter. Ihr Weg endete an einem Felsbrocken, der an der Unfallstelle am Wegesrand lag. Sie musste nicht lange suchen, um die Abschabungen am Felsen zu entdecken, die zum Profil der Stange passten:

„Schau her, Peter. Die Stange hat jemand als Hebel an diesen Stein angesetzt. Ich würde mal sagen, um ihn im passenden Moment Albert Hein vors Auto zu knallen – und die vermeintliche Verkettung unglücklicher Umstände in Gang zu setzen."

„Oh Mann."

„Ich hab schon eine Vermutung, wer da Hand angelegt hat."

„Wer?"

„Zwei Rennradfahrer, die ohne ihre Bikes hier draußen waren, als Albert Hein in den Tod raste."

„Aha."

Sally schmunzelte: „Nein, du bist nicht begriffsstutzig. Du weißt nur nicht im Detail, was ich mit meinem Amsterdamer Kollegen Roel Brouwers schon recherchiert habe."

„Bin gespannt."

„Mit Recht. Die Geschichte wird immer mysteriöser."

„Und gefährlicher?"

„Ja, wohl auch das."

„Wie gefährlich?"

„Das erzähle ich dir und Louis später im Auto, damit ich nicht alles wiederholen muss. Wir sollten uns schleunigst vom Acker machen. Mit der Eisenstange und der Kopfstütze aus dem Ferrari."

„Kopfstütze aus dem Ferrari?"

„Die hat Louis da unten rausoperiert und in seinen Rucksack gepackt. Denn das gute Stück birgt ein böses Geheimnis."

„Du machst mir Angst."

„Ach Peter, ich bin doch dein Schutzengel."

Sie fanden Louis Hoffner abfahrbereit am Panda. Der drahtige Kameramann hatte sein Equipment im Auto verstaut. Oben auf den Alukoffern thronte – trophäengleich – der Rucksack mit der Kopfstütze darin. Er hatte es ähnlich eilig wie Sally: „Nichts wie weg hier. Schätze, wir sind in der vergangenen Stunde ein paar Leuten auf die Schliche gekommen. Wenn die das rauskriegen – und das werden sie spätestens, wenn sie die fehlende Kopfstütze bemerken –, dann sollten wir möglichst viel Zeit und ordentlich Kilometer zwischen denen und uns als Puffer haben."

Sie verstauten die Eisenstange und fuhren zurück Richtung Cefalù, froh, den Unfallort, der jetzt eindeutig ein Tatort war, hinter sich zu lassen. Sally nutzte die Zeit, um ihre beiden Begleiter mit allen wichtigen Einzelheiten der bisherigen Recherche zu versorgen. Nach einer Viertelstunde waren alle halbwegs auf dem gleichen Erkenntnisstand. Und der sorgte für Stille im Wagen.

Am späten Nachmittag erreichten sie Cefalù. Die Stadt mit ihren historischen Gemäuern ließen sie rechts liegen und fuhren auf die Strandstraße. Sie hatten Glück und fanden einen Parkplatz direkt vor „Maljk Beach". Die weitläufige Strandbar mit indischem Touch und Pool in der Mitte war der richtige Ort, um das Erlebte zu sortieren.

Die beiden Männer bestellen sich ein Bier. Sally bat sie darum, für sie einen Tee zu ordern, denn sie brauchte ein paar Minuten für sich allein. Sie zog ihre Schuhe aus und ging die wenigen Meter hinunter zum Strand. Was für eine Atmosphäre. Links von ihr stand die Sonne schon tief über dem Wasser und verwandelte das Meer in eine riesige schimmernde Fläche. Rechts von ihr badete die Altstadt in goldenem Licht. Ein Ort zum Verlieben und nicht, um Gangster zu jagen.

Sehnsüchtig ließ sie den Blick in die Ferne schweifen. Weiter draußen lagen ein paar Segelschiffe und Yachten vor Anker. Wie gerne wäre sie jetzt auf einem der Schiffe. Viele hundert Meter Wasser zwischen ihr und der Strandstraße, die hinauf in die Berge führte zu dem Ort, an dem erst vor wenigen Tagen ein Mensch hatte sterben müssen. Mit den Füßen im Wasser ging sie am Strand entlang und spürte dem feuchten Sand nach, der sich zwischen ihren Zehen breitmachte.

Ihr Handy klingelte. Im Display erschien die Rufnummer ihres Amsterdamer Kollegen, der in der Redaktion des Telegraaf alle Dokumente des Informanten gesichtet und Kontakt mit Sallys Freund Niklas Schneider aufgenommen hatte. Vor allen Dingen die Kundenliste von Global Cars hatte das Interesse von Roel Brouwers entfacht. Er hatte sie an den Oldtimer-Gutachter weitergeleitet, damit er sie mit seinem Netzwerk abgleichen konnte. Eine ebenso spannende wie erfolgreiche Rasterfahndung der speziellen Art. Genau davon wollte der Amsterdamer Journalist ihr berichten.

„Sal, wir sind fündig geworden! Niklas kennt drei der Leute, die bei Global Cars Autos gekauft haben. Sie gehören zu seinem Kundenstamm."

„Wie klein doch die Welt der Oldtimerei ist. Damit haben wir neue Ansatzpunkte, um mit etwas Glück Zugang zur Fälscherorganisation zu bekommen."

„Yes!"

„Weißt du, was Niklas jetzt vorhat?"

„Er will die drei Kunden kontaktieren, um herauszufinden, ob sich die Fahrzeuge noch in ihrem Besitz befinden. Wenn dem so ist, will er sich die Autos bei Gelegenheit näher anschauen, um festzustellen, ob es Fälschungen sind. Das Beste: Bei einem von den dreien ist Niklas gerade in Südfrankreich. Wenn er sich den infrage kommenden Porsche angeschaut hat, will er sich bei dir melden."

„Da braucht es Fingerspitzengefühl. Schließlich wollen wir die Pferde nicht scheu machen, bevor wir sicher sind, dass an der Identität der Fahrzeuge herummanipuliert wurde."

„So ähnlich hat Niklas das auch formuliert."

„Guter Junge." Nun war es an ihr, ihren Amsterdamer Kollegen über die Erkenntnisse der vergangenen Stunden zu unterrichten.

„Roel, unser Informant Luuk van Veen hatte Recht. Sein Kollege Albert Hein wurde ermordet." Sie erzählte ihm von der manipulierten Kopfstütze auf der Fahrerseite, in der eine Nadel verborgen war. Und von der Eisenstange, die sie oberhalb der Straße gefunden hatten, mit der – einer Initialzündung gleich – der Felsbrocken ins Rollen gebracht worden war: „Die Kopfstütze haben wir eingesackt und werden sie heute Abend näher unter die Lupe nehmen. Ich schätze, dass unsere beiden Radler ohne Rad hinter dem Anschlag stecken. Ich bin echt gespannt, was wohl morgen mein BKA-Kontakt über deren Identität sagen wird."

„Ich auch. Mach's gut, Sal. Und halte mich auf dem Laufenden, wenn es was Neues gibt."

Sie beendeten das Gespräch. Sally verließ den Strand und ging zurück zu ihren beiden Männern in der Bar. Während sie am lauwarmen Tee nippte, erzählte sie vom Gespräch mit Roel Brouwers.

Als sie der Strandbar den Rücken kehrten, begann es zu dämmern. Sie verließen Cefalù über die Strada Provinciale 136. Es ging hinauf in die Berge. Ihre Freundin Patty hatte gesagt, es seien etwa zehn Kilometer von der Stadt bis zu ihrem Wochenendhaus. Je weiter sie in die Berge kamen und je schlechter die Straßen wurden, umso froher war Sally, dass Patty ihr die GPS-Koordinaten ihres Refugiums gegeben hatte. Zusehends wurde der Straßenbelag schlechter. Dafür erhöhte sich proportional die Zahl der Schlaglöcher. Einer gefährlichen Bodenwelle, hervorgerufen durch das Wurzelwerk eines Baumes, hatte sie gerade noch ausweichen können.

Fast hatten sie die scharfe Abbiegung nach rechts übersehen. Danach ging es für mehrere hundert Meter so steil bergauf, dass Sally in den ersten Gang zurückschalten musste. Aber der kleine Panda ließ sich nicht unterkriegen und bewältigte diese Herausforderung mit Bravour.

Als sie begannen, am rechten Weg zu zweifeln, tauchte im Scheinwerferlicht auf der linken Fahrbahnseite die kleine Kapelle auf, von der Patty gesprochen hatte. Wie hatte sie gesagt: „An der Chiesa San Francesco haltet ihr euch rechts. Von dort aus sind es noch 1,5 Kilometer." Nach wenigen hundert Metern endete das Asphaltband. Stattdessen folgten sie einem Feldweg. Oder besser: Den Spuren eines Traktors, die der

Regen im Laufe der Jahre immer tiefer hatte werden lassen..

Der Weg stieg nochmals steil an, so dass die Scheinwerfer des Kleinwagens in den Himmel stachen. Sie waren kurz vor dem Scheitelpunkt einer Kuppe, doch alle im Auto hatten das Gefühl, am Rande eines Abgrunds zu stehen. Vorsichtig tastete Sally sich voran. Und als der Panda die Scheinwerfer senkte und wieder bergab rollte, lag linker Hand die Einfahrt zu einem aus groben Steinen gemauerten Haus, dessen weitläufiges Grundstück mit einem Gitterzaun eingefriedet war.

Die Erleichterung, in tiefdunkler Nacht doch noch das Ziel erreicht zu haben, war im Auto fast mit Händen zu greifen. Sally ließ den Wagen die bleiche Betoneinfahrt bis kurz vors Tor hinunterrollen. Als sie die Autotür öffnete, spürte sie die frische Bergluft auf der Haut. Sie fand den Schlüssel an der Stelle, die Patty beschrieben hatte, schloss auf und schob das schwere Gittertor zur Seite.

Während sie den Panda links neben dem Haus abstellte, trugen ihre beiden Begleiter das Gepäck zur Haustüre. Sally folgte ihnen mit dem Rucksack, in dem sich die demontierte Kopfstütze befand, und schloss auf: „Mein Gott, hier ist es wirklich dunkel. Keine Straßenlaterne, keine Großstadt, die aus der Ferne die Nacht erhellt."

„Dafür sehen wir hier aber viel mehr Sterne als bei uns im Rheinland zwischen Düsseldorf und Köln und den vielen Industrieanlagen", waren sich ihre beiden Kölner Begleiter einig.

Sally hörte das Surren des Kühlschrank-Kompressors. Patty hatte also die Hauptsicherung der gesamten Stromversorgung nicht herausgedreht. Sally tastete sich an der Wand entlang auf der Suche nach dem Lichtschalter. Als sie ihn fand und drückte, zauberte eine 60-Watt-Glühbirne unter einem bunten Tiffany-Schirm einen hellen Kreis auf den Küchentisch. Das Licht gab im großen Raum den Blick frei auf eine zierliche Sitzecke. Das kleine Sofa und die beiden Sessel rahmten einen quadratischen Glastisch ein, auf dem sich medizinische Fachzeitschriften stapelten. Die getünchten Wände zierten Fotos mit Schwarz-Weiß-Motiven aus aller Welt. Sie zeugten von Pattys Reiselust. Sallys Freundin war in ihrem bisherigen Leben weit rumgekommen.

An der einzigen Natursteinwand in der großzügigen Küche-Wohnzimmer-Kombination mit freiem Blick aufs Gebälk des Dachstuhls führte eine massive Holztreppe auf die Empore. Neugierig folgte Sally den Stufen nach oben – und fand sich wieder in einer Kuschelecke mit Doppelbett. Zwei riesige Dachfenster öffneten den Blick auf den Sternenhimmel. Unwillkürlich dachte sie an Peter von Ostendorf, der eine Etage tiefer den gut gefüllten Kühlschrank inspizierte und eine Flasche Rotwein auswählte. *Me and you and a dog named Boo.*

Sally riss sich los von ihrem abendlichen Tagtraum und stieg die Stufen hinab zu ihren beiden Freunden. Auf dem Herd sprudelte schon der Kessel. Louis Hoffner hatte ein Pfund Kaffeebohnen und die dazu passende Handmühle gefunden. Er nahm das Wasser von der Gasflamme und präparierte den Kaffeefilter auf einer Glaskanne. Dann goss er das leicht abgekühlte Wasser über das Mehl. Augenblicklich verbreitete sich der Kaffeeduft im Raum und weckte die Lebensgeister. Der erste Schluck tat allen gut.

„Lasst uns den Abend nicht vergeuden und einen Blick auf das Corpus Delicti werfen", fand Louis, griff sich den Rucksack und legte die Kopfstütze aus dem Ferrari mitten auf den freigeräumten Küchentisch.

Da lag das Ding, das eigentlich bei einem Unfall Leben retten sollte, als Mordwerkzeug unter der Leuchte wie auf einem Operationstisch. Sally fasste noch einmal die bisherige Diagnose zusammen: „Sowohl der Bezug als auch die Naht, die ihn mit dem Rand der Kopfstütze verbindet, wurden manipuliert. Der Bezug ist dünner als das Original auf der Beifahrerseite. Und auch die Färbung des Fadens, mit dem alles nach der Installation der Nadel wieder vernäht wurde, weicht um eine Nuance vom Original ab."

„Danke, Schwester Sally, für die brillante Diagnose. Zeit, einen Blick hinter die Kulisse der Außenhülle zu werfen." Louis zückte eine Nagelschere aus der Brusttasche seines Hemdes und begann, behutsam die Naht aufzutrennen. Vorsichtig arbeitete er sich voran und legte jede Menge Schaumstoff frei.

„Sei vorsichtig, Louis. Wir wissen nicht, was für böse Überraschungen im Schaumgummi auf uns warten", versuchte Sally der eigenen Neugierde Herr zu werden.

Zehn Minuten später hatte Louis die Außenhaut abgezogen. In einem quadratischen Ausschnitt inmitten des Schaumstoffs ragte die Nadel hervor, die auf eine Spritze montiert war: „Das erinnert mich an die Raketenanlagen, in denen Russen und Amerikaner in Zeiten des Kalten Krieges ihre Atomwaffen bunkerten."

„Mal abgesehen davon, dass beide Staaten das auch heute noch tun. – Diese Waffe hier hat ihre tödliche Wirkung bereits unter Beweis gestellt," warf Peter ein.

Sally wollte den Dingen auf den Grund gehen: „Entfernen wir den Schaumstoffkörper. Ich will wissen, ob darunter eine Mechanik zum Auslösen der Injektion verborgen ist. Aber sei achtsam, Louis."

Vorsichtig schnitt der Kameramann mit der Nagelschere Stück für Stück vom Schaumstoff ab. Nach und nach legte er einen ebenso einfachen wie mechanisch perfekten Auslösemechanismus frei: „So simpel, so gut konstruiert. Ein Hebelmechanismus, in Gang gesetzt durch das Zurückfedern des Kopfes gegen die Kopfstütze, entriegelt schlagartig diese gespannte Feder hier. Wie auf einer Startrampe rast die Spritze nach vorne. Und erst in dem Moment, in dem sie auf Widerstand stößt, drückt der Kolben den Inhalt aus dem Zylinder heraus."

„Wäre gut zu wissen, was in der Spritze drin war, was also Albert Hein tötete," assistierte Sally. „Ich rufe Patty an. Sie wird wieder auf Sizilien sein. Als Ärztin hat sie bestimmt die Möglichkeit, für uns morgen eine Analyse machen zu lassen."

Die beiden anderen nickten. Sie griff zum Handy und rief ihre Freundin an. „Hi Patty, wo erreiche ich dich?"

„Ich bin wieder in Palermo. Nach der Aufregung der letzten Tage bin ich heute Abend daheim geblieben. Ich wollte ein wenig Ruhe haben, bevor ich morgen wieder in die Klinik muss."

„Apropos Klinik. Ich brauche die Hilfe eines Analyselabors. Wir haben hier eine Spritze, die in einer Kopfstütze steckt. Sie hat einen Testfahrer auf heimtückische Art und Weise um die Ecke gebracht."

„Sal, wo hast du da schon wieder deine Nase reingesteckt?"

„In etwas, das zum Himmel stinkt."

„Und was hat dich nach Sizilien geführt?"

„Der tote Testfahrer. Und die Vermutung, dass die ehrenwerte Gesellschaft der Cosa Nostra die Finger im Spiel hat."

„Hört sich gesundheitsgefährdend an."

„Ist es. Du hast es ja leider am eigenen Leib erfahren."

„Sal, wenn die sizilianische Mafia in deinem Fall die Finger drin hat, dann werden sie dich hier finden. Sie werden alles daransetzen, dich aus dem Verkehr zu ziehen."

„Du meinst, sie werden versuchen, mich mundtot zu machen?"

„Ja, und im Zweifelsfall reicht ihnen die zweite Silbe von ‚mundtot'."

„Verstehe. Trotzdem habe ich eine Bitte an dich: Wir würden gerne wissen, was in der Spritze drin war. Dafür müsste sie in einem Labor untersucht werden. Könntest du mir da schnell helfen?"

„Kein Problem, Sal. Ich werde die Analyse noch heute ankündigen. Wir gehen gemeinsam Mittagessen und anschließend solltest du die Ergebnisse in den Händen halten. Ich schicke dir die Adresse der Klinik gleich per WhatsApp. Wir telefonieren uns morgen zusammen und treffen uns in der Nähe."

„Perfekt. Wir werden jetzt hier unterm Sternenhimmel ein Gläschen Rotwein trinken und dann alle drei zu Bett gehen. Bis morgen. Und schlaf gut!"

Sally wandte sich wieder ihren Freunden zu: „Jungs, morgen fahren wir nach Palermo und lassen von Patty im Labor die Spritze untersuchen. Was meint ihr: Setzen wir uns noch ein wenig auf die Terrasse?" Peter und Louis nickten. Während Ersterer drei Gläser aus dem Schrank holte, wählte Louis eine gute Flasche aus und fischte einen Korkenzieher aus der Schublade.

Als sie hinaus traten, hatte Sally mehrere Kerzen angezündet und auf der weitläufigen Terrasse drapiert. Eine flackerte auf dem steinernen Tisch, der etwas abseits stand. Dort ließen sie sich nieder. Während das letzte Licht des Tages verlosch, zeigten sich mehr und mehr Sterne am Himmelszelt. Was für ein zauberhafter Abend!

„Tut mir leid, aber Ihr Porsche ist eine Fälschung, wenn auch eine nahezu perfekte." Niklas Schneiders Bewertung traf den Schweizer Geschäftsmann Martin Rinderbub wie ein Schlag in die Magengrube. Und wenn der Eidgenosse ehrlich zu sich war, dann hatte er die Faust, die ihn jetzt so schrecklich traf, schon seit Monaten auf sich zufliegen sehen.

Ein Wirkungstreffer mit Ansage. Vor Monaten hatten ihn Bekannte bei einem Porsche-Treffen auf seinen Porsche RSR angesprochen. Es hatte sich – wie üblich in der Szene – zügig herumgesprochen, dass „der Martin" einen Kauf getätigt hatte. Und ebenso schnell waren hinter vorgehaltener Hand Gerüchte aufgekommen, dass dieser Wagen so nie vom Band der Sportwagen-Schmiede im Schwabenland gelaufen war. Ein schön anzusehendes Auto, kein Zweifel. Mit allen rennsportlichen Zutaten wie einer Top-Brems-anlage, die einen RSR ausmachen. Aber eben nicht original aus der Stuttgarter Werkshalle, sondern nach-träglich von versierter Künstlerhand in einen 911er implementiert.

Zunächst hatte der Schweizer Geschäftsmann ver-sucht, alle Zweifel beiseite zu schieben. Hatte er sein Traumauto doch vom Oldtimer-Lieferanten seines Vertrauens gekauft – wie schon viele zuvor in der zurückliegenden Dekade. Längst waren der Händler und er Freunde geworden. Das hatte er jedenfalls über all die Jahre geglaubt. Und nun die Gerüchte, die in ihm nagten wie ein Krebsgeschwür.

Sollte er den Freund mit den Gerüchten konfrontieren? Dieses Risiko wollte er nicht eingehen. Denn sollte sich bei einer unausweichlichen Überprüfung der Echtheit diese bestätigen, wäre die Freundschaft nicht mehr zu kitten.

Vor zwei Wochen hatte er sich schweren Herzens dazu entschlossen, den renommierten deutschen Oldtimer-Gutachter Niklas Schneider einzuschalten. Er hatte den Düsseldorfer Fachmann auf die pikante Situation hingewiesen – und darum gebeten, diskret vorzugehen. Beide verabredeten, dass der Experte den Wagen, der wohlbehütet und klimatisiert beim befreundeten Händler stand, zum Schein im Auftrag eines potentiellen Käufers begutachten sollte.

Zwei komplette Arbeitstage hatte Niklas Schneider gemeinsam mit einem Kollegen das Auto unter die Lupe genommen – im wahren Sinne des Wortes. Keine Frage, der Wagen sah schick aus. Doch dann hatten sie die Puzzleteile zusammengetragen, die mehr und mehr Zweifel an der Echtheit des Fahrzeugs aufkommen ließen. Vor allen Dingen dieser Nummernblock, der rundherum Abnutzungsspuren aufwies – nur nicht an den eingeschlagenen Ziffern, die letztendlich Auskunft über die Identität des Autos gaben. Ultraschall und Röntgenstrahlen brachten an den Tag, dass an der Fahrzeug-ID herummanipuliert worden war.

Hatte sich der Händler zunächst freundlich und kooperativ gezeigt, so wirkte er am Morgen des zweiten Tages schon ein wenig nervös. Als er dann merkte, dass die beiden Gutachter Zweifel an der Echtheit des Fahrzeugs hegten und dies mit aufwendiger Technik zu belegen versuchten, gesellte sich beim Händler-Freund Feindseligkeit dazu.

Niklas Schneider ließ sich davon nicht beirren, machte seinen Job und hielt dicht. Nur seinem eidgenössischen Auftraggeber gegenüber sagte er, was Sache war. Und fragte bei der Gelegenheit nach den Kaufunterlagen und Papieren des Porsche. Er staunte nicht schlecht bei dem, was er da las. Der aus Belgien stammende Händler hatte den Wagen bei einer Firma in den Niederlanden besorgt: Global Cars B.V., Amsterdam, stand als Verkäufer im Kaufvertrag.

Eine Neuigkeit, die seine Freundin Sally Morgan brennend interessieren würde. Er plante, sie am nächsten Morgen auf der Heimfahrt nach Deutschland anzurufen. Denn zunächst musste er Martin Rinderbub das Händchen halten, der ob der für ihn betrüblichen Nachrichten zusehends die Contenance zu verlieren schien. Da war offensichtlich mächtig Sand ins Getriebe der Männerfreundschaft zwischen dem schwerreichen Schweizer Geschäftsmann mit

Zweitwohnsitz an der Côte d'Azur und dem einheimischen Händler-Freund geraten ...

„Schlaft gut, ihr beiden. Und genießt den Rest des Abends und die Nacht!" Mit diesen Worten hatte Louis Sally und Peter auf der Terrasse zurückgelassen. Er hatte keinen Zweifel daran gelassen, dass die beiden heute Nacht sturmfreie Bude haben würden. Laut mit Wasser gurgelnd hatte er sich die Zähne geputzt, um anschließend für alle vernehmbar die Türe seines Schlafzimmers im Erdgeschoss ins Schloss fallen zu lassen.

Nach der theaterreifen „Ich-bin-dann-mal-weg"-Szene des Kölner Bergretters war Sally aufgestanden und zur Balustrade der Terrasse gegangen. Ihr Glas hatte sie auf dem Tisch zurückgelassen. Zwischen den nahen Olivenbäumen hindurch verlor sich ihr Blick im Meer in der Ferne, das im Mondlicht schimmerte.

Peter zögerte. Und trat dann hinter sie, legte zärtlich seine Lippen auf ihren Nacken und flüsterte: „Am Flughafen sagte ich dir, hier auf Sizilien wollte ich dein Schutzengel sein." Er legte seine Hände um ihre Taille, und sie ließ es geschehen. Als er sie zu sich drehen wollte, um ihr ins Gesicht zu schauen, zögerte sie für einen kurzen Moment. Peter spürte es sofort:

„Sal, sag mir, wenn ich etwas Verbotenes tue. Das will ich nicht."

„Tust du nicht. Nur ..."

„Nur was?"

„Ich habe es in meinem bisherigen Leben in einer Beziehung nie lange ausgehalten."

„Dann hast du vielleicht bis heute nicht den Richtigen getroffen."

„Gute Antwort. Aber ich fürchte, ich bin das Problem."

„Du? Wie soll ich das verstehen?

„Wenn es ernster wird, mache ich mich schleunigst aus dem Staub."

„Als ich neben meinem brennenden Wagen lag, hast du nicht sofort Reißaus genommen."

„Das ist etwas anderes. Ich meinte mehr Beziehungsdinge."

Peter schmunzelte: „Du meinst Beziehungskiste? Ach Sally, in sowas wie Kisten oder Schubladen passen wir beide gar nicht rein. Wir sind doch Schutzengel, die ihre Flügel ausbreiten wollen!"

Er verschränkte seine Arme hinter ihrem Rücken und sah in ihren Augen den Widerschein des Mondes. Ihre Traurigkeit verschwand hinter ihrem Lächeln, das er so sehr mochte.

„Lass uns reingehen. Es wird langsam frisch." Sie löste sich aus seinen Armen und nahm seine Hand. Er folgte ihr ins Haus. Sie ließ ihn los und blieb dann doch auf den Stufen hoch zur Empore stehen: „Komm mit mir. Sei heute Nacht mein Schutzengel. Ich will nicht alleine sein. Und laufe ganz bestimmt nicht weg."

She said ‚Tell me are you a Christian child?‘
And I said ‚Ma'am, I am tonight‘

(Walking in Memphis, Marc Cohn)

Ein Faustschlag auf den Brustkorb riss Peter aus dem Tiefschlaf. Er schreckte auf. Durch die großen Fensterflächen im Dach fiel das fahle Mondlicht auf Sallys Stirn und ließ die dort versammelten Schweißperlen glänzen. Peter wollte Sally beruhigen und sie in den Arm nehmen. Er fühlte ihr schweißnasses Shirt. Sichtlich aufgewühlt stammelte sie im Schlaf unverständliche Worte. Nur die flehenden Rufe nach „Mom" und „Dad" konnte er heraushören. Als er sie liebevoll in den Arm nehmen wollte, schlug sie verschreckt die Augen auf: „Wo bin ich?"

„In meinen Armen in Sicherheit." Er ließ ihr einen Moment Zeit, um in der Wirklichkeit anzukommen. Dann fragte er: „Was war das für ein entsetzlicher Traum, in dem du nach deinen Eltern geschrien hast?"

Sally wandte den Blick zur Seite und blickte hinaus ins Leere: „Sie sind tot. Ich habe sie verloren, als ich 18 Jahre alt war."

„Was ist geschehen, damals?"

Sally tat so, als hätte sie die Frage nicht gehört, schwieg und starrte weiter hinaus in die Dunkelheit. Doch Peter ließ nicht locker. Er setzte sich auf und nahm sie in den Arm. Als sich ihre Augen begegneten, sah Peter ihre Tränen, die ihre Wangen herabliefen. Sie schluchzte. Dann brach die traurige Geschichte aus ihr hervor. Wie in Trance begann sie zu erzählen:

„Big Sur, der wohl schönste Abschnitt des Pacific Highway. Ein heißer Tag. Wir sind mit einem VW-Bus unterwegs. Links das Meer, rechts Berge und Wälder. Die gut ausgebaute Straße schlängelt sich kurvenreich am Wasser lang. Ein Truck kommt uns entgegen. Eine heftige Böe drückt den Tanklastzug auf unsere Fahrbahnseite. Frontalcrash. Wir waren im falschen Moment am falschen Ort. Mich ziehen sie von der Rückbank. Meine Eltern sitzen vorn und sind eingeklemmt. Der Tanklaster verliert Benzin. Hinterher habe ich erfahren, dass eine Scherbe am Straßenrand, die wie ein Brennglas wirkte, es entzündete."

Sie nahm alle Kraft zusammen: „Meine Eltern verbrennen im Auto. Ich habe überlebt, weil ich ausnahmsweise auf der Rückbank saß und so der Hölle im letzten Moment entkam ..."

Peter schwieg. Aber sie fuhr fort: „Ich will nicht noch einmal einen Menschen verlieren, den ich ins Herz geschlossen habe." Er drückte sie fester an sich und strich ihr tröstend übers Haar. Wie ein Kind wiegte er sie in den Schlaf.

Nach einer zu kurzen Nacht riss ein prächtig gelaunter Louis die beiden aus dem Halbschlaf: „Raus aus den Federn! Frühstück ist fertig!"

Sally drehte sich vorsichtig zur Seite, um auf ihr Handy zu schauen. Erst 7 Uhr. Sie gab Peter, der vor sich hin döste, einen Kuss auf die Stirn und befreite sich aus seinem Arm: „Louis, du alter Bergretter, du leidest offensichtlich unter präseniler Bettflucht. Dabei bist du doch gar nicht so alt."

„Auf jeden Fall alt genug und gesegnet mit reichlich Lebenserfahrung, um mit an Sicherheit grenzender Wahrscheinlichkeit zu vermuten, dass euch beiden da oben einige Stunden Nachtruhe fehlen."

„Wer so jung ist wie wir, der kommt damit problemlos klar," retournierte Sally, schwang sich aus dem gemütlichen Doppelbett, schnappte sich ihre Waschsachen und hüpfte die Holztreppe hinunter an Louis vorbei zur Außendusche.

„Pass auf, du junges Reh, im Abfluss wimmelt es vor Ohrenkneifern," warnte der Kameramann seine eilige Freundin. Zu spät, denn von draußen hörte er ein langgezogenes „Iiieeh!"

Nachdem sie den anfänglichen Ekel überwunden hatte, griff Sally einen Zweig vom Feuerholzstapel gegenüber und bugsierte ein Krabbeltier nach dem anderen aus der Duschtasse heraus. Dann ließ sie eine Minute lang Wasser in den Abfluss laufen, um sicherzustellen, dass ja kein Ohrenkneifer aus den Tiefen des Rohrsystems den Weg zurück ans Tageslicht finden würde.

Sie entledigte sich ihrer Shorts und ihres T-Shirts. Sie genoss das ungewöhnliche Open-Air-Feeling beim Duschen, während das warme Wasser sie in feinen Stahlen umhüllte. Die Sonne lugte schon über den Bergen hervor. Und vor ihr, gleich hinter der Steinterrasse, ergoss sich eine grüne Landschaft mit Blumen, Sträuchern und Olivenbäumen bis ins Tal. Sie fühlte sich wie im Paradies. Wie Eva, die ihre erste Nacht mit Adam verbracht hatte. Wie neu geboren.

In der Küche hörte sie Louis rumoren. Mit frisch duftendem Kaffee hatte er Peter aus dem Bett gelockt. Auch wenn sie kein Wort verstehen konnte, so erkannte sie doch an der Tonlage der beiden, dass der eine den anderen foppte und dabei vor Neugierde ob des nächtlichen Geschehens fast zu platzen schien. Aber Peter hielt gentleman-like dicht. Sally gefiel, was sie nicht hörte.

Sie kämmte ihr nasses Haar, zog frische Sachen an und setzte sich zu den beiden, die den Tisch auf der Terrasse in ein gut bestücktes Frühstücksbuffet verwandelt hatten. Frisch aufgebackenes Brot gesellte sich zu Mozzarella, Tomaten, Salami mit Nüssen und Mortadella. Die Krönung war eine Pfanne mit Rührei und frischen Kräutern mit leicht glibberiger Konsistenz. So liebte sie es. Sie hatte bis auf den heutigen

Tag nie verstanden, warum Rührei auf deutschen Frühstückstischen der Festigkeit von Bauschaum kaum nachstand.

Es war warm, das Frühstück hatte Klasse und die Landschaft tat ihren Teil zu einem perfekten Start in den Tag dazu. Der dampfende Kaffee weckte die Lebensgeister. Vergessen die unruhigen Nachtstunden, in denen sie die Vergangenheit wieder einmal eingeholt hatte. Nicht aber die Zeit in den Armen von Peter, dachte Sally. Es tat ihr gut, sich ihm geöffnet zu haben, mit ihm ihr persönlichstes Geheimnis zu teilen. Und er hatte toll reagiert. Nichts zerredet. Nicht von Verständnis für sie gefaselt, sondern sie nur wortlos in den Arm genommen. Nun aber war es Zeit, den Blick nach vorne zu richten: „Meine Herren, wir sind nicht nur zum Vergnügen hier."

„So, so," war die einzige Reaktion von Louis, der sich ein Grinsen nicht verkneifen konnte. Sally knuffte ihn in die Seite und ging elegant über die Bemerkung hinweg: „Als Erstes treffen wir heute Mittag Patty in Palermo, um zu klären, was in der Spritze war. Und dann bin ich gespannt darauf, ob mein BKA-Kontakt die beiden radlosen Rennradfahrer aus den Bergen hat identifizieren können."

Das Telefon der Motorjournalistin vibrierte. Sally spülte einen Bissen mit einem Schluck heißen Kaffee herunter und nahm ab.

„Hi Sal, Niklas hier."

„Schön, deine Stimme zu hören! Wo treibst du dich derzeit herum?"

„In Frankreich, auf der Autobahn. Ich bin mit meinem Kollegen auf dem Rückweg nach Düsseldorf. Ich dachte, ich rufe dich kurz an, denn ich habe ein paar Neuigkeiten, die dich interessieren werden."

„Roel hatte deinen Anruf angekündigt. Erzähl."

„Ich komme gerade von einem Kunden, der auf der Liste eures Global-Cars-Informanten steht. Sein Name ist Martin Rinderbub. Und Bingo! Dem Martin hat jemand eine hervorragend gemachte Sportwagen-Fälschung untergeschoben. Wir haben geschlagene zwei Tage gebraucht, um alle Puzzleteile zusammenzufügen. Und damit gar keine Zweifel aufkommen: Der Wagen stammt tatsächlich aus der Werkstatt von Global Cars in Amsterdam. So steht es auf der Rechnung."

„Und, hatten wir einen Zweifel, dass es so sein würde?"

„Hatten wir nicht."

„Und was sagt Herr Rinderbub?"

„Wie soll ich sagen, Sal: Er hadert mit seinem Schicksal und ist noch nicht bereit, sich einzugestehen, dass sein vermeintlicher Freund und Oldtimerhändler seines Vertrauens ihn hintergangen hat."

„Und schon wieder geht eine innige Männerfreundschaft den Bach runter. Quasi mit Ansage ... – Niklas, du hältst Roel in Amsterdam auf dem Laufenden?"

„Klar. Und ich habe mir schon gestern erlaubt, einen wohlsituierten Kunden in Russland zu bitten, die Rechnungen seiner Oldtimer prüfen zu lassen. Und ihn darauf hingewiesen, sollte dort die Firma Global Cars auftauchen, dann dürfe er getrost davon ausgehen, dass das Auto nicht sauber sei."

„Was hat er gesagt?"

„Nichts. Nur geschnaubt hat er. Ich werde das Gefühl nicht los, dass Herr Meijers sich warm anziehen sollte. Mit Wladimir aus Sankt Petersburg ist nicht zu spaßen, wenn er sich übers Ohr gehauen wähnt."

„Niklas, du verstehst es, über Bande zu spielen – und dabei den Druck auf dem Kessel zu erhöhen."

„Wir werden sehen, was passiert."

Sally setzte ihren Freund in aller Kürze ins Bild über ihre Rechercheergebnisse und dass sie sich gleich auf den Weg nach Palermo machen wollten, um das Mordinstrument bei Patty Clifford in der Klinik untersuchen zu lassen. Die Männer hatten in der Zwischenzeit das Frühstück beendet und für Ordnung in der Küche gesorgt. Da Peter von Ostendorf sich einen Berg Arbeit aus der Agentur mitgebracht hatte, fragte er, ob er nicht das Haus hüten könne, während Sal mit Louis nach Palermo fuhr. So schnappten die beiden sich die Kopfstütze mitsamt der Spritze darin und machten sich auf den Weg in die Großstadt.

Mit etwas Anlauf überwand der kleine Fiat Panda die steile Grundstücksausfahrt und holperte dann die Feldwege talwärts. Sie gingen nach wenigen Minuten in eine mit Schlaglöchern übersäte Asphaltdecke über. Kurze Zeit später hatten Sally und Louis auch diese hinter sich gelassen und es ging zügig über die Autobahn Richtung Palermo.

10 Uhr. Zeit, dass Moritz Wendland vom Bundeskriminalamt sich meldet, dachte Sally. Auf ihren Freund und Helfer in der Polizeibehörde konnte sie sich verlassen. So auch jetzt. Sie sah seine Nummer im Display ihres Handys und nahm das Gespräch an: „Hallo Herr Wendland, schön, dass Sie sich melden. Ich habe gerade an Sie gedacht."

„Guten Morgen, Frau Morgan. Ich hoffe doch, nur im Guten."

„Aber ja doch."

„Nun, die beiden Männer auf den Fotos, die Sie mir haben zukommen lassen, würde ich nicht mit dem Attribut ‚gut' versehen."

„Sie konnten die beiden Rennradfahrer identifizieren?"

„Das war nicht allzu schwer."

„Ich bin gespannt ..."

„Der mit der Narbe an der Nasenwurzel heißt Massimo Pavaro, der andere Toni Medica. Nomen es Omen: Herr Medica hat wegen diverser Drogendelikte für einige Jahre Luft durch Gitterstäbe atmen dürfen. Beide werden mit der Mafia in Verbindung gebracht, auch wenn ihnen das bislang nicht zweifelsfrei nachzuweisen war."

„Lassen Sie mich raten: Die beiden sind Sizilianer?"

„Sind Sie. Sie leben in Trabia."

„Trabia? Da sind wir vorhin vorbeigekommen auf unserer Fahrt von Cefalú nach Palermo."

„Ja, der Ort liegt auf der Strecke. Dort betreiben die beiden eine Autowerkstatt. ‚Motomania' heißt der Laden und befindet sich in der Via Pagano."

„Das sind wichtige Informationen. Wie aber kommen Sie darauf, bei den beiden eine Nähe zur Cosa Nostra zu vermuten?"

„Machen Sie sich am besten selbst ein Bild vor Ort. Sie werden sehen, dass der Betrieb vorzugsweise Luxuslimousinen und Sportwagen wartet. Und deren Besitzer werden von den Polizeibehörden im organisierten Verbrechen verdrahtet."

„Aber man weiß nichts Genaues?"

„Es ist nicht leicht, die Mauer des Schweigens zu durchdringen. Aber da wäre noch etwas, das Sie wissen sollten: Es gibt eine Dritte im Bunde. Maria Micchione. Sie ist die Verlobte von Medica und arbeitet als Sprechstundenhilfe beim örtlichen Tierarzt gleich um die Ecke in der Via Bagarella."

„Demnach hat sie Zugang zu stabilen Spritzen, die vor einer gegerbten Kuhhaut nicht schlappmachen."

„Frau Morgan, muss ich das jetzt verstehen? Radrennfahrer ohne Rad und dann auch noch Spritzen? Sind Sie einem Dopingfall auf der Spur?"

„Da liegen Sie daneben, Herr Wendland, mit Doping haben meine Nachforschungen nichts zu tun. Wenn ich mich beruflich um leistungssteigernde Maßnahmen kümmere, dann suche ich sie die in der Regel unter der Motorhaube. Aber sollten die Recherchen zu belastbaren Ergebnissen führen, werde ich die Polizeibehörden einschalten."

„Frau Morgan, ich weiß, dass ich mich auf Sie verlassen kann. Passen Sie auf sich auf. Sizilien ist ein heißes Pflaster – zumindest für Journalisten, die im kriminellen Milieu recherchieren."

„Mach ich, Herr Wendland."

Sie legte auf. Louis Hoffner hatte das Gespräch über die Freisprechanlage mitverfolgt: „Sal, das passt alles zusammen. Unsere vermeintlichen Rennradfahrer betreiben eine Autowerkstatt. Als Mechaniker können sie mit Werkzeug umgehen und haben alle Möglichkeiten, eine Kopfstütze zu manipulieren."

„Ich halte es für mehr als nur wahrscheinlich, dass Maria Micchione die Spritze besorgt hat. Wenn dem so wäre, warum dann nicht gleich auch die tödliche Injektion? Ein Mittel, das Tiere sanft vom Diesseits ins Jenseits befördert, wird auch bei Menschen eine ähnliche Wirkung entfalten."

„Die Frage ob und was in der Spritze war, wird uns deine Freundin hoffentlich heute Mittag beantworten."

„Deshalb fahren wir nach Palermo."

Am späten Vormittag erreichten die beiden die Großstadt. Mit Patty Clifford hatten sie sich in einem Café am Corso Vittorio Emanuele in Sichtweite des Normannenpalastes verabredet. Sie suchten sich ein Café in der Nähe und bestellten zwei Latte macchiato.

Die Sonne stand hoch am Himmel und wärmte Sallys Gesicht. Sie genoss das pulsierende Leben der Metropole, das Gewusel der Fußgänger direkt neben ihrem Tisch auf dem Bürgersteig, die halsbrecherischen Überholmanöver der Rollerfahrer, garniert mit einem sinfonischen Konzert für mehrere Dutzend Hupen. Sie schloss die Augen, um die Geräuschkulisse in sich aufzunehmen. *What a beautiful noise.*

Ihr Begleiter störte mit seiner Frage das aufregende Hörspiel, dem sie fasziniert gefolgt war: „Spürst du wie ich ein Unbehagen? Ich meine, hier in dieser Stadt, deren Name in der ganzen Welt mit der Mafia in einem Atemzug genannt wird?"

„Bis gerade eben nicht. Leute, die kriminell und gefährlich sind, gibt es überall. Mag sein, dass der Anteil an der Bevölkerung hier ein wenig höher ist."

„Mmh."

„Ich für meinen Teil brauche diesen ach so schönen Schauer beim Gedanken an die Mafia hier vor Ort nicht. Im Gegenteil: Mich fasziniert, wie die Bürger sich wehren gegen die kriminellen Strukturen. Wie sie sich im Alltag offen dazu bekennen, mit der Mafia nichts zu tun haben zu wollen und versuchen, gemeinsam mit der lokalen Politik und den Behörden den Sumpf trockenzulegen."

„Deine Worte in Gottes Gehörgang."

„Den lieben Gott lassen wir mal aus dem Spiel. Das Problem müssen sie hier im Süden Italiens alleine und ohne himmlischen Beistand lösen."

Patty Clifford trat an ihren Tisch und beendete den Wortwechsel: „Sorry, Leute, bin ein paar Minuten zu spät dran. Wenn es euch recht ist, laufen wir zum Labor. Es ist nicht weit. Mit dem Auto sind wir nicht schneller. Und ihr habt sicher schon bemerkt, dass Parkplätze in dieser Stadt Mangelware sind."

Beide nickten, Louis zahlte und schulterte den Rucksack, in dem sich das Corpus Delicti befand. Nach wenigen Minuten erreichten sie die Klinik, in der Patty als Ärztin arbeitete. „Hier entlang. Wir nehmen den Lieferanteneingang." Der Weg führte sie über eine Außentreppe ins Kellergeschoss. Patty hielt ihren Mitarbeiterausweis ans elektronische Schloss, das mit einem Surren die schwere Stahltür entriegelte.

Neonröhren flackerten auf und hüllten die weiß gestrichenen Wände in ein gespenstisches Licht. Rechts und links befanden sich Lagerräume. So jedenfalls wiesen es die Türschilder aus. 20 Meter später das gleiche Spiel: Pattys Sesam-öffne-dich-Karte entlockte dem Schloss ein leises Surren, um dann den Zutritt freizugeben.

Sie standen im Labor. Reagenzgläser, Abzugshauben und Automaten in Edelstahlgehäusen ließen keinen Zweifel daran. Ein junger Mann in weißem Kittel und mit nicht zu bändigenden schwarzen Locken kam auf sie zu und stellte sich vor: „Pietro Patani. Seien Sie herzlich willkommen in der Unterwelt der Klinik."

„Dr. Pietro Patani leitet unser Analyselabor. Er hat ein Faible für den vermeintlich perfekten Mord – und kann es nicht lassen, die Täter trotz aller an den Tag gelegten Raffinesse zu überführen", stellte Patty ihren Kollegen vor. „Ich habe ihm von dem vermeintlichen Mordinstrument in eurem Rucksack erzählt. Er opfert gerne seinen freien Nachmittag, um euch zu helfen."

Der Analytiker im weißen Kittel konnte es kaum erwarten: „Na, dann zeigen Sie mal her." Mit gebotener Vorsicht zog Louis die Kopfstütze, die sie am Abend zuvor aufgeschnitten hatten, aus dem Rucksack. Pietro Patani nahm die Brille, die an einem Lederband um seinen Hals baumelte, und schob sie sich auf die Nase: „Eine feine Konstruktion. Wie soll ich sagen: ein mechanisches Meisterwerk."

Sally wollte Antworten: „Herr Patani, können Sie etwas zu der Spritze sagen?"

„Aber ja doch. Sie ist zu grob für den Einsatz in der Humanmedizin. Ist mehr was fürs liebe Vieh."

„Sie meinen, sie könnte aus einer tierärztlichen Praxis entwendet worden sein?"

„Ob entwendet oder auf anderem Weg in diese Kopfstütze gelangt – ja, sie gehört eindeutig in die Arzttasche eines Veterinärs. Am besten lassen Sie mich jetzt meine Arbeit machen. In zwei Stunden wissen wir, ob mehr als Luft in der Spritze war. Ich rufe Sie an, sobald ich ein Ergebnis habe."

Die drei verabschiedeten sich und nahmen den Weg zurück, den sie gekommen waren. Als der helle Tag sie wieder hatte, atmeten sie tief durch. Patty ergriff die Initiative: „Lasst uns das warme Wetter nutzen und ich zeige euch meine Stadt. Wenn wir dann müde werden, gibt's ganz in der Nähe eine feine Pizzeria. Sie liegt in einer Nebenstraße, so dass Touristen sie kaum finden. Und das Essen ist erste Sahne."

Sally und Louis stimmten der kostenlosen Stadtführung unter Leitung von Patty zu, zumal gegen Ende ein kulinarischer Höhepunkt lockte: „Auf geht's!"

Patty bahnte sich einen Weg durch die Menschenmenge und bog nach wenigen hundert Metern unversehens nach links in eine schmale Gasse ab. Ehe Sally und Louis sich versahen, waren sie in einer anderen Welt. Statt Großstadtlärm umfing sie Stille, die hin und wieder von Stimmen, die aus Höfen und durch offene Fenster und Türen an ihre Ohren drangen, durchbrochen wurde. Kaum ein Mensch kam ihnen entgegen. Die Einheimischen zogen es vor, der Mittagshitze in ihren eigenen vier Wänden zu entfliehen.

Das Viertel glich der Kulisse italienischer Filmklassiker – wie in der Komödie „Hochzeit auf Italienisch" aus den 1960er Jahren mit Sophia Loren und Marcello Mastroianni. Sallys Mutter hatte diesen Streifen geliebt. Sonne, Wind und Regen hatten den Fassaden über die Jahre zugesetzt. Großflächig hatte sich der Putz vom Mauerwerk verabschiedet und gab den Blick frei auf rötliche Backsteine. Die vielen Balkone hatten Rost angesetzt und wirkten verwittert, die braunen Türen und Fensterschläge schrien nach ein wenig Farbe. Die aufs Mauerwerk befestigten Stromleitungen und Verteilerkästen hätten jedem deutschen Elektriker die Schweißperlen auf die Stirn getrieben. Manche nannten das gesamte Erscheinungsbild pittoresk, durchwoben von einem morbiden Charme. Louis hingegen fand, ein Hochdruckreiniger würde in diesen Gassen wahre Wunder wirken. Deutsche Gründlichkeit trifft auf Dolce Vita ...

Irgendjemand hatte das Putzwasser in die Gasse gekippt und dabei feuchte Flecken und eine Pfütze hinterlassen. Kein Problem, denn in nicht einmal einer Stunde würde die Hitze beides aufgesogen haben. Nicht so den gelben Beutel voller Abfall, der am Gemäuer lehnte. Überhaupt: Überall Müll, mit dem die Sizilianer so ihre Probleme hatten. Einerseits säumten Berge davon die Landstraßen, andererseits hingen an manchen Stränden an Pfählen mitten im Sand verschiedenfarbige Behältnisse, die zur Mülltrennung animierten, sich aber nicht allzu großer Beliebtheit erfreuten.

Nach eineinhalb Stunden fand Patty, es sei an der Zeit für eine Stärkung und steuerte die Pizzeria an. Sie durchschritten eine Toreinfahrt und fanden sich in einem mit Blumen bunt geschmückten Innenhof wieder. Trauben rankten die Wände hoch und bildeten einen grünen Baldachin, der den ersehnten Schatten spendete. In der Mitte des Hofes plätscherte ein runder Brunnen. An seinem Rand saßen Tierskulpturen aus Marmor und spien Fontänen ins Becken. Die Zeit schien stillzustehen.

Sie bestellten eine Flasche Pellegrino, um den Durst zu löschen, eine Karaffe Weißwein zum Genießen sowie drei Pizzen. Als Vorspeise servierte der Kellner ihnen als „kleinen Gruß aus der Küche" Bruschetta. Patty hatte nicht zu viel versprochen: Die Pizzen waren ein Gedicht: knusprig, der Teig nicht zu dick und die Köstlichkeiten obendrauf nicht überhäuft mit Käse. Einfach perfekt.

Um ihnen allen den Weg zurück in die Klinik zu ersparen, hatte Patty Pietro Patani zeitig über den geplanten Pizzeria-Besuch informiert und ihn eingeladen, nach getaner Arbeit zu ihnen zu stoßen. Als Louis den letzten Pizza-Rest in seinem Mund verschwinden ließ, betrat der Dottore den Innenhof. Er stellte den Rucksack ab und nahm am Tisch Platz. Die drei schauten ihn erwartungsvoll an, und er ließ sich nicht lange bitten:

„Es war nicht nur Luft in der Spritze ...“

„... sondern was noch ...?“

„... T61.“

Patty erfasste als Ärztin sofort die Tragweite dieser Aussage. Die beiden anderen blickten den Analytiker mit großen Fragezeichen in den Augen an.

„T61 ist der Handelsname des Wirkstoffs Embutramid. Dieses Präparat verwenden Veterinäre, um Tiere einzuschläfern. Das Mittel wird direkt in den Herzmuskel oder intravenös gespritzt. Aber auch andere Injektionsformen sind möglich – den Beweis dafür habt ihr beide in dem Ferrari gefunden.“

Auch wenn Sally und Louis das, was der Mediziner soeben berichtet hatte, längst vermutet hatten, machte die nun vorliegende Bestätigung sie sprachlos. Der Testfahrer Albert Hein war auf bestialische Art und Weise getötet worden. Und alles deutete darauf hin, dass die beiden Sizilianer vom Tatort – und möglicherweise sogar die Verlobte des einen – die Täter waren. Sally war wild entschlossen, alle Beteiligten zu überführen, wie viele es auch sein mochten.

Es war später Nachmittag geworden. Sally und Louis dankten Patty und Pietro Pantani für Ihre Unterstützung. Sie waren froh, als sie den Feierabendverkehr in Palermo hinter sich gelassen hatten und auf der Autobahn Richtung Cefalú unterwegs waren.

Beide freuten sich auf das Ferienhaus, das der Welt so weit entrückt schien. Sie meldeten sich bei Peter von Ostendorf, der freudig versprach, für die beiden Rückkehrer ein schmackhaftes Risotto zu zaubern. Während Louis das Wasser schon jetzt im Mund zusammenlief, freute sich Sandy zwar auf ein leckeres Essen, mehr noch aber auf den Koch.

„Was für eine brutale Schweinerei." – Hauptkommissar Bart van der Jagt schüttelte ungläubig den Kopf. Seit zehn Jahren arbeitete er bei der Amsterdamer Kripo, aber einen derart hingerichteten Menschen hatte er noch nie gesehen. Er vergrub die Hände in seiner Kapuzenjacke: „Überall Blut, Blut, Blut. Ich komme mir vor wie auf dem Schlachthof."

Neben ihm kauerte zusammengesunken auf einem dreibeinigen Schemel in einem Meer aus Sägemehl Roel Brouwers. Der Journalist vom Telegraaf hatte sich vor anderthalb Stunden in der Holzschuhmacherei mit seinem Informanten Luuk van Veen treffen wollen und war auf die Halbinsel Marken hinausgefahren.

Wie immer hatte die Kerze am Eingang der Holzschuhmacherei gebrannt. Das Zeichen, dass die Luft rein war. Ein erstes ungutes Gefühl hatte den Zeitungsmann beschlichen, als der Informant nicht an der Türe erschien, um ihm zu öffnen. Stattdessen war diese angelehnt.

Im Inneren der Werkstatt brannte kein Licht. Roel Brouwers Finger tasteten sich an der Wand entlang. Irgendwo hier musste er sein, der Jahrzehnte alte Kippschalter aus schwarzem Bakelit. Hatte er sich in der Dunkelheit mehr und mehr unwohl gefühlt, so war dies nichts zu dem, was sich auf seiner Netzhaut als Bild einbrannte, als er das Licht einschaltete: Vor ihm auf dem stählernen Tisch der Bandsäge lag Luuk van Veen. Genauer gesagt, sein Torso ohne Kopf. Irgendjemand, der kein Erbarmen gekannt hatte, hatte ihn mit dem Sägeblatt, dessen Zähne vor Blut trieften, abgetrennt und wie eine Trophäe auf eine Stange aufgespießt.

Auf der Stirn des Schädels prangte ein sternförmiges Brandzeichen. Den Mund hatten sie ihm mit Sägemehl gestopft. Roel Brouwers Magen rebellierte. Er erbrach sich. Dann lehnte er sich Halt suchend an den Holzzaun, der die Werkstatt vom Ausstellungsraum der Holzschuhmacherei trennte. Mit dem Ärmel seines Sakkos wischte er sich das Erbrochene vom Mund. Die Augen hatte er geschlossen und sein Gesicht vor Entsetzen in den Händen vergraben. Wie ein Kind beim Versteckspiel, das glaubt unsichtbar zu sein, wenn es die Augen zumacht. Als seine Beine ihn wieder trugen, wollte er nur noch raus. Raus, raus, raus aus dieser Hölle, in der gnadenlose Gewalt gewütet hatte.

Er stolperte nach draußen. Die frische Luft tat ihm gut. Langsam kam er wieder zu Verstand. Keine Minute länger hielt er es an diesem Ort aus. Doch dann siegte die journalistische Neugier. Mit Widerwillen betrat er noch einmal den Tatort, zog sein Handy aus der Hosentasche, lichtete die Szenerie ab und schickte das Foto an sein E-Mail-Postfach in der

Redaktion. Dann rief er den Notruf der Polizei an. Dieser Albtraum war nun eineinhalb Stunden her.

Die kriminalistische Spurensicherungsmaschine war angelaufen. Behandschuhte Männer und Frauen in weißen Overalls wuselten umher, suchten nach Fingerabdrücken oder hantierten mit Maßbändern. Ab und zu erhellte ein Blitzlicht die mörderische Szene. Im Gewirr der vielen Beamten, die ihren Job machten, war Bart van der Jagt der ruhende Pol. Er lehnte an einem massiven Holzpfosten und sog die Details am Tatort in sich auf. Unvermittelt wandte er sich Roel Brouwers zu, der neben ihm nach wie vor zusammengesunken auf dem Schemel hockte:

„Was hat Sie heute Abend hier hinaus nach Marken geführt? Waren Sie mit dem Opfer verabredet?"

„Ja."

„Ja und ...?"

„Der Tote heißt Luuk van Veen und arbeitet – arbeitete – bei einer auf Oldtimer spezialisierten Werkstatt in Amsterdam."

„Name?"

„Global Cars. Das Firmengelände liegt in Amsterdam-Noord in unmittelbarer Nachbarschaft zur Klinik dort draußen."

„Mal direkt und ohne Umschweife gefragt: „Haben Sie eine Ahnung, warum er hier ohne Kopf in einer Holzschuhmacherei liegt?"

„Er war ein Informant. Nach allem, was ich bisher recherchiert habe, fälscht sein Arbeitgeber Oldtimer. Ein offensichtlich weltweit florierendes Geschäft."

„Meneer Brouwers, das erklärt aber nicht seinen unschönen Exitus."

„Luuk van Veen wollte aussteigen aus dem Geschäft, weil ihm die Sache – sagen wir – zu gefährlich wurde."

„Was meinen Sie damit?"

„Er war davon überzeugt, dass ein Kollege von ihm getötet wurde, auch wenn es wie ein Unfall aussah."

„Was, wann, wie, wo, wer? – Meneer Brouwers, als Journalist kennen Sie doch die berühmten Fragen mit dem ‚W'. Tun Sie mir einen Gefallen: Lassen Sie sich nicht alles aus der Nase ziehen."

„Der Autounfall geschah vor wenigen Tagen auf Sizilien. Der tödlich verunglückte Fahrer heißt Albert Hein. Was dran ist an der Geschichte, kann ich Ihnen nicht sagen."

Hauptkommissar Bart van der Jagt fuhr sich mit beiden Händen durch die kurzgeschorenen blonden Haare. Er musterte den Journalisten von der Seite: „Meneer Brouwers, für den Augenblick ist es genug. Aber seien Sie gewiss, wir werden uns in den nächsten Tagen eingehender miteinander unterhalten."

„Gerne, auch wenn ich Ihre Fragen bereits beantwortet habe."

„Nicht mehr und nicht weniger. Aber es werden sich weitere ergeben. – Soll ich Sie nach Hause bringen lassen?"

„Danke, Herr Hauptkommissar, aber ich nehme meinen eigenen Wagen."

Bart van der Jagt blickte dem Journalisten nach, als dieser die Holzschuhmacherei verließ. Ihn beschlich das unbestimmte Gefühl, nur die Spitze eines Eisbergs zu sehen. Diese mit Blut besudelte Spitze ließ nichts Gutes erahnen.

Kurz nach Mitternacht vibrierte Sallys Handy. Schlaftrunken ließ sie ihren rechten Arm unter der Decke hervorgleiten und tastete auf den Holzdielen neben dem Bett nach ihrem Smartphone. Sie warf einen Blick aufs erleuchtete Display – und schaute in das Gesicht ihres Amsterdamer Kollegen. Darüber lag in weißen Ziffern die Uhrzeit: 0:56 Uhr.

Von einem Moment auf den anderen war sie hellwach. Als habe ihr jemand einen kalten Eimer Wasser über den Kopf gegossen. Ihr schwante nichts Gutes. Wenn Roel sie mitten in der Nacht anrief, war die Lage ernst. So leise wie eben möglich schlüpfte sie aus dem Bett, um Peter, der neben ihr den Schlaf des Gerechten schlief, nicht zu wecken. Sie nahm das Gespräch an und flüsterte „Moment. Ich bin gleich soweit."

Sie zog ihren Pulli und ihre Jogginghose über. Auf Zehenspitzen schlich sie behände die Holztreppe hinab und fluchte innerlich bei jedem Knarzen, das die Stufen unter ihrem Gewicht von sich gaben. Durch die unverschlossene Haustüre trat sie auf die Terrasse und nahm das Telefon wieder ans Ohr:

„Roel, was ist los?"

„Hi Sal. Ich hoffe, du sitzt. Luuk van Veen ist tot. Ermordet. Ich habe ihn vor wenigen Stunden in der alten Holzschuhmacherei gefunden, wo wir uns treffen wollten."

Sally spürte, wie sich ihre Kehle zuschnürte und die Beine ihren Dienst versagten. Sie ließ sich auf einen Stuhl sinken:

„Wer hat das getan?"

„Gute Frage. Du weißt, dass ich darauf ebenso wenig die Antwort kenne wie die Kripo, die ich alarmiert habe. Aber der oder die Täter wollten Rache nehmen – und alle warnen, die ihnen in die Quere kommen sollten."

„Woraus schließt du das?"

„Die haben ihn auf der Bandsäge geköpft und ihm den Mund mit Sägespänen gestopft. Um keine Zweifel am Absender aufkommen zu lassen, haben sie ihm einen Stern auf die Stirn gebrannt."

„Was für Bestien!"

„Intelligente Bestien. Sie sind Luuk van Veen auf die Schliche gekommen. Sie werden wissen, was er preisgegeben hat. Sie zählen eins und eins zusammen – und kommen schnell zu dem Ergebnis, dass du dort bist, wo der vorgetäuschte Unfall passierte: auf Sizilien."

„Schei …!"

„Sal, wir sind doch davon überzeugt, dass die Cosa Nostra die Finger im Spiel hat. Wie soll ich sagen: Du trampelst derzeit mitten in deren Wohnzimmer herum. – Sal, komm zurück."

„NEIN. Ich kann jetzt hier so kurz vor dem Ziel nicht die Segel streichen."

„Sal, die wissen, wer du bist und wo du bist."

„Die kennen nicht unser Versteck. Ich kann jetzt nicht abbrechen. Hör zu, Roel: Wir können beweisen, dass der Unfall ein Mordanschlag war. Wir wissen, wer die ominösen Radler auf dem Pass waren und wir werden sie morgen versuchen hochzunehmen. Gelingt uns das, haben wir die Hintermänner und die Organisation am Haken."

„Du begibst dich in Lebensgefahr – wenn du es nicht schon bist."

„Wir beide wissen, dass unser Job manchmal gefährlich ist."

„Dann weißt du auch, wie schmal der Grat zwischen mutig und lebensmüde ist."

Sally dachte über die mahnenden Sätze ihres Freundes vom Telegraaf nach, mit dem sie schon so oft durch dick und dünn gegangen war. Sie suchte nach einem Kompromiss:

„Gib mir zwei Tage. Dann kannst du die Kavallerie schicken, um uns hier rauszuholen."

„Sei vorsichtig. Und passt aufeinander auf."

Sie beendeten das Gespräch in dem Wissen, dass der Kompromiss ein fauler war. Sally schlang ihre Arme um sich. Sie fröstelte.

Als sie zurück ins Haus geht, verriegelt sie zum ersten Mal hinter sich die Tür. Hoch oben in den Bergen über Cefalú.

Am Morgen stand Sally früh auf. Sie wusste, dass ihre Zeit auf Sizilien von nun an begrenzt war. Nachdem sie die allmorgendliche Freiluft-Dusche genossen hatte, lockte sie die beiden Männer mit gerösteten Scheiben Brot und frisch aufgebrühtem Kaffee aus den Federn. Als die Jungs den Kopf durch die Haustüre steckten, war der Frühstückstisch auf der Terrasse gedeckt.

Nach dem ersten Schluck Kaffee schenkte Sally ihren Kumpanen reinen Wein ein. Sie berichtete von ihrem nächtlichen Telefonat mit Roel Brouwers und dem brutalen Mord an ihrem Informanten Luuk van Veen in der Holzschuhmacherei vor den Toren Amsterdams. Sie erzählte vom zweitägigen Ultimatum, auf das sie sich auf Drängen ihres niederländischen Kollegen eingelassen hatte. Auch hielt sie nicht mit den Einschätzungen Roel Brouwers hinter dem Berg, was die Gefahren betraf, den Gangstern auf Sizilien in die Fänge zu geraten.

Louis und Peter hatten aufmerksam zugehört. Dabei war im Laufe des Berichtes die Fröhlichkeit aus ihren Gesichtern gewichen. Am Tisch hatte sich zunehmend Ernsthaftigkeit breitgemacht. Beide Freunde versicherten, ihre Begleiterin auf keinen Fall alleine auf der Insel zurücklassen zu wollen – Louis seinem Berufsethos folgend, Peter dem Herzen.

Sie beschlossen, zunächst der Veterinärpraxis, aus der wahrscheinlich das Betäubungsmittel als auch die Spritze stammten, einen Besuch abzustatten. Ein Recherche-Schuss ins Blaue. Andererseits: Dass die Verlobte eines der mutmaßlichen Täter Zugang zum Tatwerkzeug hatte, musste mehr als nur ein Zufall sein. Danach wollten sie den Schrauber-Chef aus seiner Werkstatt locken und mit dem Mord an Testfahrer Albert Hein konfrontieren. In der Hinterhand hatten sie ja noch „das fliegende Auge", gesteuert vom Kölner Kameramann. Und der beendete die Frühstücksrunde mit der ebenso passenden wie abgegriffenen Losung für den Tag:

„Es gibt viel zu tun. Packen wir's an."

Gegen 8 Uhr verstauten sie das Corpus Delicti und die Drohnen-Ausrüstung in den Panda und holperten die knapp zehn Kilometer bergabwärts Richtung Cefalú. Zügig ließen sie das malerische Küstenstädtchen hinter sich und kamen auf der Küstenautobahn schnell voran. Nach einer guten Stunde erreichten sie Trabia. Die Navi-App führte sie ohne Umwege in die Via Bagaretta.

Die Praxis von Dr. Vincente Moretti machte von außen einen vorzüglichen Eindruck. Offensichtlich liefen die Geschäfte des Veterinärs ordentlich, denn er hatte seinem Domizil einen neuen Anstrich in frischem Apricot gegönnt. Ein grüner kniehoher Zaun fasste das Grundstück ein. Um einen kleinen Teich mit Wasserspiel in der Mitte gruppierten sich Sträucher und Blumen.

Sally schulterte den Rucksack, in dem sie das Mordinstrument verstaut hatten. Sich bei Peter unterhakend verkündete sie auf dem Weg zur Eingangstür ihren Plan für das nun anstehende Rollenspiel:

„Wir beide mimen ein verliebtes deutschen Pärchen ...“

„Nichts leichter als das.“

„... das einen Streuner adoptieren und mit nach Hause nehmen möchte. Ich will den Veterinär sehen, dem bei so viel Tierliebe das Herz nicht überläuft. Und der nicht gerne einige Minuten für ein Beratungsgespräch investiert.“

An der Rezeption trafen sie auf die einzige Helferin des Tierarztes. Die Tür zum leeren Wartezimmer stand offen. Hinter der zweiten Türe musste sich demnach das Behandlungszimmer des Arztes befinden.

„Scusi. Womit kann ich Ihnen helfen?“, fragte Maria Micchione mit säuselnder Stimme.

„Wir würden gerne einen süßen kleinen Hund adoptieren, der kein Zuhause hat. Seit Tagen streunt er um unser Hotel herum. Wir haben uns mit ihm angefreundet und er lässt sich anfassen und streicheln.“ Sally fand Gefallen an ihrer Rolle als einfältige Touristin.

„Wir würden uns gerne von Dr. Moretti Rat holen,“ verlieh Peter ihren Worten Nachdruck. „Ich hoffe, wir kommen nicht ungelegen. Aber es scheint ja heute Vormittag bei Ihnen etwas ruhiger zu sein."

Die Helferin wusste nicht so recht, wie sie auf den freundlich vorgetragenen Überfall reagieren sollte: „Ja, aber ... einen Moment. Ich frage bei meinem Chef nach, ob er für sie ein paar Minuten Zeit hat. Nehmen Sie doch einen Moment im Wartezimmer Platz."

Schon war sie verschwunden, um nach nicht einmal einer Minute wieder bei Ihnen aufzutauchen: „Dr. Moretti nimmt sich ein paar Minuten Zeit für Sie. Folgen Sie mir bitte."

Sie geleitete Sally und Peter in den Behandlungsraum des Veterinärs, der sie lächelnd begrüßte: „Ich habe von Ihrem Adoptiv-Wunsch gehört. Womit kann ich Ihnen helfen?"

Sally eröffnete das Gespräch: „Mein Name ist Sally Morgan, das ist mein Freund Peter von Ostendorf. Dr. Moretti, können wir offen und vertraulich miteinander reden..."

„Verehrte Frau Morgan, dafür bin ich Arzt. Und Ihren Wunsch nach einem vierbeinigen Gefährten kann ich nur zu gut verstehen."

„Dr. Moretti, genaugenommen passt ein Hund derzeit nicht in unsere Lebensplanung ..."

„Aber da lassen sich doch Lösungen finden. Ich habe von Tagesstätten für Hunde gehört. So etwas soll es in Deutschland tatsächlich geben."

„Offen gestanden haben wir den Hundewunsch nur vorgeschoben, um unter sechs Augen mit Ihnen zu sprechen."

Fragend schaute der kräftige Mediziner seine beiden Besucher an und schwieg, darauf wartend, dass die junge Frau vor ihm sich erklärte. Die holte tief Luft: „Ich bin Journalistin. Ich recherchiere in einem Mordfall. Sie haben doch sicher von dem roten Ferrari gehört, der in den Bergen verunglückt ist?"

„Gewiss. Aber wie kann ich Ihnen in dieser Angelegenheit als Veterinär behilflich sein?"

„Nach allem, was wir bis jetzt wissen, wurde der Fahrer mit einer T61-Injektion aus einer Spritze getötet, wie sie in den Praxen von Veterinären eingesetzt werden. Das hat uns gestern das Labor einer Klinik in Palermo bestätigt."

„Ich verstehe. Aber was führt Sie ausgerechnet in meine Praxis?"

„Ihre Mitarbeiterin Maria Micchione. Sie ist die Verlobte von Toni Medica, der hier im Ort gemeinsam mit Massimo Pavaro eine Autowerkstatt betreibt. Vorsichtig ausgedrückt: Die beiden Männer sind vorbestraft und stehen der Mafia nahe. Wir haben Beweise, dass sie vor Ort waren, als der Unfall geschah. Es gibt starke Indizien dafür, dass die beiden den Unfall initiierten und zu diesem Zweck den Ferrari präparierten. Und wir sind davon überzeugt, dass Ihre Helferin die Spritze und das Betäubungsmittel beschafft hat."

„Wollen Sie damit sagen, die Utensilien stammen aus meinem Bestand?"

„Genau so ist es."

„Wenn dem so sein sollte – ich will es mir gar nicht vorstellen – dann werden wir das hier und jetzt überprüfen."

Dr. Vincente Moretti erhob sich von seinem Stuhl und schritt hinüber zu einem schweren Metallschrank, dessen Inhalt ein robustes Schloss vor fremdem Zugriff schützte: „Da drin bewahre ich die Arzneimittel auf, die auf keinen Fall in unbefugte Hände gelangen dürfen. T61 gehört dazu."

Er griff zum Schlüsselbund, der an einem Lederband an seinem Hosenbund baumelte, wählte einen Schlüssel aus und öffnete den Schrank. Er griff zu einer schwarzen Kladde und schlug sie auf: „Hierin sind alle Entnahmen mit Datum und Uhrzeit verzeichnet. Bei T61 notiere ich zudem, wozu ich es eingesetzt habe."

„Sie meinen, welches Tier Sie damit eingeschläfert haben?", hakte Sally nach.

„Genau."

Der Mediziner fuhr mit dem Zeigefinger von oben nach unten über die aufgeschlagene Seite. Dann zählte er die in mehreren Reihen im Schrank aufgereihten T61-Packungen durch. Erstaunt blickte er auf: „Eigentlich müssten hier drei Reihen mit jeweils vier

Packungen stehen. Also 12. Es sind aber nur 11. In der hinteren Reihe fehlt eine."

Auf der hohen Stirn des Tiermediziners bildeten sich Schweißperlen. Er zog ein hellblaues Stofftaschentuch aus der Hosentasche und tupfte über die Stirn: „Moment." Während seine rechte Hand das Tuch im Kittel verschwinden ließ, öffnete die linke die breite Schublade unterhalb der Einlegeböden, auf denen die Medikamente standen. „Es fehlt auch eine der Spritzen. Üblicherweise sind das Wegwerfartikel in einer Praxis. Diese aber werden leider nicht mehr in der Qualität hergestellt. Ich nutze sie, weil sie so robust sind. Es müssten noch zehn in meinem Restbestand sein, es sind aber nur neun in der Schublade."

„Wer hat einen Schlüssel zu diesem Schrank?"

„Ich selbstverständlich – und meine Mitarbeiterin. Sonst niemand."

Sally schaute Peter an: „Wir lagen richtig mit unserer Vermutung." Dann nahm sie den Mediziner ins Gebet: „Dr. Moretti, wir sind davon überzeugt, dass Sie mit der Sache nichts zu tun haben. Um aber jeden späteren Verdacht gegen Sie selbst schon im Keim zu ersticken, sollten Sie mit uns kooperieren."

„Was schlagen Sie vor, Frau Morgan?" Dr. Moretti war in den letzten Minuten um Jahre gealtert. Mit fahlem Gesicht schlurfte er zu seinem Schreibtischstuhl und sank hinein.

„Wir bitten Frau Micchione gleich zu uns herein. Ich werde sie mit den Vorwürfen konfrontieren und bitte Sie, ihre Reputation und Autorität als Arzt in die Waagschale zu werfen. Es kann gut sein, dass sie nicht einmal weiß, was ihr Verlobter mit dem Betäubungsmittel und der Spritze gemacht hat."

Dr. Moretti nahm auf seinem Drehstuhl Haltung an und drückte den Knopf der Gegensprechanlage: „Maria, bringen Sie mir bitte ein Exemplar der Infobroschüre ‚Aus- und Einfuhr von Tieren innerhalb der Europäischen Union'."

Mit dem Infoheft in der Hand trat Maria Micchione ein. Peter von Ostendorf hatte neben der Türe gestanden und ließ sie behutsam ins Schloss fallen, als die Arzthelferin vor dem Schreibtisch ihres Chefs angekommen war. Ihre grünen Augen verengten sich. Diese Frau witterte instinktiv Ungemach und war auf der Hut. Sie wusste, sie saß in der Falle.

Sally wollte ihr keine Gelegenheit geben, sich auf die Situation einzustellen, und eröffnete das Kreuzverhör: „Frau Micchione, warum haben Sie Ihren Chef bestohlen und ein tödliches Betäubungsmittel entwendet?"

„Wie bitte ...?"

Die Journalistin legte nach: „Stellen Sie sich nicht dumm. T61. Die Packung, die in der hinteren Reihe im

Schrank fehlt. Ebenso wie eine Spritze aus der Schublade darunter."

„Wieso sollte ich …?"

„Weil Ihr Verlobter mit seinem Komplizen aus der Werkstatt damit den Ferrari-Fahrer vor wenigen Tagen umgebracht hat."

„Aber das war doch ein Unfall!"

„Es war Mord. Die beiden Männer haben mit dem Gift und der Spritze, die Sie besorgt haben, einen hinterlistigen Mechanismus in die Kopfstütze des Ferrari eingebaut – und ihn durch einen herabstürzenden Felsbrocken ausgelöst."

„Was erzählen Sie da? Davon weiß ich nichts. Und damit will ich nichts zu tun haben."

Peter von Ostendorf zog die Kopfstütze des Ferrari aus dem Rucksack. Maria Micchione wandte den Blick ab, aber Dr. Moretti inspizierte den innenliegenden Mechanismus genau: „Unglaublich. Und ja, da ist die fehlende Spritze. – Maria, sagen Sie schon, wie ist die dahin gekommen?"

„Dottore, Sie müssen mir glauben. Ich hatte keine Ahnung, was die beiden mit den Sachen vorhatten. Von einem Mordanschlag wusste ich nichts. Damit habe ich nichts zu tun." Tränen stiegen ihr in die Augen, und sie begann zu schluchzen.

Sally übernahm wieder das Kommando: „Signora, das will ich Ihnen glauben, überzeugen werden Sie aber ein Gericht müssen. Nun sagen Sie schon: Haben

Sie das T61 und die Spritze an Ihren Verlobten weitergegeben?"

Maria Micchione nickte. Tränen flossen ihr die Wangen hinunter: „Über Wochen haben sie mich bedrängt, ich aber habe nicht nachgegeben. Eines Abends in der Werkstatt haben sie damit gedroht, meine kleine Schwester Michele verschwinden zu lassen, wenn ich nicht liefern würde." Maria Micchione zitterte am ganzen Leib: „Hier verschwinden immer wieder Menschen und tauchen nie wieder auf. Sagen Sie mir, was hätten Sie an meiner Stelle getan?"

„Ich wäre zur Polizei gegangen," warf Peter von Ostendorf ein.

Verzweifelt schüttelte die junge Frau den Kopf: „Sie haben doch keine Ahnung. In Deutschland mögen Sie Stadtviertel haben, die von Familienclans regiert werden und in die sich die Polizei nicht reintraut. Glauben Sie mir, das ist Kinderkram gegen die Cosa Nostra hier bei uns."

War Dr. Moretti eben noch zutiefst betroffen vom Vertrauensbruch seiner Mitarbeiterin, so lag nun Verstehen in seinen Gesichtszügen. Auch er war Sizilianer und wusste zu genau, wovon die junge Frau sprach.

Sally fuhr fort: „Signora Micchione, es steht mir nicht zu, über Sie zu urteilen. Das wird ein Gericht tun. Wenn ich Ihnen aber einen dringenden Rat geben darf: Halten Sie sich von der Werkstatt, Ihrem Verlobten und dessen Kumpan fern. Tauchen Sie für zwei Tage unter. Ich nenn's mal so: Verschwinden Sie, bis sich der Pulverdampf verzogen hat."

Schweigen breitete sich im Raum aus. Dr. Moretti ergriff das Wort: „Maria, über Ihren Vertrauensbruch kann und will ich nicht hinwegsehen. Unsere Wege werden sich trennen, wenn das hier überstanden ist. Aber Ihre Ängste kann ich nur zu gut nachvollziehen. Ich helfe Ihnen. Wir fahren in die Berge zu meiner Schwester. Dort sind wir für einige Tage sicher."

„Danke Dottore, auch wenn ich Ihre Hilfe weiß Gott nicht verdient habe." Mehr brachte sie nicht heraus, denn erneut schüttelte sie ein Weinkrampf.

Sally war hin- und hergerissen zwischen Wut und Mitleid. Wer hatte den Mut – oder war so lebensmüde – sich den Drohungen und Repressalien eines gut organisierten kriminellen Systems, das gnadenlos und brutal seine Ziele verfolgte, zu widersetzen? Wer riskierte sein Leben für seine Ideale und Werte, für Recht und Gerechtigkeit – für andere? Im Dritten Reich, in der DDR und hier und heute. Es kostete sie Kraft, diese Gedanken beiseite zu schieben: „Peter, hier gibt es nichts mehr für uns zu tun. Wir müssen weiter. Und Dottore: Nehmen Sie ihr das Handy ab!"

Um ein Geständnis und viele Erkenntnisse reicher verließen sie die Praxis des Veterinärs. Im Auto wartete ein neugieriger Louis Hoffner auf sie: „Wie ist's gelaufen?"

Sie berichteten vom Besuch in der Praxis. Sein anschließender Kommentar brachte den Sachstand auf den Punkt: „Wir geben uns doch nicht mit den kleinen Fischen zufrieden, oder? Das ist doch nur der Beifang. Wir wollen doch an die Hechte ran, an die Hintermänner und Geldgeber."

Sally stimmte ihm aus ganzem Herzen zu: „So ist es. Sind wir uns einig, dass der Weg zu diesen über die Jungs in der Werkstatt führt?"

„Korrekt."

„Wie können wir die beiden ködern?", fragte Sally in die Runde.

Der Kölner Kameramann hatte eine Idee: „Wir locken sie aus ihrem Bau. Mit einer fingierten Autopanne."

„Nette Idee," fand Sally. „Wann und wo? Hat jemand von euch einen Plan?"

Louis hatte einen: „Wir fahren raus aus dem Ort zu diesem alten Friedhof. Davor war ein Parkplatz – und ein bewaldeter Hügel, von dem man einen exzellenten Blick über die gesamte Szenerie hat."

Sally fand den Vorschlag mehr als brauchbar, und Louis erläuterte seinen Plan: „Ich verschanze mich da oben und zeichne mit der Drohne alles auf, während ihr das Pärchen gebt, dem jegliches Technikverständnis abgeht. Ich wette, das bekommt ihr grandios hin."

Motiviert durch den filmreifen Auftritt in der Arzt-praxis konnte Peter von Ostendorf dem Vorschlag einiges abgewinnen und zwinkerte Sally auffordernd zu. Es war ihre Recherche und sie entschied: „Ok, so machen wir's. Also auf zum Set!"

„Hey Toni, ich bin mal kurz raus mit dem Abschleppwagen. Mal wieder zwei Touristen, die mit ihrem Auto liegengeblieben sind. Diesmal draußen am Friedhof. Ich bin spätestens in einer Stunde zurück." Massimo Pavaros Kumpel signalisierte seinem Kompagnon mit ölverschmierten Händen, dass er ruhig fahren solle. Pavaro stemmte seinen ausufernden Wanst, an dem der Gürtel unterhalb vom Latz seines Blaumanns schwer zu tragen hatte, in den Laster und machte sich auf den Weg. Pannenhilfe gehörte für die Werkstatt zum täglichen Brot. Zudem war sie ein lukratives Geschäft – vor allen Dingen, wenn hilflose Touristen mit ihren Autos am Straßenrand strandeten. Verdammt, er musste unbedingt die Klimaanlage neu befüllen, ansonsten würde er irgendwann in dieser Karre gar werden. Schweißperlen standen auf seinem blanken Schädel, die, wenn sie groß genug waren, hinab zum Haarkranz rannen.

Nach wenigen Kilometern sah er die beiden Touris mitsamt Miet-Panda auf dem Parkplatz am Friedhof aus der Ferne. Schnuckelige Blondine. Na gut, ein wenig zu dürr für seinen Geschmack. Aber egal. Nur der junge Typ, offensichtlich ihr Freund, störte die Szenerie. Massimo Pavaro schaltete automatisch in den Flirt-Modus. Wenn er schon in dieser brütenden Hitze unterwegs war, dann wollte er zumindest ein wenig Spaß haben.

Wie 1000 Mal für Auftritte wie diesen eingeübt, stieß er die Tür des Lasters auf und ließ seine gut zweieinhalb Zentner behände vom Fahrersitz auf den Boden gleiten: „Massimo Pavaro. Stets zu Diensten. Was kann ich für Sie tun?"

Da es die sizilianische Obelix-Ausgabe offensichtlich auf Sally abgesehen hatte und nur sie ansprach, verabschiedete sich Peter augenblicklich in die Rolle des Statisten und lehnte sich entspannt an die Autotür. Er überließ seiner Freundin das Feld, die sofort die Initiative übernahm: „Herr Pavaro, er springt nicht mehr an. Schauen Sie mal hier."

Sie beugte sich vor und deutete in den Motorraum. Eingeladen zum tête-à-tête unter der offenstehenden Motorhaube, folgte der aus allen Poren schwitzende Automechaniker nur zu bereitwillig. Er rückte näher an Sally heran, beugte sich vor und schaute sie dabei von der Seite an. Sie spürte den unangenehm riechenden Atem des Sizilianers, der sich mit seinem Schweiß mischte. Sally hielt durch und unternahm einen neuen Anlauf, um den Blick des Mechanikers in die Tiefen des Motorraums zu lenken: „Schauen sie hier, Signor Pavaro."

Widerwillig löste dieser den Blick von ihr und blickte in den Motorraum, ohne sich überzeugend auf Fehlersuche zu begeben. Mit ruhiger Stimme fuhr die Journalistin fort: „Massimo. – Ich darf dich doch Massimo nennen? – Stell dir für einen Augenblick vor, du gerätst mit deinen Kronjuwelen in das Räderwerk, das der stramm gespannte Keilriemen unter dieser schwarzen Abdeckung antreibt. Genau so was in der Art wird passieren, wenn du mir nicht ein paar Fragen beantwortest."

Misstrauisch blickte der Automechaniker sie von der Seite an und ergriff ihr Handgelenk: „Wer sind Sie? Und was wollen Sie von mir?"

„Ich bin Sally Morgan und Motorjournalistin. Ich werde die hinter Gitter bringen, die den Tod von Albert Hein zu verantworten haben. Und jetzt schlage ich vor, wir verlassen unser lauschiges Plätzchen unter der Motorhaube und unterhalten uns zu dritt. Darf ich vorstellen: mein Freund Peter."

Massimo Pavaro ließ Sallys Handgelenk los und richtete sich auf: „Wer ist dieser Albert Hein?"

„Er ist der Ferrari-Testpilot, den Sie und ihr Kumpel Toni Medica auf dem Gewissen haben."

„Was erzählen Sie da für ein wirres Zeug!"

„Massimo, lassen wir die Spielchen. Sie beide waren zur Tatzeit am Unfallort. Maria Micchione hat Ihnen beiden die Spritze und das Betäubungsmittel besorgt. Beides haben Sie dann kunstgerecht in der Kopfstütze des Ferrari verbaut."

„Schöne Geschichte, aber wie wollen Sie die beweisen?"

„Das wird nicht allzu schwer sein. Immerhin hat die Verlobte Ihres Kumpels gestanden."

„Was wollen Sie denn mit einer solchen Aussage? Ja, sie hat uns das Zeug besorgt. Wir wollten damit den altersschwachen Hund eines Freundes, der in den Bergen lebt und nicht das Geld für einen Tierarzt hat, einschläfern."

„Massimo, mir kommen die Tränen bei so viel Tierliebe und Menschenfreundlichkeit. – Andere Frage: Was haben Sie da für einen schwarzen Stern am Handgelenk eintätowiert?"

„Ein Symbol für Verbundenheit."

„So kann man es auch nennen. Einer, der Ihnen verbunden ist, hat meine Freundin überfallen und misshandelt, ein anderer leitet eine Fälscherwerkstatt in Amsterdam. Und Sie sind auf fingierte Autounfälle spezialisiert. Ziemlich krimineller Zirkel, dem Sie da angehören."

„Was wollen Sie mir da schon wieder anhängen? Von welchem Club Sie da auch immer schwafeln, ich habe nichts damit zu tun."

„Ich rede von einem Netzwerk, das in großem Stil Oldtimer fälscht. Und die Hintermänner sind hier auf Sizilien."

„Sie meinen die Mafia? Nein, mit der habe ich nichts am Hut. Und mein guter Rat: Legen Sie sich nicht mit der Cosa Nostra an."

„Massimo, wollen Sie mir drohen? Meinen Sie, die halten bedingungslos die schützende Hand über Sie, nur weil Sie bei deren Protzkarren das Öl wechseln? Ach Massimo, die lassen Sie fallen wie eine heiße Kartoffel, wenn die den Eindruck haben, dass Sie die

Geschäfte gefährden. Die werden alles tun, um die Spuren zu verwischen. Und die heißeste Spur, die zu ihnen führt, sind Sie."

„Wieso denn das?"

„Legen Sie mal den Kopf in den Nacken und entspannen sich. Was sehen Sie da über sich?"

„Ein rotes blinkendes Licht."

„Und das sagt uns, wir beide sind auf Sendung. Wir wollten das Zusammentreffen mit dem freundlichen Mann vom Abschleppdienst für die Nachwelt in Bild und Ton festhalten. Unserem Kameramann mit seiner TV-Drohne sei Dank."

„Was machen Sie da! Wer gibt Ihnen das Recht dazu?"

„Falsche Frage, Massimo. Die richtige wäre: Was sagen Ihre ehrenwerten Clanchefs dazu, wenn sie sehen, wie sich einer der ihren an einem abgelegenen Ort mit dieser Journalistin trifft, die ihrem illegalen Geschäftsmodell auf der Spur ist?"

„Sie werden denken, ich sei ein Verräter."

„Genau. Und damit dieses Gespräch hier draußen unter uns bleibt und Sie nicht mit einem Betonklotz am Bein im Tyrrhenischen Meer versinken, bevor Sie die Polizei in Schutzhaft nehmen kann, werden Sie uns sagen, wer die Hintermänner der Fälscherorganisation sind und wo wir sie finden."

Sallys präzise Zusammenfassung seiner Möglichkeiten tröpfelte langsam in Massimo Pavaros Gehirn. Im gleichen Maße schwand alle Überheblichkeit aus seinem Gesicht. Am Ende erkannte er die Ausweglosigkeit seiner Situation: „Sie lassen mir die Wahl zwischen Pest und Cholera?"

„Ich sehe das anders. Sie entscheiden sich dafür, nicht als Fischfutter zu enden, sondern weiterzuleben – wenn auch für eine ganze Zeit hinter Gittern. Sagen Sie uns, wie wir an die Hintermänner rankommen."

„Wenn ich Ihnen helfe, bin ich ein toter Mann."

„Tot werden Sie binnen eines Tages sein, wenn Sie nicht mit mir kooperieren."

„Ich habe keine Namen, weil ich sie selbst nicht kenne."

„Sondern?"

„Ich werde Ihnen den Ort nennen, von dem aus die Geschäfte der Organisation gesteuert werden."

„Ich höre."

„Nein, nicht hier und nicht jetzt. Der Standort des Headquarters wechselt regelmäßig."

„Eine mobile Kommandozentrale?"

„Ja. Bis heute Abend werde ich Ihnen den Standort der nächsten zwei Tage beschaffen. In unser beider Interesse sollten sie mich jetzt gehenlassen. Wenn man uns zusammen sieht, kann es sein, dass ich tatsächlich den nächsten Tag nicht mehr erlebe – und Sie keine Informationen erhalten."

„Einverstanden. Wie und wo bekomme ich die Infos?"

„Ich werde einen Umschlag hier auf dem Friedhof deponieren. Darin finden Sie alles, was Sie brauchen. Kommen Sie um Mitternacht zum Grab der Familie

Burgaletta. Sie finden das Mausoleum an der Steinmauer am hinteren Rand des Friedhofs. Der Name ist über dem Eingang, den je eine Säule rechts und links flankiert, in Stein gemeißelt. Hinter der rechten Säule finden Sie den Umschlag."

„So soll es sein. Ein letzter Rat: Verstecken Sie sich und stellen Sie sich der Polizei."

Der Werkstattbesitzer schüttelte verzweifelt den Kopf: „Sie wissen nicht, was Sie da vorschlagen. Wir sind auf Sizilien."

War Massimo Pavaro vor einer halben Stunde davon überzeugt gewesen, er sei der Hecht im Karpfenteich, dem zwei Touristen in Not ins Netz gegangen waren, so musste er sich nach dem Zusammentreffen ernüchtert eingestehen, dass er selbst am Haken zappelte. Mit durchdrehenden Reifen verließ er den Parkplatz am Friedhof. Er hatte es eilig fortzukommen.

Bislang war der Tag mehr als zufriedenstellend für Sally und ihre Freunde verlaufen. Sie hatten die Arzthelferin Maria Micchione zu einem Geständnis bewegt und soeben den Werkstattbesitzer weichgekocht. Mehr noch: Wie es aussah, öffnete er ihnen heute Nacht die Tür, um den Hintermännern der Fälscherbande endlich auf die Spur zu kommen. Sally war zufrieden, denn es war ihnen gelungen, die Mauer des Schweigens, die ansonsten die ehrenwerte Familie umgab, zu durchbrechen.

Die drei verstauten das Equipment von Louis im Panda und machten sich auf den Rückweg zu ihrem Refugium in den Bergen. In aller Ruhe wollten sie dort die Aufnahmen, die der Kameramann mit der Drohne gemacht hatte, sichern und sichten. Welch geniales Ding, dieses fliegende Auge. Heute Nacht würden sie es einsetzen, um hinter die Kulissen der Werkstatt von Massimo Pavaro zu schauen.

Als es dunkel wurde, machten sich Louis und Sally erneut auf den Weg nach Trabia. Der Kameramann hatte nachmittags sein Equipment gecheckt, alle Akkus aufgeladen und sich – wie die beiden anderen – ein Stündchen aufs Ohr gehauen. Peter von Ostendorf hatte frischen Fisch zubereitet. Ausnahmsweise gab es dazu Mineralwasser für alle. Er sagte den anderen, dass er zuhause bleiben wolle, um für klar Schiff in der Küche zu sorgen. Auch habe er als Agenturchef ein oder zwei Stunden zu arbeiten. Zudem wolle er ihnen bei dem schwierigen Job nicht im Weg stehen.

Sally und Louis holperten die Bergstraße hinab Richtung Küste und erreichten kurz vor 23 Uhr Trabia. Sie fanden die Autowerkstatt am Rand eines Gewerbegebietes. Ihren Wagen parkten sie 100 Meter entfernt an einer wilden Müllkippe hinter ein paar dürren Sträuchern. Die Kühle der Spätsommernacht empfing sie. Ein herrenloser Hund durchstöberte die achtlos verstreuten Plastiktüten auf der Suche nach Fressbarem. Ansonsten herrschte Stille.

Louis setzte seine Stirnlampe auf, öffnete den Kofferraum und lud seine Utensilien aus. Nach wenigen Minuten war die Drohne startklar. Er reichte Sally die Virtual-Reality-Brille: „Willkommen an Bord zu unserem Flug zur Mafia-Werkstatt. Wir werden versuchen, eine Punktlandung im Inneren auf einer Werkbank hinzulegen. Mal schauen, was uns da drin erwartet. Wir starten in wenigen Sekunden und erreichen kurze Zeit später unsere Reiseflughöhe."

Nahezu lautlos liefen die Rotoren der Drohne an. Louis hatte das Gerät in den Nachtflug-Modus versetzt. Die Positionsleuchten waren ausgeschaltet und das Nachtsichtgerät erhellte die Dunkelheit beim Blick durch die VR-Brillen. Sally setzte die ihre auf. Was sie sah, ließ sie staunen. Klar, kannte sie Nachtsichtgeräte – aber bislang keines, das fliegen konnte. Fasziniert verfolgte sie den lautlosen Flug aus der Cockpit-Perspektive.

Louis umkreiste zunächst das Gelände. Abgestellte, teils ausgeschlachtete Wagen, Ölfässer, Kanister, alte Reifen. Nichts Außergewöhnliches für eine Autowerkstatt. Die Drohne gewann an Höhe, um das Dach der Werkstatt zu erkunden. Er suchte einen Zugang, um ins Gebäude zu gelangen. Ein hochgestelltes Dachfenster. „Bingo!" entfuhr es ihm erleichtert. Genau darauf hatte er gehofft, um nicht gewaltsam eindringen zu müssen und dabei unter Umständen Spuren zu hinterlassen. Das Einflugloch gab ihnen die Chance, sich in der Werkstatt alles aus der Nähe anschauen, ohne irgendetwas zu berühren. Keine Fußspuren und kein Fingerabdruck würden später von ihrem Besuch zeugen.

Langsam brachte Louis die Drohne in den Sinkflug und näherte sich der Fensteröffnung. Er schaltete

‚Expo' auf seine beiden Steuerknüppel, die jetzt mehr Ausschlag für eine Richtungsänderung benötigten. „Fliegen mit Tranquilizer" nannte er das. Ein Trick, den viele Modellpiloten einsetzen, um den Flug – und sich selbst – zu beruhigen.

Zentimeter um Zentimeter schob sich das Fluggerät durch die Öffnung, neigte sich im Winkel des aufgestellten Fensters nach unten und glitt in die Werkstatt. Der Pilot stellte die Drohne waagerecht und ließ die Steuerknüppel los. Parkposition unterhalb der Dachkonstruktion. Kurze Pause. Durchatmen.

„Sal, was schauen wir uns als Erstes an? Wir haben nicht ohne Ende Zeit wegen der Akkus. Der Nachtsichtmodus frisst ordentlich Energie. Du hast 15 Minuten."

„Lass einmal die Kamera kreisen. Ich will mir einen Überblick verschaffen." Dann hatte Sally etwas entdeckt: „Flieg rüber zur Werkbank. Da liegt etwas Zusammengerolltes."

Louis tat wie befohlen. Schon beim Anflug auf den Arbeitsplatz erkannten beide, was da neben dem Schraubstock lag. Kunstleder! Sallys Puls beschleunigte sich: „Wenn du mich fragst, ist das das Zeug, mit dem die Kopfstütze des Ferraris ausgebessert wurde, nachdem die Spritze im Inneren montiert war."

„Ganz deiner Meinung. Doch ich hab' noch was entdeckt. Warte, ich zoome ran." Louis rückte ein rotes

Garnknäuel in die Mitte des Bildes: „Würde sagen, wir haben das Nähzeug der Täter gefunden."

„Fein. Und wie können wir das sicherstellen?"

„Einen Moment, Sal." Louis fingerte unter seinem Steuerpult herum. Sally hatte keine Ahnung, was er da machte. Dann sah sie durch ihre VR-Brille, wie sich ein filigraner Greifarm ins Bild schob: „Louis, das glaube ich jetzt nicht. Du bist ein Genie." Angespornt durch so viel Zuspruch packte er zunächst das Garnknäuel und anschließend die dünne Lederrolle mit den ferngesteuerten Greifern.

Sprichwörtlich alles im Griff wollte er zum Rückzug blasen. Doch Sally hielt ihn auf, ihrem Instinkt folgend: „Warte mal. Flieg mal rüber zur Werkstattgrube. Da steht ein Wagen drauf und trotzdem ist sie komplett mit Abdeckgittern geschlossen, ohne den Zugang offen zu lassen. Das macht kein Mensch in einer Werkstatt so."

„Sal, ich muss da raus. Ich habe nur noch 120 Sekunden Akkulaufzeit. Und wenn ich die Drohne nicht zurückhole, war alles umsonst."

„Verstehe. Dann flieg auf dem Rückweg kurz an der Grube vorbei und wir werfen einen Blick hinein. Und dann nichts wie raus!"

Während Sally redete, hatte Louis Kurs auf die Werkstattgrube genommen. Ein Bugatti stellte sie zur Hälfte zu. Louis senkte das Fluggerät ab und schaltete den LED-Suchscheinwerfer ein. Im Lichtkegel lag auf dem Grubenboden Massimo Pavaro. Er war ohne Bewusstsein und schien nicht mehr zu atmen.

„Scheiße. Sal, der macht alles andere als einen lebendigen Eindruck. Ruf die Polizei und den Notarzt. Ich hole die Drohne raus und wir verschwinden. Das Pflaster hier ist zu heiß."

Sally riss sich die VR-Brille vom Kopf und rannte zum Auto. Sie tippte die Ziffern des Notrufs ins Handy. Eine freundliche Stimme meldete sich. Sally machte ihrem Gegenüber am anderen Ende der Leitung den Ernst der Lage klar. Dann gab sie die Adresse der Werkstatt durch. Ob Massimo es geschafft hatte, den Umschlag mit den Informationen, die sie zu den Hintermännern führen sollten, auf dem Friedhof zu deponieren, bevor die Häscher ihn erwischten?

Der erfahrene Drohnen-Pilot holte die fliegende Kamera innerhalb einer halben Minute zurück zum Auto. Er machte sich nicht die Mühe, seine Ausrüstung in den Alukoffern zu verstauen, denn er wollte das Fluggerät erneut am Friedhof einsetzen, um unbemerkt die Lage zu sondieren. Nur einen neuen Akku setzte er ein. Dann warf er die Heckklappe zu und schwang sich auf den Beifahrersitz:

„Auf zum Friedhof, Umschlag schnappen und dann ab in die Berge zu unserem Versteck. Unsere Gegner haben die Pferde durch frische ersetzt und sind uns dicht auf den Fersen."

„Sehe ich genauso."

Sally gab dem kleinen Panda die Sporen. Kurze Zeit später hatten sie die Ortschaft hinter sich gelassen und folgten der kurvigen Landstraße hinaus zur letzten Ruhestätte der Toten Trabias.

Sie erreichten den Parkplatz, auf dem sie vor wenigen Stunden Massimo Pavaro getroffen hatten. Der lag leblos in seiner Werkstatt. Wieso, weshalb, warum? – die Fragen kreisten hinter Sallys Stirn. Und sie wusste, dass sie sie für den Augenblick wegschließen, verdrängen musste, um mit klarem Verstand handeln zu können. Sie nahm das Heft in die Hand:

„Louis, bring deine Drohne an den Start. Ich gehe alleine über den Friedhof hinüber zum Grab. Gib mir über den Knopf im Ohr Bescheid, solltest du etwas Auffälliges bemerken."

„Mach ich."

„Und Louis, zeichne alles auf."

„Als Beweismaterial, geht klar ..."

„Ja, falls mir etwas zustößt."

„Sal, mal nicht den Teufel an die Wand."

„Warum sollte ich? Er ist uns doch auf den Fersen. Bist du startklar? Ich will jetzt los."

„Ja." Mehr brachte der erfahrene Bergsteiger nicht hervor. Gefährliche Situationen hatte er beim Klettern in der Wand zu Genüge erlebt. Nicht alle waren glücklich ausgegangen. Für einen Moment schauten sie sich in die Augen. Mit einem beherzten „Auf geht's!" wischte er die trüben Gedanken beiseite und ließ seine Drohne aufsteigen. Sally machte sich auf den Weg.

Das bleiche Licht des Mondes ließ den feinen Marmor der Gräber hell erstrahlen. Blumen in aufwändig verzierten Glasvasen schmückten die Grabplatten. Selbst an der Endstation des Lebens hatte moderne Technik Einzug gehalten. Nur wenige Kerzen flackerten bei jedem Luftzug und manche erstarben. Die meisten Lichter aber waren billige China-Fakes, in denen LEDs echten Kerzenschein imitierten. Original und Fälschung, kaum zu unterscheiden. Auch an diesem Ort.

Der Kiesweg knirschte unter Sallys Füßen. Hin und wieder warf sie einen Blick auf die verwitterten Bilder der Verstorbenen, die auf den Grabplatten prangten und las ihre Namen. Hier ruhten sie, gestapelt in marmornen Plattenbauten. Starrten die Bewohner des Friedhofs ihr hinterher? Um auf andere Gedanken zu kommen, begann Sally aus Geburtsdatum und Todestag das Alter der Heimgegangenen zu errechnen.

Sie erreichte den plattierten Weg, der parallel zur unteren Friedhofsmauer verlief. Dahinter erstreckte sich das bewaldete Tal, das Nekropole und Ort voneinander trennte. An der aus groben Steinen aufgeschichteten Mauer schmiegten sich reich verzierte Grabstätten der so genannten besseren Familien des Ortes. In jeder hatten gleich mehrere Sarkophage Platz. Familiäres Stelldichein bei Mondenschein. Die Schattenspiele der Kiefern gaben der Szenerie etwas Dramatisches. Mehr davon vertrug Sally in diesem Moment nicht.

Sie schaute auf die Namen der sizilianischen Grabkammern. Da war es. Das Mausoleum der Famiglia

Burgaletta. Sie hatte das Versteck, von dem Massimo Pavaro gesprochen hatte, gefunden. Zwei mächtige Säulen aus Sandstein flankierten die schwere Eisentür des Portals, die mit großen silbernen Nieten verziert war. Selbst im warmen Sizilien hatte der Zahn der Zeit am Gemäuer genagt und die Sockel mit grünlich-silbernen Ausblühungen übersäht.

Vor lauter Aufregung konnte sich Sally nicht an die Säule erinnern, hinter der der Umschlag verborgen sein sollte. Sie ging zur linken und tastete mit der Hand in den Spalt zwischen Mauerwerk und Säule. Nichts. Sollte es Massimo Pavaro womöglich nicht geschafft haben, die Informationen zu deponieren? Oder hatte er es nie vorgehabt? Sollte er tatsächlich die Informationen, die die Journalistin zu den Geldgebern und Hintermännern des Fälscherrings führen konnten, mit sich ins Grab genommen haben?

Was mache ich hier? Sally setzte sich auf die Stufen vor dem Portal und verbarg ihr Gesicht in den Händen. Zweifel stiegen in ihr auf. Bevor daraus Verzweiflung werden konnte, schlug sie sich mit beiden Händen auf die Wangen. „Keep calm and carry on!", flüsterte sie zu sich selbst. Da ist eine zweite Säule. Werfen wir einen Blick dahinter. Sie rutschte auf der Stufe zur rechten Säule und ließ ihre Hand in den Spalt dahinter gleiten. Als ihre Finger den dünnen Briefumschlag ertasteten, hätte sie schreien können vor Erleichterung. Der beleibte Werkstattbesitzer hatte Wort gehalten. Mochten die Einschläge der Verfolger auch näher kommen, diesen Ort der Toten hatten sie – so machte es zumindest den Eindruck – nicht auf der Rechnung gehabt.

Die Luft schien rein zu sein. Sally streckte den Daumen zum Himmel, um ihrem Drohnen-Mann das Zeichen zum Rückzug zu geben. Dann hatte sie es eilig. Sie ließ alle Vorsicht fahren und rannte zurück zum Parkplatz, den Umschlag fest umklammert. Keuchend erreichte sie das Auto, in das der Kameramann bereits eilig sein Equipment verstaute: „Louis, lass uns hier wegkommen. Fahr uns zurück zum Ferienhaus."

„Kein Ding."

Sie machten sich auf den Heimweg mit dem Vermächtnis von Massimo Pavaro im Gepäck.

Als sie mit dem Wagen die Totenstadt hinter sich gelassen hatten, öffnete Sally mit fahrigen Händen den Umschlag. Im ersten Moment war sie enttäuscht, denn er enthielt nur eine Seite. Darauf hatte der füllige Werkstatt-Mann mit ungeübter Handschrift seine Nachricht notiert:

„Ich bin auf der Flucht. So wie ich es erwartet habe, bin ich vogelfrei, zum Abschuss freigegeben. Irgendjemand muss erfahren haben, dass wir uns getroffen haben. Offensichtlich sind Sie ansteckender als die Pest, denn wer mit Ihnen in Berührung kommt, hat in den Augen der Mafia sein Leben verwirkt.

Wenn Sie diese Zeilen lesen, werde ich wahrscheinlich nicht mehr unter den Lebenden weilen. Mag sein, es ist die gerechte Strafe für das, was ich getan habe:

Ja, mein Kompagnon und ich haben Albert Hein getötet. Wir haben die Kopfstütze ebenso wie den Felsbrocken manipuliert. Aber das wissen Sie ja.

Ich will nicht jammern oder um Gnade winseln. Wenn Sie ernsthaft damit gerechnet haben, dass ich Ihnen die Namen der Hintermänner nenne, dann muss ich Sie enttäuschen. Denn ich kenne sie nicht. Aber auch so werden Sie zum Ziel finden:

Das Hauptquartier der Fälscherorganisation ist nicht auf, sondern vor Sizilien. Die Operationszentrale befindet auf einem mattschwarzen riesigen Katamaran. Er liegt einen Kilometer vor der Bucht von Cefalù, um im Notfall auf schnellstem Weg inter-

nationale Gewässer erreichen und sich der Polizei entziehen zu können. Der Name lässt sich aus mehreren hundert Metern Entfernung lesen, denn er steht in riesigen Lettern auf beiden Längsseiten der Yacht. Sie heißt ‚Stella Nera'.

Leben Sie wohl. Und passen Sie auf sich auf.

Massimo Pavaro"

Sally musste schlucken. Da hatte jemand mit dem Leben abgeschlossen und seiner gerechten Strafe entgegengesehen. Seine letzte Tat war seine beste gewesen. Es lag an ihr, Massimo Pavaro posthum Gerechtigkeit zuteil werden zu lassen und auch seine Mörder zu überführen.

Dann machte es „klick" in ihren Gehirnwindungen: Stella Nera, der schwarze Stern! In Großbuchstaben als Firmenschild stand der Name auf beiden Flanken der Yacht, die „Mitarbeiter" der ehrenwerten Organisation trugen ihn in Kurzform als Icon eintätowiert auf der Haut. Diese frische Erkenntnis musste sie umgehend mit Louis teilen! Sie stupste ihn an: „Louis, wir haben den Schlüssel. Die Firmenzentrale schwimmt im Tyrrhenischen Meer und trägt den Namen ‚Stella Nera'. Dämmert's dir?"

„Yep. Erinnert mich irgendwie an ‚Schwarzes Loch'. Und einem solchen sollte man bekanntlich nicht zu nahe kommen, um nicht unversehens über die Klinge zu springen, sprich: verschlungen zu werden."

„Sei nicht so skeptisch, schließlich hatten wir bislang nur Beweise für eine Tat. Jetzt halte ich ein handschriftliches Geständnis in der Hand, das auf die Hintermänner verweist. Und wir wissen, wo das Böse sein Zuhause hat. Lass' uns den Bau ausheben."

Kurz nach Mitternacht erreichten die beiden Cefalú. Während die letzten Nachtschwärmer sich auf den Heimweg machten, kletterte der Panda mit seinen beiden Insassen die Bergstraße hinauf. Louis wich mit schlafwandlerischer Sicherheit jedem Schlagloch aus, das sich ihnen heimtückisch in den Weg legte. Die Wegmarken, die sie regelmäßig beim Auf- und Abstieg passierten, kannten sie ebenso auswendig wie die dazwischen liegenden Distanzen.

Sally mimte den Co-Piloten wie bei einer Rallye: „Runter schalten in den zweiten Gang, sonst rollen wir gleich bergab. In wenigen hundert Metern kommt auf der linken Seite die Waldkapelle, an der wir ..."

„Sal, schau nach links! Der Himmel dort drüben ist feuerrot."

„Da hinten brennt es lichterloh!"

„Da ist nichts – nur unser Ferienhaus. Warte, warte, warte ..." Der Kölner Bergsteiger stoppte den Wagen in der Kurve an der Kapelle.

„Louis, lass mich raus! Ich muss zu Peter!"

„Das ist zu gefährlich. Wir wissen nicht, wer da noch ist. Irgendwer muss das Haus ja angezündet haben."

„Peter braucht unsere Hilfe! Ich will da jetzt hin!"
Sally riss die Wagentür auf und rannte los. Schon einmal vor wenigen Wochen hatte sie ihrem Freund das Leben gerettet, indem sie ihn vor den Flammen, die aus seinem Porsche schlugen, in Sicherheit gebracht hatte. Sie war doch sein Schutzengel.

Wie von Sinnen stolperte sie den Feldweg Richtung Ferienhaus. Louis zwang sich, ihr nicht blind zu folgen. Er stellte den Panda ab und startete seine Drohne, um sich ein Bild von der Szenerie zu machen. Er wollte sicher sein, dass sie beide nicht ihren Häschern in die Arme liefen. Er umkreiste das lichterloh brennende Ferienhaus. Durch ein riesiges Loch im Dachstuhl schlugen die Flammen in den nachtschwarzen Himmel. Der erfahrende Bergretter schätzte, dass der Brand vor etwa 15 Minuten ausgebrochen war. Und es musste eine Explosion gegeben haben, denn im weiten Umfeld des Gebäudes lagen zerborstene Dachpfannen. Nur von Peter von Ostendorf war nichts zu sehen. Louis hoffte, dass er sich in Sicherheit hatte bringen können. Doch gleichzeitig sagte ihm eine innere Stimme, dass es nichts zu hoffen gab. Dann sah er durch seine VR-Brille Sally. Sie rannte die steile Einfahrt hinab zum Ferienhaus – bevor sie wie angewurzelt am offenen Metalltor stehenblieb.

Feuer, Feuer, Feuer. Immer wieder Feuer. *Mom, Dad, wo seid ihr? Helft mir!* Sie schloss die Augen und sah den Tanklaster auf sie zukommen. Filmriss.

Dann war da der brennende VW-Bulli, der für ihre Eltern zur tödlichen Falle wurde. Und ihr war klar, dass ihr niemand helfen würde. Sie war auf sich gestellt. Angst und Panik umschlossen ihr Herz. Aber ihre Liebe war stärker. Und ihr Wille.

Sie taumelte zum Loch in der Wand, wo einmal die Eingangstür gewesen war. Eine Druckwelle hatte sie aus den Angeln gehoben und auf die Terrasse geschleudert. Flammen versperrten ihr den Weg ins Innere. Auf der Suche nach ihrem Freund starrte sie ins lodernde Feuer. Vielleicht war er dem Inferno entkommen ... Ihre Hoffnung erstarb. Die Flammen gaben den Blick auf den Treppenaufgang frei, hoch zur Empore, wo heute Morgen noch ihr Bett gestanden hatte. Dann sah sie Peter von Ostendorf. Sie hatten ihn am Geländer gelyncht und dann dem Flammenmeer preisgegeben.

„Neeeiiiiin!" Zwei starke Arme hielten sie davon ab, in das Inferno hineinzurennen und zerrten sie zurück an den Rand der Terrasse.

„Sal, Sal,... ruhig, ich bin bei dir." Louis Hoffner hätte keine Sekunde später kommen dürfen. Vorsichtig lockerte er den Griff und nahm sie in die Arme.

„Louis, Peter ist tot. Sie haben ihn ermordet", schrie sie ihm ihre Verzweiflung entgegen.

„Ich weiß."

„Es ist meine Schuld. Ich hätte ihn da nicht mit reinziehen dürfen."

„Sal, er war hier, weil er bei dir sein wollte. Und es war gut so." Beide schwiegen für eine Weile.

„Ja, es hat sich wirklich gut angefühlt. So wie schon lange nicht mehr. Aber ich habe mich schuldig gemacht, weil ich auf diese verdammte Fälscher-Geschichte so scharf war. Hätte ich mich da raus-gehalten, würden ein paar Leute noch leben ..."

Sie zog die Nase hoch, vergrub ihren Kopf in Louis' Pulli und heulte Rotz und Wasser. Der Bergretter ließ ihr Zeit, auch wenn sie hier so schnell wie möglich weg mussten. Zart strich er seiner Kollegin übers Haar und wiegte sie in seinen Armen. Während Sally sich ihrem Schmerz und ihren Gefühlen hingab, arbeitete sein Verstand auf Hochtouren. Wer hatte ihren Aufent-haltsort verraten?

„Sal, mich beschäftigt die Frage, woher die Täter von unserem Versteck wussten. Für mich gibt es da nur eine Antwort: von Patty. Und das heißt: Entweder hat sie die ganze Zeit ein falsches Spiel mit dir gespielt und steht auf der anderen Seite – oder sie ist ver-dammt nochmal in Gefahr."

Sally schaute ihn mit verquollenen Augen an, zog wie in Trance ihr Handy aus der Tasche und wählte Pattys Nummer. Niemand hob ab. Da wusste sie, es war noch nicht vorbei:

„Louis, bring mich zu ihr. Sie steht nicht auf der anderen Seite. Nicht Patty. Sie ist in Gefahr!"

Louis half seiner Freundin auf und brachte sie zum Auto. Er verstaute einen Teil seiner Ausrüstung auf dem Beifahrersitz, bugsierte Sally auf die Rückbank und deckte sie mit seiner Jacke zu. Der Kameramann startete das Navi und fuhr hinab nach Cefalù. Als er die Polizei per Handy über die Geschehnisse in den Bergen informierte, war Sally längst erschöpft eingeschlafen.

Gegen 3 Uhr in der Frühe parkte Louis Hoffner den Panda vor dem Neubau, in dem Patty Clifford das Loft auf der fünften Etage bewohnte. Scheint so, dass es sich als Medizinerin auf Sizilien gut leben lässt, dachte der Kameramann, während er innerhalb weniger Stunden sein „fliegendes Auge" zum wiederholten Mal startklar machte. Lautlos stieg die Drohne auf 20 Meter. Was für ein unsittliches Spielzeug für Sportspanner, schoss es ihm durch den Kopf. Doch was er auf seinem Monitor sah, fand er deutlich beunruhigender: Irgendjemand hatte die Wohnung auf den Kopf gestellt. Bücher, Ordner und Unterlagen lagen verstreut auf dem Parkettboden herum. Sessel, Stühle und Tisch waren umgekippt. Alles Zeugen eines heftigen Handgemenges.

Louis Hoffner ließ die Drohne das gläserne Dach umfliegen – und stieß auf ein DIN-A-4-großes Foto, das jemand von innen an die Scheibe geklebt hatte. Das Konterfei des toten Peter von Ostendorf blickte ihn an. Mit einem roten Edding hatte jemand darauf geschrieben: Dove sei stato, mio Angelo custode? – Wo warst du, mein Schutzengel?

Auf den ersten Schock folgte bei dem Kameramann unbändige Wut. Was mussten diese Schweine Peter von Ostendorf angetan haben, um ihm selbst dieses sehr persönliche, ja intime Geheimnis zu entlocken. Und sie wussten um ihn, Louis, und sein „fliegendes Auge". Darum hatten sie das Foto ans gläserne Dach geheftet, so dass er es finden musste. Es bestand kein Zweifel: Die Verfolger waren ihnen dicht auf den Fersen – dichter als sie bislang geglaubt hatten.

Louis Hoffner verstaute sein Equipment im Panda, ohne seine Kollegin zu wecken. Er musste Sally und sich aus dem Schussfeld bringen, ebenso das Beweismaterial und die Aufzeichnungen, die er in den vergangenen Tagen gemacht hatte. Hier in Palermo gab es nichts mehr zu tun, da Patty nicht mehr da war. Vermutlich hatte die Organisation sie entführt – als eine Art Faustpfand. Er startete den Motor und verließ Palermo Richtung Küstenautobahn A19.

Zur gleichen Zeit über 1700 Kilometer weiter nördlich: Amsterdam-Noord schläft. Vor zwei Stunden sind die Lichter im Showroom der Firma Global Cars automatisch erloschen. Feiner Nieselregen funkelt wie ein nicht enden wollender Strom Kristalle im Kegel der einsamen Straßenlaternen. Totenstille. Von Ferne nähert sich im Schritttempo ein schwarzer amerikanischer Van dem Firmengelände von Global Cars. Die Hauptscheinwerfer sind ausgeschaltet, nur die orangefarbenen Positionsleuchten an den Ecken des Fahrzeugs lassen seinen Standort erahnen. Funkelnde Augen einer Raubkatze, kurz vor dem Sprung.

„Stoi!" Der Fahrer des Vans folgt dem Befehl und stoppt den bulligen Wagen. Die seitliche Schiebetür fliegt auf und vier schwerbewaffnete Männer in Kampfanzügen entsichern ihre Waffen. Zwei von ihnen eröffnen mit ihren Maschinenpistolen das Feuer. Es regnet Glas, als die Fensterflächen des Showrooms zerbersten. Die beiden anderen vermummten Männer setzen den massiven Schlussakkord des nächtlichen Einsatzes. Im Abstand von drei Sekunden schlagen zwei Panzerfäuste in einen Lamborghini und einen Porsche ein. Die panzerbrechenden Waffen haben leichtes Spiel mit dem dünnen Blechkleid. Tanks explodieren. Auslaufendes Benzin bahnt den Flammen den Weg zu den übrigen Nobelkarossen. Der brennende Showroom erhellt die Nacht. Dann ist der Spuk vorbei. Der schwarze Van verschwindet so unauffällig in der Nacht, wie er gekommen ist.

Im Polizeibericht ist später von einem Anschlag einer osteuropäischen Bande zu lesen. Die am Tatort gefundenen Hülsen von Patronen aus russischer Produktion legen diesen Schluss nahe. Inwieweit der brutale Mord an Firmenchef Piet Meijers, der in derselben Nacht, wenige Straßen weiter, hinter einem Sportwagen zu Tode geschleift wurde, mit dem Überfall in Zusammenhang steht, lässt sich am nächsten Morgen noch nicht mit Sicherheit sagen. Die Amsterdamer Kripo ermittelt auf Hochtouren ...

Als Louis Hoffner die A19 Richtung Messina erreicht hatte, kontaktierte er per WhatsApp seine Jugendfreundin Maria Magera. Sie bewirtschaftete seit einigen Jahren den Bergbauernhof, den sie von ihren Eltern übernommen hatte. Vier Uhr. Spätestens in einer Stunde würde Maria auf den Beinen sein, auf ihr Handy schauen und sich bei ihm zurückmelden, noch bevor sie sich ums Vieh kümmerte. Dann wäre er in etwa wieder auf Höhe von Cefalú, nahe der Abzweigung in die Berge nach Castel di Lucio.

Kurz hinter Villaggio Tedeschi, wo die A19 ins Inland abzweigt und die Küstenautobahn zur A20 wird, leuchtet der Bildschirm seines Handys auf: „Bist du es wirklich, du verrückter Bergsteiger?!" Seine alte Freundin hat geantwortet. Da er Sally nicht wecken will, ruft er nicht an, sondern tippt das nötigste ins Handy: „Brauche Bett für ein paar Tage."

„Für dich immer. Wann bist du da?"

„In einer Stunde."

„Ok."

Auf Maria Magera hatte er sich zeitlebens verlassen können. Sie liebten beide die Berge und das Klettern – und trotzdem hatten sie sich aus den Augen verloren. Louis schob den wehmütigen Gedanken beiseite. Für nostalgische Gefühle war keine Zeit. Einer musste in diesem Auto einen klaren Kopf behalten. So wie es aussah, war da im Augenblick nur auf ihn Verlass. Sally schlief einen unruhigen Schlaf. Immer wieder schreckte sie aus wirren Träumen auf.

Auf Höhe von Castel di Tusa verließ Louis Hoffner die Autobahn Richtung Pettineo. Er folgte der Strada Provinciale 176 in die Berge. Kurz vor Castel die Lucio bog er rechts ab auf eine schmale Landstraße. Nach wenigen Kilometern stand er vor dem Berghof von Maria Magera. Bunt bepflanzte Blumenkästen vor Sprossenfenstern und weiß getünchtem Mauerwerk empfingen sie. Das Dach bedeckten sonnengegerbte rotbraune Ziegel. Alles wirkte liebevoll gepflegt. Er empfand Freude zu sehen, dass es seiner alten Freundin zumindest wirtschaftlich recht ordentlich ging.

Es dämmerte. Die Bergbäuerin hatte den Wagen kommen hören und das schwere Holztor geöffnet. Louis Hoffner fuhr den Wagen in den Innenhof und stellte den Motor ab. So leise wie möglich öffnete er die Fahrertür und stieg aus. Dann nahm er seine Jugendfreundin in den Arm: „Du kannst dir nicht vorstellen, wie froh ich bin, hier auf deinem Hof zu sein."

„Du bist nicht alleine unterwegs? Wen hast du mitgebracht?"

„Das ist Sally Morgan. Wir sind Kollegen und befreundet. Sie arbeitet an einer Story über eine internationale Autofälscherorganisation."

„Lass mich raten. Dahinter steckt die vermaledeite Cosa Nostra?"

„Und die sind uns auf den Fersen. Sie haben Sallys Freund umgebracht und – wie es aussieht – ihre Freundin entführt."

„Das hört sich alles nicht gerade ermutigend an."

„Glaub mir, das ist es auch nicht. Sallys Welt ist in den vergangenen Stunden vollkommen aus den Fugen geraten. Sie ist völlig fertig und schläft seit Stunden."

„Armes Ding. Willst du sie wecken? Hier gibt es genug Betten. Bringen wir sie ins Haus."

„Einverstanden."

Louis öffnete vorsichtig die hintere Tür und strich Sallys mit dem Handrücken über die Wange: „Sal, Zeit wach zu werden."

Die Journalistin öffnete die Augen: „Wo sind wir?"

„In Sicherheit."

Sie drehte sich zur Seite und vergrub ihr Gesicht in den Händen: „Die gibt es für mich nicht mehr."

„Doch, Sal, hier sind wir sicher. Ich bin mit dir zu einer Jugendfreundin, Maria Magera, in die Berge in die Nähe von Castel di Lucio gefahren. Hier findet uns so schnell niemand."

Der Bergretter nahm ihre Hände, bugsierte sie aus dem Auto und umfing sie behutsam mit seinen Armen. Maria stieg vor ihnen die alte Holztreppe zu den Schlafgemächern hinauf, öffnete die Tür zum Gästezimmer und schlug die Bettdecke zurück. Vorsichtig legte Louis Sally ab, zog ihr die Schuhe aus und deckte sie zu. Er kniete sich ans Bett und strich ihr übers Haar: „Sal, ich schwöre dir, wir werden diese Schweine zur Strecke bringen. Und wenn es das Letzte ist, was ich in diesem Leben tue."

Maria erwartete ihn in der Küche: „Kaffee?"

„Koffein ist zu diesem Zeitpunkt eher kontraproduktiv. Ein Glas Milch wäre mir jetzt lieber. Ich muss mich ein paar Stunden hinlegen, denn ich bin die Nacht durchgefahren."

Maria ging zum Kühlschrank und kehrte mit einem Glaskrug zum Esstisch zurück. Sie goss ihm ein: „Was hast du vor?"

„Ich leg mich ein paar Stunden aufs Ohr. Gegen Mittag will ich dann zurück nach Cefalú, um dort einem Hinweis nachzugehen. Wenn sich Sally bis dahin berappelt, würde ich sie gerne mitnehmen, denn es ist ihre Recherche. Wir werden sehen, wie es ihr geht, wenn sie wach wird. Und dann muss ich ihr noch schonend beibringen, dass die Mafia allem Anschein nach ihre Freundin entführt hat."

„Geh du schlafen, ich geb' auf sie acht und wecke dich so gegen 10 Uhr. Oben im Zimmer gegenüber wartet ein frisch hergerichtetes Bett auf dich."

Er nahm ihre Hände: „Du bist ein Schatz. Danke."

Louis schnappte sich sein halbvolles Glas Milch und stiefelte die Stiege hinauf, stellte sich sicherheitshalber den Wecker seiner Armbanduhr und schlief sofort ein.

Maria riss ihn um 5 vor 10 Uhr aus dem Tiefschlaf. „Sie schläft noch immer. Das heißt, sie wälzt sich hin und her und murmelt wirres Zeug."

„Dann werde ich sie jetzt davon erlösen."

„Mach das. Ich habe in der Stube eine Brotzeit für uns vorbereitet."

Louis schlich barfuß in Sallys Zimmer. Sie war schweißgebadet. Er ließ sich auf der Bettkante nieder und nahm ihre Hand: „Sal?" Sie reagierte nicht. „Sal. Es ist fast Mittag."

Sie blinzelte und wusste im ersten Moment nicht, wo sie war. Dann kamen die Erinnerungen der letzten Nacht zurück. Louis konnte sehen, wie ihre Augen in einem See von Traurigkeit versanken. Und er wusste, dass die Nachricht, die er überbringen musste, keine Besserung ihres Zustandes versprach.

„Ich muss dir etwas erzählen. Während du im Auto schliefst, bin ich nach Palermo zu Pattys Wohnung gefahren. Die war komplett auf den Kopf gestellt. Und von deiner Freundin keine Spur. Ich nehme an, sie wurde entführt."

„Nein! Nicht auch noch Patty!"

„Hör zu, Sal. Hätten sie sie töten wollen, hätten sie das an Ort und Stelle erledigt. Ich bin sicher, sie lebt."

Die Journalistin drückte ihr Gesicht ins Kissen. Louis wollte sie trösten und legte seine Hand auf ihren Rücken. Sie schluchzte. Dann drehte sie sich unvermittelt auf den Rücken und schaute ihm direkt in die Augen: „Hör zu, ich schaff' das alles nicht mehr. Lass uns hier und jetzt abbrechen und abreisen."

„Sal, ich verstehe, dass du völlig fertig bist. Aber wir sind so nahe dran, die, die das alles zu verantworten haben, hinter Gitter zu bringen."

„Du verkennst die Tatsachen. Wir sind nicht nahe an denen dran. Die sind nahe dran an uns. Den ersten von uns dreien haben sie gestern Abend erwischt."

„Du hast alles Recht der Welt zu sagen ‚Ich kann und will nicht mehr‘.“

„Das habe ich soeben getan.“

„Ich kann deinen Wunsch nur zu gut verstehen. Aber ich weiß, dass es falsch wäre, ihm nachzugeben.“

„Wieso?“ Zur Niedergeschlagenheit hatte sich bei Louis Hoffners Kollegin Trotz gesellt. Er aber blieb ruhig:

„Stell dir vor, wir beide hängen am Seil in der Wand im Berg. Der Weg zurück ist gefährlich, weil wir beide entkräftet sind und unterhalb von uns Steinschlag droht. Der Weg zum Gipfelkreuz wird anstrengend, aber er ist kürzer. Und dort oben kann uns der Heli der Bergrettung aufnehmen.“

Sally schwieg.

„Und noch etwas, Sal: Wir sind es Peter verdammt noch mal schuldig, das hier zu Ende zu bringen, damit die Täter ihre gerechte Strafe erhalten.“

„Louis, du kennst mich. Ich kann einiges wegstecken, wenn es um meine Arbeit geht. Aber Peter ist tot. Wir übergeben alles der Polizei.“

„Sal, du hältst die Schlüssel in der Hand, um diesem Horror schon bald ein Ende zu bereiten. Denk an die vielen anderen Toten: Luuk van Veen. Sie haben ihn geköpft. Denk' an Albert Hein, wie skrupellos sie ihn haben töten lassen. Und Massimo Pavaro in der Werkstattgrube. Und sie haben Patty in der Hand.“

„Gib mir ein wenig Zeit.“ Die Journalistin quälte sich aus dem Bett und schlurfte ins Bad. Louis hörte, wie das Wasser plätscherte, und ging hinunter in die Stube zu Maria.

Eine Viertelstunde später erschien Sally mit frottierten Haaren in der Küche. Maria füllte ihr einen Becher mit dampfendem Kaffee und stellte ihn vor ihr auf den Tisch. Sally sog den aufsteigenden Duft ein. Er ließ die traurigen Gedanken zwar nicht verschwinden, drängte sie aber etwas in den Hintergrund und schaffte Platz für neue.

Sally griff sich eine Scheibe Bauernbrot aus dem Korb, bestrich sie bis in den letzten Winkel langsam und gründlich mit frischer Butter – und biss mechanisch hinein. Louis sah es mit Freude und schob ihr die hausgemachte Quittenmarmelade vor die Nase: „Musst du unbedingt probieren. Köstlich!" Sallys Telefon vibrierte auf der Fensterbank. Es war ihr Amsterdamer Kollege Roel Brouwers: „Sal, wo erreiche ich dich und wie geht es dir?"

„Auf einem Bergbauernhof. Mir geht es beschissen. Aber danke, dass du fragst."

„Was ist passiert? Ist Louis Hoffner nicht bei dir?"

„Doch, ist er. Aber auch Peter von Ostendorf war hier. Jetzt ist mein Freund tot. Sie haben ihn gelyncht und dann das Haus angezündet. Und sie haben Patty entführt."

„Godverdomme! Das macht mich todtraurig. Was kann ich für dich tun? Wie soll es weitergehen?"

„Ich weiß es nicht."

„Sal, ich habe Sorge, dass wir die Dose der Pandora geöffnet haben und den Deckel nicht mehr draufbekommen."

„Ja, zu viele Tote hier auf Sizilien."

„Und hier bei uns in Amsterdam. Deshalb rufe ich dich an. Vergangene Nacht gab es einen Anschlag auf Global Cars. Der Showroom und der Bürotrakt sind vollkommen zerstört, wie durch ein Wunder blieb die Werkstatt weitgehend unversehrt."

„Wie passt das ins Bild? Bringen die sich jetzt schon gegenseitig um?"

„Keine Ahnung, aber es ist verrückt. Alles deutet darauf hin, dass hier Russen am Werk waren."

„Moment Roel, Niklas hatte doch seinem Kunden aus St. Petersburg mitgeteilt, dass sein Wagen eine Fälschung sei, falls er ihn bei Global Cars gekauft habe …"

„Sieht so aus, dass die Jungs von ‚Moskau Inkasso' – Außenstelle St. Petersburg – nicht lange gebraucht haben, um eine eindeutige Nachricht an die Fälscher zu schicken. Die hatten schlagkräftige Argumente – wenn man Panzerfäuste so nennen will."

„Trifft nicht die Falschen."

„Apropos ‚die Falschen': Deinen smarten Autohändler von Global Cars, Piet Meijers, hat es auch erwischt. Die Polizei hat ihn im Gewerbegebiet zehn Meter hinter einem Aston Martin auf dem Asphalt gefunden – mit einem Abschleppseil um den Hals. Er wurde zu Tode geschleift."

„Roel, befinden wir uns im Krieg?"

„Setze ein ‚privat' davor und du bist nahe dran an der Wirklichkeit. – Sal, was habt ihr beiden jetzt vor?"

Mehr zu sich selbst sprach die Motorjournalistin: „Sieht so aus, als ob der Rückweg versperrt ist. Und zu gefährlich – wegen Steinschlag. Uns beiden bleibt nichts anderes übrig, als hoch zum Gipfelkreuz zu klettern."

„Hey, Kollegin, du sprichst in Rätseln."

„Musst du nicht verstehen, Roel. Du sollst nur wissen, wir bringen das zu Ende, auch weil wir uns um Patty kümmern müssen. Tue mir einen Gefallen: Maile mir deine Rechercheergebnisse. Du erhältst innerhalb der nächsten Stunde meine. Und dann beginne schon mal zu schreiben. Wir sollten, wenn es so weit ist, mit der Veröffentlichung keine Zeit verlieren."

„Wird gemacht, Sal. Soll ich deine Hamburger Redaktion vorwarnen?"

„Ja, danke. Wir werden jetzt versuchen, die Höhle des Löwen zu finden, und halten dich auf dem Laufenden."

Louis Hoffner hatte das Gespräch aufmerksam verfolgt und fragte vorsichtig nach: „Du bist wirklich bereit?"

„So weit es eben geht. Alles hat seine Zeit. Jetzt geht es darum zu kämpfen und Patty da rauszuholen. Danach kommt die Zeit der Trauer. Ehrlich gesagt, vor ihr habe ich mehr Angst." Stumm schaute Louis Hoffner seine Kollegin an. Diese Härte in ihren stahlblauen Augen hatte er zuvor nie gesehen. *Turn, turn, turn.*

Gegen 11.00 Uhr verließen der Kameramann und die Motorjournalistin den Berghof von Maria Magera und machten sich auf den Weg, um die Bucht von Cefalù genauer unter die Lupe zu nehmen. Nach den ersten wortlosen Kilometern zog Sally das Blatt Papier hervor, das Massimo Pavaro für sie auf dem Friedhof hinterlegt hatte, und studierte es erneut. Sie hatten den Namen des Schiffes im Tyrrhenischen Meer vor Cefalú. Louis Hoffner fuhr den Wagen. Sally schaute ihn fragend von der Seite an:

„Wie weit kann deine Wunderdrohne raus aufs Meer, ohne den Funkkontakt zu verlieren?"

„Das passt schon, wenn die Koordinaten der ‚Stella Nera' stimmen. Sieben Kilometer, wenn kein Hindernis die Sicht versperrt."

„Woran denkst du, Louis?"

„An eine kleine Kletterpartie. Stell dir vor, du sitzt in der Strandbar, die wir vor kurzem besucht haben, und schaust rüber nach Cefalú. Was siehst du?"

„Den Berg, an dessen Flanke sich die Stadt schmiegt."

„Genau. Und auf der Seite, die dem Meer zugewandt ist, erhebt sich eine etwa 50 Meter hohe Klippe. Das Beste: Oberhalb reicht Wald bis an die Abrisskante heran. Wenn du mich fragst, der ideale Ort, um in Ruhe die Bucht zu beobachten, ohne selbst entdeckt zu werden."

„Respekt. So was nennt man den geschulten Blick eines Kameramanns. Und wie kommen wir rauf zu unserem Aussichtspunkt?"

„Mittels Seil und Haken. Machen wir doch nicht zum ersten Mal."

„Doch, zum ersten Mal nicht zum Vergnügen."

„Hast Recht. Bist du dabei?"

„Einverstanden."

„Na dann los. Wir parken den Wagen direkt am Fuß der Klippe. Dort kenne ich einen Weg, der ins Nichts führt. Er endet zwischen Bäumen. Von dort steigen wir auf."

„Hört sich nach einem brauchbaren Plan an. Aber mit dem ganzen Gepäck?"

„Nur mit dem, was wir brauchen: Drohne, Steuerung und zwei Akkus für mich. Laptop für dich. Damit du von dort oben Daten übermitteln kannst."

Kurz vor Cefalú fuhren sie eine Tankstelle an, damit sie später ohne Unterbrechung einige hundert Kilometer würden zurücklegen können. Als Proviant kauften sie zwei belegte Panini, Wasser und etwas Süßkram. Nicht einmal 20 Minuten später erreichten sie das Ende des Waldweges. Sie verstauten das Equipment in ihren Rucksäcken und legten die Kletterausrüstung an. Die Aussicht auf eine kurze Bergtour an einem sonnigen Tag belebte sie.

„Der Berg ruft!" Louis musste den berühmten Spruch seines Namensgebers rauslassen. So tat er es vor dem Start jeder Bergtour. Bislang hatte es stets Glück gebracht. Sie machten sich auf den Weg. Der erfahrene Bergsteiger ging voran. Die ersten 15

Höhenmeter überwanden sie, ohne sich anzuseilen. Bergwandern für Fortgeschrittene. Dann aber stieg die Felswand steil in die Höhe. Wie schon hundert Male zuvor führten beide routiniert das Seil durch die Schlaufen. Auf ging's.

Umsichtig tastete sich Louis aufwärts, stets darauf achtend, dass Sally ihm mit sicherem Tritt folgte.

„Alles klar bei dir?"

„Alles klar."

Sie kamen höher und höher. Nach 30 Metern legten sie auf einem Vorsprung eine Verschnaufpause ein und ließen den Blick über die im goldenen Sonnenlicht daliegende Stadt hinweg aufs tiefblaue Meer schweifen. Ein paar Schluck Wasser aus der Flasche und sie kletterten weiter.

Die körperliche Anstrengung tat gut, ebenso wie die Konzentration auf den nächsten Schritt. Es gab kein Gestern und kein Morgen. Nur das Einssein mit sich und der Natur ...

Die Hand von Louis, der oberhalb der Klippe kniete, um Sally auf sicheres Terrain zu ziehen, holte sie zurück in die Realität. Sie suchten sich einen schattigen Platz unter einem Baum wenige Meter vom Klippenrand entfernt. Der Kameramann bereitete sein Equipment für den Erkundungsflug vor, die Journalistin prüfte, ob das Mobilfunknetz hier oben eine problemlose Datenübertragung ermöglichte. Sie war erleichtert, dass es funktionierte. Alles lief nach Plan.

Louis reichte seiner Kollegin die VR-Brille: „Würde sagen, wenn die Angaben von Massimo Pavaro stimmen und die Yacht einen Kilometer vor der Küste liegt, dann sollte es eines der drei Schiffe da drüben sein."

„Dann lass dein fliegendes Auge abheben. Statten wir dem Fälscher-Hauptquartier einen Besuch aus der Luft ab."

Louis startete die Rotoren. Langsam hob das Fluggerät vom Boden ab, um jenseits der Kliffkante Tempo aufzunehmen und hinaus aufs Meer zu rasen. Immer kleiner wurde der Punkt, bis er mit dem unendlich blauen Himmel eins wurde und Sally ihn mit bloßem Auge nicht mehr erkennen konnte. Sie setzte die VR-Brille auf – und düste von einem Moment auf den anderen leicht und körperlos über die Wellen unter ihr.

Die drei Schiffe wirkten wie ein militärischer Verband, der zusammengehörte. Eine große Yacht mit zwei Beibooten. Louis zoomte den Bug des größten der drei Schiffe heran. Auf dem riesigen Katamaran prangte in schwarzen Lettern der Name „Stella Nera", darüber das Icon des Sterns, der Sally in den vergangenen Wochen immer wieder begleitet hatte.

„Bist du sicher, dass sie die Drohne nicht entdecken können?"

„Bin ich. Unser Fluggerät befindet sich 300 Meter über dem Meeresspiegel. Das Ding hat eine hochauflösende Kamera mit irrem Zoom an Bord. Und die Rotoren arbeiten quasi lautlos."

Während der Kameramann von den Segnungen moderner Spionagetechnik erzählte, umrundete er einmal die „Stella Nera". Dann positionierte er die Drohne am Himmel über der Yacht, um das Deck genauer unter die Lupe zu nehmen.

„Fuck! Ich sehe Patty!" Sally war hin- und hergerissen zwischen Hoffnung und Sorge. Sie war erleichtert, dass ihre Freundin lebte, sah sie aber gleichzeitig in Gefahr ohne zu wissen, wie sie ihr helfen konnte.

„Hey, das Wichtigste ist, dass sie lebt", versuchte Louis sie zu beruhigen. „Wir können ihr nur helfen, wenn wir nicht die Nerven verlieren und jetzt unseren Job machen."

„Ok, ok. Kannst du näher ran?"

„Klar." Louis holte Patty auf Porträtgröße heran. Sie kauerte an der Reling. Ihre Peiniger hatten sie mit Kabelbindern daran festgezurrt. Ihre Arme waren mit Schürfwunden übersät. Sie schien zu schlafen. Wenige Meter entfernt saßen Männer an einem Tisch. Sie waren in ein Gespräch vertieft. Vor ihnen lagen Unterlagen ausgebreitet zwischen Kaffeetassen, Cola- und Wasserflaschen.

„Du zeichnest doch alles auf?"

„Klaro, alte Gewohnheit eines Kameramanns."

„Dann mach ein paar scharfe Aufnahmen von den Figuren da unten am Tisch."

„Si."

„Und jetzt will ich lesen, was da auf den Dokumenten steht."

„Kein Problem, Signora."

Langsam scannte Louis die DIN-A-4-Blätter. Sally beobachtete alles durch ihre VR-Brille: „Das Übliche, Geschäftsunterlagen. – Warte mal, lass mich einen Blick auf die Kundenliste werfen." Sie war nicht erstaunt, als sie darauf das Logo von Global Cars entdeckte. Sally ging die Liste der Namen durch und staunte nicht schlecht über die dazugehörigen Adressen: „Die verkaufen die Kisten rund um den Erdball. Shanghai, St. Petersburg, Moskau, London, Frankfurt, Paris, Sydney, Abu Dhabi ... Frag mich, was man mit einem potenten Sportwagen im Wüstensand will."

„Wie überall auf der Welt: Das männliche Ego streicheln."

„Du musst es ja wissen, du bist der Mann."

„Apropos Männer. Willst du hören, was sich die Jungs da unten zu erzählen haben?"

„Das geht über die Entfernung?" Ungläubig schaute Sally Louis an. Der Kameramann schmunzelte: „Meine wunderbare Ego-Maschine kann das."

„Dann lass mal hören."

Louis fummelte an einem Drehschalter auf seinem Steuerboard – und schon lauschten sie dem Tischgespräch der Herren der ehrenwerten Gesellschaft. Der etwas dickliche Typ am Kopf des Tisches – offenbar der Chef an Bord – referierte über die Geschehnisse in Amsterdam:

„... der Tod des Holländers in der Holzschuhmacherei sollte allen jenseits der Alpen eine Warnung gewesen sein. Gute Arbeit, Enrico ..."

Enrico neigte das Haupt und nahm den Dank vom Big Boss untertänigst entgegen.

„Gibt es schon Erkenntnisse, wer den Anschlag auf unsere Amsterdamer Filiale begangen hat? Und ob das unappetitliche Ende von Piet Meijers damit in Zusammenhang steht? ..."

Diesmal herrschte betretenes Schweigen in der Runde.

Louis Hoffner schaltete seine Drohne in den Autopilot-Modus, so dass sie ihre Position hielt und weiter das Geschehen an Bord aufzeichnete. Er setzte die VR-Brille ab und gab Sally ein Zeichen, es ihm gleichzutun:

„Hast du genug gehört und gesehen?"

„Ja, es reicht."

„OK, dann hole ich jetzt die Drohne nach Hause und ich überspiele das aufgenommene Material auf deinen Laptop. Du kannst es dann weiterleiten, an wen du willst."

„Hast Recht. Let's get ready to rumble. Zeit, die Herrschaften da unten festnehmen zu lassen. Mal schauen, wie schnell mein Mann beim BKA in Wiesbaden die italienische Kavallerie zu Wasser in Gang gesetzt bekommt, wenn Gefahr in Verzug ist." Sally nahm ihr Handy und wählte die Nummer von Moritz Wendland. Der war direkt am Apparat:

„Hallo Frau Morgan. Was verschafft mir die Ehre?"

„Herr Wendland, keine Zeit für Floskeln. Ich brauche hier und jetzt Ihre Hilfe. Meine Freundin Patty Clifford, eine deutsche Ärztin, die in Palermo praktiziert, wird zu diesem Zeitpunkt von der Mafia auf einer Yacht mit dem Namen ‚Stella Nera' als Geisel festgehalten. Sie bekommen in wenigen Minuten per Mail die derzeitigen Koordinaten des Katamarans und ein Foto, das wir mit einer Drohne gemacht haben und das meine Aussage belegt."

„Ist der direkte Weg nicht besser, und Sie wenden sich vor Ort an die Polizei?"

„Das geht nicht. Wir sitzen auf einer Klippe fest. Und Sie wissen besser, wem Sie auf Sizilien bei der Polizei über den Weg trauen können."

„Da mögen Sie Recht haben."

„Die Geiselnahme ist der aktuelle Anlass, damit die italienische Staatsgewalt einschreitet. Wir sprachen über meine Recherchen in Sizilien. Die Yacht, auf der Patty Clifford gefangen gehalten wird, ist das Headquarter des internationalen Fälscherrings. Ich liefere Ihnen Beweise, Zeugen – und leider auch Tote, die meine Aussagen belegen. Das Ergebnis meiner Recherchen und die meiner Kollegen sehen Sie heute Abend in der Tagesschau."

„Schicken Sie mir das Foto von der Yacht und die Koordinaten. Ich versichere Ihnen hiermit, ich werde umgehend alle erforderlichen Maßnahmen einleiten."

„Tun Sie das, Herr Wendland. Und danke dafür."

Sally legte auf und warf einen Blick hinüber zu Louis Hoffner, der das Drohnen-Material auf ihrem MacBook für den Versand vorbereitete. Dann wählte sie die Nummer ihres Telegraaf-Kollegen Roel Brouwers in Amsterdam.

„Met Roel."

„Hier ist Sal. Roel, Zeit, die Medienmaschine in Gang zu setzen. Steht deine Reportage?"

„Was für eine Frage. Wer täglich von dir mit Infos gefüttert wird, kann Gutes zu Papier bringen."

„Wir sind eben das perfekte Team."

Die Motorjournalistin setzte ihren Kollegen über die Ereignisse der vergangenen Stunden ins Bild: „Roel, du bekommst in wenigen Minuten Video- und Bildmaterial direkt aus dem Headquarter der Fälschertruppe, das sich auf einer Yacht vor Cefalú befindet. Inklusive Aufnahmen von Patty Clifford, die dort als Geisel gehalten wird."

„Du bist unschlagbar."

„Bin ich nicht, leider. Bitte sorge dafür, dass mein Magazin zeitgleich mit dem Telegraaf mit der Reportage online geht."

„So machen wir es doch immer. Und dein Ressortchef Daniel Lagoda wartet schon sehnsüchtig auf die Story."

„Kann ich mir vorstellen. Das Videomaterial dürfte die TV-Anstalten bei dir zuhause und in Deutschland davon überzeugen, auf die Geschichte einzusteigen."

„Wann gehen wir online?"

„18 Uhr. Jetzt haben wir 14.30 Uhr. Ich habe soeben das Bundeskriminalamt über die Geiselnahme auf der Yacht unterrichtet. Die bringen jetzt hoffentlich die Küstenwache hier vor Cefalú auf Trapp. Von den Festnahmen hätte ich gerne noch Bilder. Sozusagen als vorläufiger Schlussakkord Wir werden also hier oben noch einige Zeit ausharren müssen."

„Wir planen das kurzfristig ein."

„Und um 18 Uhr hast du noch genug Zeit, um die Fernsehsender zur besten Sendezeit zu versorgen."

„So machen wir's. Haltet die Augen auf. Ihr sitzt ja auf eurer Klippe in der ersten Reihe."

Die Journalistin wandte sich wieder ihrem Kamera-Kollegen zu: „Ist das Material für den Versand fertig?"

„Yes."

„Dann laden wir die Videos zum Download auf den Server hoch, damit Roel darauf zugreifen kann. Und ich schicke parallel die Mail mit dem Geisel-Foto und die Koordinaten der Gangster-Yacht ans BKA nach Wiesbaden."

„14.45 Uhr. Die Zeit läuft. Bin gespannt, wann da draußen auf dem Meer die Küstenwache auftaucht und der ‚Stella Nera' einen Besuch abstattet."

„Du weißt doch: Gut' Ding will Weile haben. Im Ernst, ich gehe davon aus, dass wir jetzt zwei Stündchen Leerlauf haben."

Immer wieder blickten sie hinaus aufs Meer. Die drei zusammengehörenden Boote dümpelten träge im Sonnenlicht auf den glitzernden Wellen herum. Oben auf der Klippe über Cefalú hielten Sally und Louis abwechseln Wacht, während der andere im Schatten vor sich hin döste oder seinen Gedanken nachhing. *A Hundred and Ten in the Shade.*

Sally sah die beiden Patrouillenboote der Küstenwache als erste. Mit aus dem Wasser herausgehobenem Bug näherten sie sich mit Highspeed dem Flottenverband.

Sie rüttelte ihren Kollegen an der Schulter. „Louis, bring' deine Drohne in die Luft! It's Showtime da unten."

Der Kameramann ließ sich nicht lange bitten. Schon nach 30 Sekunden schoss das Fluggerät hinaus aufs Tyrrhenische Meer, um das Schauspiel für die Abendnachrichten festzuhalten.

Auf eine Reaktion der „Stella Nera" mussten sie nicht lange warten. Die Yacht, die noch vor wenigen Minuten auf den Wellen rumgedümpelt hatte, ließ die Motoren an und nahm zusehends Geschwindigkeit auf. Ihre beiden Begleitboote blieben zurück. Sally erfasste sofort die Situation: „Die wollen so schnell wie möglich raus aufs offene Meer in internationale Gewässer. Die haben ihre Ankerkette abgesprengt, um ohne langes Manöver durchstarten zu können."

Sie setzte ihre VR-Brille auf, um dem Geschehen draußen auf dem Meer, das sich immer weiter von der Küste entfernte, näher zu sein.

„Sal, es sieht so aus, als ob ihr Plan aufzugehen scheint. Der Abstand zu den Patrouillenbooten der italienischen Küstenwache wird größer."

Entgeistert beobachteten sie das Spektakel. „Verdammt. Wenn nicht ein Wunder geschieht, dann entkommen die ehrenwerten Herrschaften. Ich will's einfach nicht glauben!"

Louis nickte entmutigt. Von hinten flog er die Drohne näher an die „Stella Nera" heran und blickte über das Schiff hinweg aufs offene Meer, das vor ihm lag. Aufgeregt hielt er inne:

„Sally, siehst du den länglichen gelben Schatten direkt unter der Wasseroberfläche eine Meile vor der Yacht?"

„Wo?"

„11 Uhr. Von dem gelben Etwas hat sich etwas kleines Rotes gelöst und jagt auf die Yacht zu ..."

Sekunden später erbebte die „Stella Nera", verlor abrupt an Fahrt und drehte sich am Ende manövrierunfähig um die eigene Achse. Dann neigte sich der Katamaran zur Seite. Wahrscheinlich war das Ruder getroffen worden und eine Rumpfhälfte Leck geschlagen.

Louis versuchte, das soeben Erlebte einzuordnen: „Etwas Ähnliches habe ich zuletzt in der Serie ‚Das Boot' gesehen ...“

„Du meinst, das könnte ein U-Boot sein, das ein Torpedo abfeuert?“

„Genau. So in der Art. – ‚Kaleu, Rohr zwei geladen.' ‚Rohr zwei fertig zum Abschuss' ... – Ich hab keine Idee, was es anderes gewesen sein könnte als irgendeine Art Torpedo.“

„Louis, wenn die Yacht sinkt, hat Patty keine Chance zu überleben! Sie ist an der Reling angekettet.“

„Keine Sorge, Sally. Ein Katamaran schwimmt selbst mit einer Rumpfhälfte. Auf jeden Fall geht er nicht unter. Mich interessiert mehr die Frage, wer denn da per Fernlenkwaffe die Mafia ins Visier genommen hat ...“

„Hat nicht Niklas Schneider seinem russischen Kunden, der auf der Liste der Fälscherbande stand, einen Tipp gegeben? Und wenig später lagen nach dem Anschlag auf Global Cars in Amsterdam Kalaschnikow-Patronen rum ...“

„Du denkst, das da draußen auf dem Mittelmeer waren ‚Liebesgrüße aus Moskau'?“

„Die Wege des Herrn Oligarchen sind bisweilen unergründlich. Ebenso wie die weltweiten Kontakte unseres gutachterlichen Freundes Niklas.“

Der Kameramann brachte die Drohne näher an die Yacht heran. Sorgen, von Bord aus entdeckt zu werden, machte er sich nicht. Die Herrschaften da unten hatten im Augenblick andere Probleme als nach unbekannten Flugobjekten Ausschau zu halten. Und die Boote der Küstenwache hatten aufgeschlossen.

Das Deck bot aus der Luft betrachtet einen chaotischen Anblick. Wie nach einer ausgelassenen Party, die in Titanic-Manier ein plötzliches Ende gefunden hatte. Tisch, Stühle und Papiere lagen verstreut auf den Mahagoni-Planken. Flaschen kullerten übers Deck. Alphamännchen mutierten zu Waschlappen mit Sonnenbrillen. Sie klammerten sich an die Reling oder an Rettungsringe, die in der Nähe des Katamarans auf den Wellen dahindümpelten. Die Küstenwache hatte leichtes Spiel, nachdem der Torpedo-Einsatz alle Fluchtpläne im Nu zerschlagen hatte. Die Beamten fischten ein Mitglied der ehrenwerten Gesellschaft nach dem anderen aus dem Meer.

Mit Erleichterung sah Sally, wie ihre Freundin von den Ordnungshütern befreit wurde. Es ging ihr offensichtlich gut – wenn man bedachte, was sie in den letzten Stunden alles hatte über sich ergehen lassen müssen. Dass sie lebte, erfreute Sallys Herz – und versetzte ihr gleichzeitig einen Stich. Denn Peter hatte nicht überlebt. Sie würde nie mehr seine Hand in ihrer spüren, nie mehr morgens mit ihm aufwachen.

Louis holte sie aus ihren traurigen Gedanken: „Wow, wow, wow, was für ein Videomaterial! Da denkst du, du filmst ein klassisches Räuber-und-Gendarm-Spielchen auf dem Wasser. Und dann taucht da aus dem Nichts ein Torpedo auf und verändert mal eben so die Spielregeln. Sal, das sind doch die Bilder, die du für die Abendnachrichten haben wolltest. Ich hole die Drohne zurück und dann übertragen wir das Material an Roel in Amsterdam."

„Der wird Augen machen."

„Worauf du einen lassen kannst. Mit den Bildern seid ihr heute Abend auf allen TV-Kanälen."

„Dann hol dein fliegendes Auge zurück und wir beglücken die Welt mit einem mysteriösen Torpedo-Angriff auf einen Mafia-Katamaran."

Die Motorjournalistin rief ihren Kollegen in Amsterdam an und brachte ihn auf den neuesten Stand. Der reagierte äußerst professionell:

„Sal, es ist 17 Uhr. Wir haben also noch eine Stunde Zeit. Du überspielst mir jetzt das Videomaterial und ich ergänze unsere Reportage. Für die Sender und fürs Web brauche ich einen Aufsager von dir. Ist zwar nicht live, aber authentisch. Erzähl in wenigen Worten deine Geschichte. Alle werden das ausstrahlen."

„Louis und ich werden unser Bestes geben."

„Wie immer. Und gebt Gas. 18 Uhr ist Deadline. Dann ist die Medien-Maschinerie nicht mehr zu stoppen."

Als wenige Minuten später Roel Brouwers in der Amsterdamer Telegraaf-Redaktion den Video-Download vom Server startete, stand Sally am Rand der

Klippe und blickte in die Kamera ihres Kollegen Louis Hoffner:

„Ein Torpedo mit unbekanntem Absender schlug heute Nachmittag in der Bucht vor Cefalú auf Sizilien ins schwimmende Hauptquartier einer international operierenden Autofälscherbande ein. Der Sprengsatz unterband die Flucht der Hintermänner, die der sizilianischen Cosa Nostra zuzurechnen sind.

Nach bisherigen Erkenntnissen fälschte der internationale Verbrecherring nahezu perfekt über Jahre Luxus-Oldtimer in einer Amsterdamer Werkstatt. Sie waren für eine ebenso exklusive wie betuchte Kundschaft in Europa, Asien, Russland und dem arabischen Raum bestimmt. So ergaunerte die Bande mehr als 250 Millionen Euro – und ging dafür über Leichen. Während unserer mehrwöchigen Recherchen kamen mehrere Menschen grausam zu Tode."

Schnitt. Louis merkte, wie seine Kollegin mit den Tränen rang und schaltete sein Aufnahmegerät aus: „Sally, genug ist genug. Du hast gesagt, was zu sagen war." Sie nickte und setzte sich ins Gras. Ihr Blick verlor sich in der silbern schimmernden Weite des Tyrrhenischen Meeres.

Der Kameramann überspielte Sallys Statement nach Amsterdam. Der Telegraaf-Journalist würde wissen, was zu tun war. Dann setzte Louis sich schweigend neben seine Kollegin ins Gras. Müde ließ sie ihren Kopf an seine Schulter sinken und schloss die Augen.

Epilog

Salih Al Musawa hatte die ganze Nacht kaum ein Auge zugetan. Denn heute war der Tag gekommen, an dem er volljährig wurde. 11. April. Endlich 18. Den Vorabend hatte er im Kreis seiner Familie verbracht. Gemeinsam hatten sie in seinen Geburtstag hinein-gefeiert, da sein Vater am nächsten Tag früh abzu-reisen beabsichtigte.

Um Mitternacht hatte sein Vater ihm eine kunstvoll aus Kupfer getriebene Schatulle mit den Worten über-reicht: „Ich werde früh vor Sonnenaufgang das Haus verlassen, so dass ich jetzt schon das Geburtstagsge-schenk in deine Hände lege. Aber öffne es erst, wenn die Sonne aufgegangen ist. So will es unser Brauch."

Seit Tagen war Salih aufgeregt. Bald würde er in die Gemeinschaft der Männer aufgenommen – und als solcher endlich ernstgenommen werden. Doch das war nicht der Grund. Denn das mit dem Erwachsen-werden konnte seinetwegen noch ein wenig warten. Nicht so das Geburtstagsgeschenk seines Vaters. Alle Bediensteten hatten dichtgehalten. Aber auf die Geschwätzigkeit der jüngeren Schwester hatte er sich verlassen können. Sie hatte von einer großen Herde Pferde geflüstert und bedeutungsvoll Richtung Ein-fahrt zur Tiefgarage genickt.

Um 5:30 Uhr stand er auf, bedacht darauf, niemanden im Haus zu wecken. Es dämmerte. Auf dem Nachttisch neben seinem Bett stand die schimmernde Schatulle. In einer halben Stunde würde die Sonne über seiner Heimatstadt Abu Dhabi aufgehen. Vater war bereits fort. Er duschte, zog sich an, nahm sein Geschenk und eilte hinaus auf die Dachterrasse. Dort ließ er sich in einen weißen Ledersessel fallen, griff eine Orange aus dem Obstkorb und schälte sie.

5.55 Uhr. Salih Al Musawa ließ den Blick über die Dächer der Stadt bis zum Horizont schweifen. In exakt neun Minuten würde die Sonne aufgehen. Es würde sein Tag werden. Er genoss jedes Stück der Orange, zerdrückte das zarte Fruchtfleisch mit der Zunge am Gaumen und schmeckte dem süßen Saft nach, der seine Kehle herunterrann.

6.03 Uhr. Er starrt auf das glänzende Geschenk seines Vaters direkt vor sich auf dem Tisch und erwartet den ersten Sonnenstrahl. Dann passiert es. Wie aus dem Nichts bricht sich das Licht im Kupfer der Schatulle. Glutrot. Brennt ein Bild auf seine Netzhaut. Bleibt sichtbar als gleißender Quader hinter seinen geschlossenen Lidern und verliert sich erst langsam, als er die Augen wieder öffnet.

Zaghaft berührt er die metallene Verpackung. So, als habe er Angst, sie könne glühen. Dann öffnet er sie – und sein Herz macht einen Sprung: Eingebettet in schwarzen Samt liegt vor ihm ein Autoschlüssel. Nein, nicht neu ist er. Aber umso geheimnisvoller. Dabei ein Bogen Briefpapier mit dem Wappen seines Vaters und nur wenigen Worten darauf: „Allah möge mit dir sein, mein Sohn! Der Yas Marina Circuit wartet heute auf dich ..."

Trunken vor Glück kennt er nur ein Ziel: die Tiefgarage. Er reißt die schwere Metalltür auf, schaltet die Beleuchtung ein – und vor ihm zwischen Vaters Bentley und S-Klasse steht sein Traumwagen. Ein weißer Porsche RSR. Baba, du hast dich nicht lumpen lassen ...

Salih Al Musawa steigt in den Sportwagen, steckt – links vom Lenkrad – den Schlüssel ins Schloss und startet den Motor. Er weiß fast alles über die Sportwagenmarke aus dem fernen Land, das kein Tempolimit auf der Autobahn kennt. Dumpfes Grollen erfüllt den Raum und hallt von den Wänden wider. Die Vibrationen des Boxermotors erzeugen ein Glücksgefühl, dem sich nur wenige Jungs auf der Welt entziehen können. Und einen feinen Haarriss am Dom der linken Vorderradaufhängung ...

Er lässt das Garagentor hochfahren, legt den ersten Gang ein und rollt Richtung Ausfahrt. Die Kante des Bordsteins macht den Haarriss zum Riss. Zügig erreicht er die Sheikh Maktoum Bin Rashid Road, der kürzeste Weg zur 2009 eröffneten Formel-1-Rennstrecke. Von einem deutschen Ingenieur geplant. Und er ist Besitzer der deutschen Sportwagenikone. 911. Ein RSR!

Auf der Zufahrt zur Rennstrecke winkt ihn das Personal durch. In der Boxengasse warten seine Freunde auf ihn. Alle sind da, um ihm zu gratulieren – zum Geburtstag und seinem PS-strotzenden Geschenk. Viele haben ihre Sportwagen dabei, alle powered by Daddy. Ein Rennen? Ein Rennen! Die Hatz im Kreis über 5,5 Kilometer kann beginnen. Beschleunigen, Bremsen, Fliehkräfte in den Kurven. Was für ein Spaß.

Auf der langen Geraden nach Kurve sieben hält das ermüdete Metall am RSR den Belastungen nicht mehr stand. Den Riss reißt es bei Topspeed erbarmungslos auseinander. Erst bricht das Fahrwerk. Keine Sekunde später das Genick von Salih Al Musawa.

Glühend heiß steht die Sonne am Himmel über Abu Dhabi.

DANKSAGUNG

Zeit, den Menschen zu danken, die ihren Anteil an diesem Roman haben:

Allen voran steht meinem Freund Norbert Schroeder. Der Oldtimer-Spezialist inspirierte mich mit Erzählungen aus seinem beruflichen Alltag zu diesem Buch. Er trug Sorge dafür, dass die technischen Details stimmen. Wer weiß denn schon, wo welche identitätsstiftenden Ziffern bei einem Porsche aus den 1970er Jahren stehen?

Bedanken will ich mich bei Martin Neubauer und Wolfgang Poggel. Von ihnen lernte ich in ihrer Werkstatt im rheinischen Anstel im Laufe der Jahre eine Menge über Autos und ihre Macken. (Ja, es ist fast immer das AGR-Ventil ...). Wichtiger aber: Sie weckten in mir die Begeisterung für Oldtimer – und kümmern sich liebevoll um meinen 7er BMW aus dem vergangenen Jahrtausend. Danke, Freunde.

Mit Rat und Tat stand mir bei allen urheberrechtlichen Fragen der Kölner Fachanwalt Axel Mittelstaedt zur Seite. Herzlichen Dank für das Umschiffen mannigfaltiger rechtlicher Klippen. Die großzügige Unterstützung war für mich die schönste Überraschung im gesamten Schaffensprozess.

Die Kölner Grafikerin Claudia Fernandez stellte unkompliziert den Kontakt zu Herrn Mittelstaedt her. Alleine dafür gebührt ihr mein Dank. Und für die visuelle Umsetzung rund um das Buchprojekt.

Danke sage ich meinem Radler-Freund Dr. Heribert Adamsky, dass er die Zugänge in die virtuelle Welt des Internets geschaffen hat.

Auf die Familie kannst du dich immer verlassen – nicht nur als Sizilianer: Mein Bruder Hilarius gab mir mit seinen lichtbildnerischen Fähigkeiten ein halbwegs passables Aussehen. Danke dir, Bruder.

Last, but not least: Ohne die Unterstützung meiner Frau Angelika sowie meiner beiden Töchter Katharina und Johanna hätte dieser Roman nie das Licht der Welt erblickt. Sie waren Lektorinnen und Korrektorinnen und begleiteten den gesamten Entstehungsprozess mit weiterführenden Tipps für die Geschichte.

Dank euch allen.

Zahlreiche Fotos entstanden im Düsseldorfer Oldtimer-Mekka „Classic Remise". Center Manager Mika Hahn erteilte unkompliziert die Fotoerlaubnis, Director Bernhard Kerkloh vom dort ansässigen Oldtimer-Händler ‚Movendi' stellte uns großzügig historische Raritäten zur Verfügung, um ‚The Spirit of Classic Cars' lichtzeichnerisch einzufangen. Herzlichen Dank dafür!

Das Beste (zum Schreiben) kommt zum Schluss: Grüße nach Berlin an die Entwickler von „Papyrus

Autor", auf deren Software der Roman geplant, geplottet und geschrieben wurde.

Wenn Ihnen das Buch gefallen hat,
freue ich mich über eine Bewertung auf Amazon.

ZITIERTE SONGTITEL + LYRICS

Fun Fun Fun
The Beach Boys
B. Wilson / M. Love

I am a Rock
Simon & Garfunkel
P. Simon / A. Garfunkel

Bohemian Rhapsody
Queen
F. Mercury

Fields of Gold
Eva Cassidy
Sting

Golden Slumbers
The Beatles
Lennon / McCartney

Summertime
Charlie Parker
Gershwin / DuBose Heyward

Summer moved on
a-ha
Pål Waaktaar-Savoy

Long as I can see the Light
Creedence Clearwater Revival
J. Fogerty

The Final Countdown
Europe
Joey Tempest

Who wants to live forever
Queen
Brian May

Me and you and a dog named Boo
Lobo
Kent Lavoie

Good Vibrations
The Beach Boys
B. Wilson / M. Love

Eye of the Tiger
Survivor
F. Sullivan / J. Peterik

Walking in Memphis
Marc Cohn
M. Cohn

Beautiful Noise
Neil Diamond
N. Diamond / R. Robertson

Turn, turn, turn
The Byrds
P. Seeger

A hundred and ten in the Shade
John Fogerty
J. Fogerty